古典文學研究輯刊

二五編

曾永義 主編

第 10 冊

明清小說評點範疇譜系研究（中）

李夢圓 著

國家圖書館出版品預行編目資料

明清小說評點範疇譜系研究（中）／李夢圓 著 -- 初版 -- 新
北市：花木蘭文化事業有限公司，2022〔民 111〕
目 4+180 面；19×26 公分
（古典文學研究輯刊 二五編；第 10 冊）
ISBN 978-986-518-792-7（精裝）
1.CST：明清小說 2.CST：小說美學 3.CST：文學評論
820.8   110022415

ISBN-978-986-518-792-7

9 789865 187927

古典文學研究輯刊
二五編 第 十 冊   ISBN：978-986-518-792-7

明清小說評點範疇譜系研究（中）

作　　　者　李夢圓
主　　　編　曾永義
總 編 輯　杜潔祥
副總編輯　楊嘉樂
編輯主任　許郁翎
編　　　輯　張雅淋、潘玟靜、劉子瑄　美術編輯　陳逸婷
出　　　版　花木蘭文化事業有限公司
發 行 人　高小娟
聯絡地址　235 新北市中和區中安街七二號十三樓
　　　　　　電話：02-2923-1455 ／傳真：02-2923-1452
網　　　址　http://www.huamulan.tw 信箱 service@huamulans.com
印　　　刷　普羅文化出版廣告事業
初　　　版　2022 年 3 月
定　　　價　二五編 19 冊（精裝）台幣 48,000 元

明清小說評點範疇譜系研究（中）

李夢圓　著

上 冊

緒 論 ……………………………………………………… 1
　一、研究綜述 ……………………………………………… 1
　二、選題意義 ……………………………………………… 11
　三、研究對象的確立 ……………………………………… 13
　四、創新點與難點 ………………………………………… 14
　五、研究途徑與方法 ……………………………………… 15
第一章　明清小說評點的生成與演變簡述 ……………… 17
　一、明清小說評點的孕生土壤 ………………………… 17
　二、明清小說評點者的評點動機推力 ………………… 22
　三、明清小說評本受眾群的滋養催化 ………………… 24
　四、明清小說評點的歷時性圖景 ……………………… 26
第二章　明清小說評點的特點 ………………………… 31
　第一節　儒釋道思想文化的滲透 …………………… 31
　　一、儒家思想的深刻滲透 ……………………………… 31
　　二、佛 …………………………………………………… 38
　　三、奇妙 ………………………………………………… 41
　第二節　廣泛借鑒各體文論範疇 …………………… 44
　　一、詩詞範疇 …………………………………………… 44
　　二、戲曲範疇 …………………………………………… 60
　　三、文章範疇 …………………………………………… 71
　第三節　用詞生動形象 ……………………………… 85
　　一、書法、繪畫範疇 …………………………………… 85
　　二、音樂、建築範疇 …………………………………… 99
　　三、軍事、堪輿範疇 …………………………………… 107
　　四、禮俗、耕織範疇 …………………………………… 117
　　五、明清小說評點辯證範疇 …………………………… 128
　第四節　女性觀和悲劇意識的體現 ………………… 143
　　一、明清小說評點中的女性觀 ………………………… 143
　　二、明清小說評點中的悲劇意識 ……………………… 157

中 冊

第三章　明清小說評點範疇主體論系 ………………… 171
　第一節　才 …………………………………………… 171

一、「才」與「史」的綁縛‥‥‥‥‥‥ 172

二、「才」意涵的漸豐與多樣‥‥‥‥‥ 174

三、「才」的作用與表徵‥‥‥‥‥‥ 178

第二節　學‥‥‥‥‥‥‥‥‥‥‥‥ 184

一、「全不觀小說家言，終是寡陋俗學」‥‥ 185

二、「淺而不深，如今世之為小說矣」‥‥‥ 188

三、「揭出一段精神」‥‥‥‥‥‥‥ 191

第三節　心‥‥‥‥‥‥‥‥‥‥‥‥ 196

一、「作者之苦心毅力」‥‥‥‥‥‥ 198

二、「開覽者之心」‥‥‥‥‥‥‥‥ 200

三、「須慧心人參讀」‥‥‥‥‥‥‥ 206

第四節　情‥‥‥‥‥‥‥‥‥‥‥‥ 211

一、「說為情補」‥‥‥‥‥‥‥‥‥ 211

二、「曲盡人情」‥‥‥‥‥‥‥‥‥ 215

三、「人所常情」‥‥‥‥‥‥‥‥‥ 219

第四章　明清小說評點範疇價值論系‥‥‥‥ 225

第一節　明清小說評點主體價值範疇‥‥ 225

一、自娛‥‥‥‥‥‥‥‥‥‥‥‥‥ 225

二、洩憤‥‥‥‥‥‥‥‥‥‥‥‥‥ 236

三、立言‥‥‥‥‥‥‥‥‥‥‥‥‥ 248

第二節　明清小說評點客觀價值範疇‥‥‥‥ 260

一、補史‥‥‥‥‥‥‥‥‥‥‥‥‥ 260

二、勸誡‥‥‥‥‥‥‥‥‥‥‥‥‥ 271

三、快‥‥‥‥‥‥‥‥‥‥‥‥‥‥ 281

第五章　明清小說評點範疇形象論系‥‥‥‥ 291

第一節　斷語‥‥‥‥‥‥‥‥‥‥‥‥ 291

一、「一百八人中，定考武松上上」‥‥‥ 291

二、「曹操之為奸，關、張、孔明之為忠」‥ 296

三、「君輩名士都是活老鼠」‥‥‥‥‥ 302

第二節　性格‥‥‥‥‥‥‥‥‥‥‥‥ 304

一、「諸人自諸人，武松自武松，未嘗相犯」

‥‥‥‥‥‥‥‥‥‥‥‥‥‥‥‥‥ 305

　　　　二、「非常人所能及」‥‥‥‥‥‥‥‥‥　308

　　　　三、「只一句兩句，正不知包卻幾許事情」‥　312

　　　第三節　情理‥‥‥‥‥‥‥‥‥‥‥‥‥　317

　　　　一、「人情物理，即之在耳目之前，而不必
　　　　　　盡究其變」‥‥‥‥‥‥‥‥‥‥‥　319

　　　　二、「說假事宛如真事」‥‥‥‥‥‥‥‥　321

　　　　三、「討出一個人的情理，則一個人的傳得
　　　　　　矣」‥‥‥‥‥‥‥‥‥‥‥‥‥‥　323

　　　第四節　形神‥‥‥‥‥‥‥‥‥‥‥‥‥　327

　　　　一、「蓋善寫妙人者，不於有處寫，正於無處
　　　　　　寫」‥‥‥‥‥‥‥‥‥‥‥‥‥‥　328

　　　　二、「外面模樣，看不得人，濟不得事」‥‥　331

　　　　三、「傳神在阿堵中」‥‥‥‥‥‥‥‥‥　334

　　　第五節　陋‥‥‥‥‥‥‥‥‥‥‥‥‥‥　339

　　　　一、「真正美人方有一陋處」‥‥‥‥‥‥　340

　　　　二、「古來無真正完全之人格」‥‥‥‥‥　346

下　冊

第六章　明清小說評點範疇結構論系‥‥‥‥‥‥　351

　　　第一節　構思‥‥‥‥‥‥‥‥‥‥‥‥‥　351

　　　　一、「凡看一書，必看其立架處」‥‥‥‥　353

　　　　二、「有全局在胸」‥‥‥‥‥‥‥‥‥‥　357

　　　　三、「不可零星看」‥‥‥‥‥‥‥‥‥‥　358

　　　第二節　曲折‥‥‥‥‥‥‥‥‥‥‥‥‥　361

　　　　一、「其中之曲折變幻，直如行山陰道上」‥　363

　　　　二、「有波瀾，有變化」‥‥‥‥‥‥‥‥　367

　　　第三節　簡省‥‥‥‥‥‥‥‥‥‥‥‥‥　371

　　　　一、「不添蛇足，深得剪裁之妙」‥‥‥‥　372

　　　　二、「不須繁辭，只落落數筆」‥‥‥‥‥　374

　　　　三、「省卻多少閒文，卻有無限煙波」‥‥‥　376

第七章　明清小說評點範疇語言論系‥‥‥‥‥‥　381

　　　第一節　聲口‥‥‥‥‥‥‥‥‥‥‥‥‥　381

　　　　一、「一人有一人之口吻，絕不相混」‥‥‥　381

二、「口角各肖其人，化工之手」………… 390

　第二節　趣……………………………………… 398

　　一、「他方人讀之，不解其趣」…………… 400

　　二、「趣甚！妙甚！小說決不可無此」…… 404

　　三、「無句不真，無句不假」……………… 409

第八章　餘論：非對立而融通──明清小說評點
　　　　的中西對話………………………… 411

　第一節　身體評點與身體批評………………… 411

　　一、明清小說評點中的「身體」話語…… 413

　　二、「身體」符號的形上意蘊……………… 416

　　三、「文學是人學」──「身體批評」是
　　　　「人的批評」………………………… 425

　第二節　比喻式評點與印象派………………… 429

　　一、比喻中一己情感的流瀉………………… 431

　　二、新鮮跳躍、轉瞬即逝的畫面感……… 437

　　三、陰鬱獨特、幽深宛渺的心景互映……… 442

　　四、析理中寓直感…………………………… 447

　第三節　空白意境與接受美學………………… 452

　　一、明清小說評點中的「期待視野」…… 454

　　二、明清小說評點中的「召喚結構」──
　　　　「空白」「意境」………………………… 460

　　三、明清小說評點與西方接受美學之
　　　　「小交集點」舉隅……………………… 468

　第四節　格物細參與文本細讀………………… 477

　　一、同在一「細」…………………………… 480

　　二、著眼在「小」…………………………… 493

　　三、用力在「勤」…………………………… 498

　　四、「意」為旨歸…………………………… 505

結　語……………………………………………… 511

主要參考文獻……………………………………… 515

第三章　明清小說評點範疇主體論系

第一節　才

　　「才」是明清小說評點中重要的主體性範疇。「才」的跨度，橫亙於明清小說的寫作主體、明清小說的閱讀與鑒賞主體、明清小說的評者主體等交叉人群主體中。

　　「才」並不是一個新鮮事物和範疇，作詩者需有「詩才」，作文者有「文才」，作小說者自然有「說才」。這三種「才」本質上都是人之主體的「才」，只不過在具體載體上運作的表現形式會有區別。梳理「才」範疇的意義，即是透過「才」認識背後「才」賴以存在的載體：主體和文本。

　　「才」雖大抵算得上一個共時性的範疇，但在小說發展的不同時期，其意涵也是不斷豐富的。「才」雖是人身上的稟賦，但因其個人性的成分，有著更多的文學自覺和人文自覺的色彩。早在先秦時期，由於環境等因素的制約，群體性觀念較強，具有個性化色彩的「才」範疇沒有得到普遍重視。即便在兩漢時期，「才」也大抵是「仁」或「德」的附庸，所謂「不仁之人，亡所施用；不仁而多材，國之患也」〔註1〕。直到人與文自覺的魏晉時期，曹操頒布求才令，「唯才是舉」〔註2〕，「才」作為個人價值的體現，得到不同於前的強調和重視。劉勰《文心雕龍・原道》言：「……惟人參之，性靈所

〔註1〕〔漢〕班固撰，〔唐〕顏師古注，漢書〔M〕，第十冊，北京：中華書局，1962：3420。
〔註2〕〔晉〕陳壽，三國志〔M〕，北京：中華書局，1982：32。

鍾，是謂三才。」〔註3〕羅燁《醉翁談錄·舌耕敘引》亦稱：「其人稟五行之氣，為萬物之靈。」〔註4〕言論均與歐洲文藝復興時期英國戲劇家莎士比亞借哈姆雷特之口對人的讚頌具有異曲同工之妙——「What piece of work is a man——how noble in reason; how infinite in faculties, in form and moving; how express and admirable in action; how like an angel in apprehension; how like a god; the beauty of the world; the paragon of animals.」〔註5〕（人類是一件多麼了不起的傑作——多麼高貴的理性，多麼偉大的力量，多麼優美的儀表，多麼文雅的舉動！在行為上多麼像一個天使，在智慧上多麼像一個天神！宇宙的精華，萬物的靈長！）而此正是人的個性價值論的有力宣言。

一、「才」與「史」的綁縛

「史」具有紀實性和嚴肅性，「小說」則具有娛樂性和玩笑性的指向。「小說」在各個歷史時期，其意涵往往有別。而普遍意義上的「小說」概念在學界也是眾說紛紜，見仁見智。如對於《世說新語》是否可稱之為「小說」，與一些學者觀點不同，陳維昭對《世說新語》的「小說性」持否定態度。相較西方，在《小說的興起》一書中，可知「西方文學中的小說（novel），是一個十八世紀後期才正式定名的文學形式，此前的準小說形式是用『散文虛構故事』（fiction）來加以稱謂的。二者之間的區別絕非僅限於名稱的不同，而是包含了一種文學形式從誕生到成熟的長期艱難的發展演變過程」〔註6〕。「小說」不僅是文學性的個人行為，其賴以生成和發展的土壤是其置身於其中的社會存在。「小說」作為文學的一種，與社會有著千絲萬縷不可剝離的聯繫，正如《文學社會學》一書開頭所言——

> 所有文學活動都是以作家、書籍及讀者三方面的參與為前
> 提……作者、作品及大眾借著一套兼有藝術、商業、工技各項特質
> 而又極其繁複的傳播操作，將一些身份明確（至少總是掛了筆名、

〔註3〕〔南朝梁〕劉勰著，范文瀾注，郭紹虞，羅根澤主編，中國古典文學理論批評專著選輯，文心雕龍注〔M〕，北京：人民文學出版社，1962：1。
〔註4〕〔宋〕羅燁，醉翁談錄〔M〕，上海：古典文學出版社，1957：2。
〔註5〕〔英〕威廉·莎士比亞著，〔英〕湯普森，〔英〕泰勒主編，哈姆雷特〔M〕，北京：中國人民大學出版社，2007：257。
〔註6〕〔美〕伊恩·P·瓦特著，高原，董紅鈞譯，小說的興起〔M〕，北京：生活·讀書·新知三聯書店，1992：2。

擁有知名度）的個人，和一些通常無從得知身份的特定集群串連起
來，構成一個交流圈……環環相銜的交流圈中，創作者透過所探討
的問題，現身說法提出個人心理上、道德意識與哲學觀之詮釋，作
品則是表現美感、風格、語言、技巧的媒介物；至於大眾集群則以
歷史淵源、政治因素、社會情勢甚至經濟狀況所涵蓋的範疇來置身
其中……〔註7〕

就中國古代小說而言，「交流圈」最突出的銜接和重要一環可說是與「史」的
關聯。關於「小說」與「史」的探討文章不為稀見，在時間線條上做一個模糊
勾勒，有 20 世紀 90 年代張振鈞《小說與史：一樁扯不清的公案》〔註8〕，21
世紀初梅顯懋《論中國小說與史之關係》〔註9〕，2011 年專門探討「小說」
與「史」的何悅玲《中國古代小說中的「史傳」傳統及其歷史變遷》〔註10〕，
近幾年探討「小說」與「史」之關係的學術論文亦層出不窮，如張金梅《史家
筆法作為中國古代小說評點話語的建構》〔註11〕，尚繼武《古代小說史學視
界批評萌生發展與自我終結》〔註12〕和《古代小說史學視界批評的思維模式》
〔註13〕等。學者們的關注點主要在於中國傳統小說觀類似史傳的「尚實」因
子，中國古代小說與「史」雖同源共生，但由於統治階級對「史」的拔提，「小
說」淪為「史」的附庸，「小說」與「史」的關係重在小說發展雖伴隨著「去
史化」，但無可脫離「史補」、「傳奇」、《春秋》話語等的歷史淵源和史學視界
批評的視角。

　　而「才」作為中國古代小說中重要的主體性範疇，亦往往和「史」捆綁
在一起。小說家具有的做小說之「才」，在很大程度上被歸於「史才」。而「史

〔註7〕〔法〕Robert Escarpit 著，葉淑燕譯，文學社會學〔M〕，臺北：遠流出版事業
　　　　股份有限公司，2004：3～4。
〔註8〕張振鈞，小說與史：一樁扯不清的公案〔J〕，中國人民大學學報，1990，（3）：
　　　　97～105。
〔註9〕梅顯懋，論中國小說與史之關係〔J〕，遼寧師範大學學報，2003，（4）：61～65。
〔註10〕何悅玲，中國古代小說中的「史傳」傳統及其歷史變遷〔D〕，西安：陝西師
　　　　範大學，博士學位論文，2011。
〔註11〕張金梅，史家筆法作為中國古代小說評點話語的建構〔J〕，集美大學學報（哲
　　　　學社會科學版），2012，15（2）：89～94。
〔註12〕尚繼武，古代小說史學視界批評萌生發展與自我終結〔J〕，文藝評論，2013，
　　　　（2）：29～34。
〔註13〕尚繼武，古代小說史學視界批評的思維模式〔J〕，江西科技師範大學學報，
　　　　2014，（2）：114～119。

才」的指向多為博學廣見。茲舉幾則例證如下：

> 張華字茂先，挺生聰慧之德，好觀秘異圖緯之部，捃採天下遺
> 逸，自書契之始，考驗神怪及世間閭里所說，造《博物志》四百卷……
> 卿才綜萬代，博識無倫，遠冠羲皇，近次夫子，然記事採言，亦多
> 浮妄，宜更刪翦，無以冗長成文……今卿《博物志》，驚所未聞，異
> 所未見，將恐惑亂於後生，繁蕪於耳目，可更芟截浮疑，分為十
> 卷……〔註14〕

> 唐之舉人，先藉當世顯人，以姓名達之主司，然後以所業投獻，
> 逾數日又投，謂之「溫卷」，如《幽怪錄》、《傳奇》等皆是也。蓋此
> 等文備眾體，可見史才、詩筆、議論……〔註15〕

> 此處批：此等較有俯仰，大勝史筆。〔註16〕

> 夫小說者，雖為末學，尤務多聞。非庸常淺識之流，有博覽該
> 通之理。幼習《太平廣記》，長攻歷代史書……也說黃巢撥亂天下，
> 也說趙正激惱京師。說征戰有劉項爭雄，論機謀有孫龐鬥智。新話
> 說張、韓、劉、岳；史書講晉、宋、齊、梁。《三國志》諸葛亮雄才；
> 收西夏說狄青大略……〔註17〕

從以上所舉之例可以看出，做小說要以「史」為基礎，廣見多聞。這實際與小說發展早期其地位的尚未形成與穩固有關。「小說」被認為是不登大雅之堂的「小道」，要想取得獨立性地位，須先爭奪話語權，借勢於強大力量，而一直受統治階級重視與培植的「史」便是絕好的綁縛對象。之後小說慢慢發展壯大，不需要「史」的門面，才漸漸獨撐大局，而小說之「才」的意涵亦走向豐富和多樣。

二、「才」意涵的漸豐與多樣

「才」雖是統領一貫的範疇，卻也有時代性因素和特點。胡應麟《少室山房筆叢》指出：「小說，唐人以前，紀述多虛，而藻繪可觀。宋人以後，論

〔註14〕〔晉〕王嘉撰，〔梁〕蕭綺錄，齊治平校注，拾遺記〔M〕，卷九，北京：中華書局，1981：210～211。
〔註15〕〔宋〕趙彥衛撰，傅根清點校，雲麓漫抄〔M〕，北京：中華書局，1996：135。
〔註16〕〔南朝宋〕劉義慶撰，〔南朝梁〕劉孝標注，劉強會評輯校，世說新語會評〔M〕，南京：鳳凰出版社，2007：510。
〔註17〕〔宋〕羅燁，醉翁談錄〔M〕，上海：古典文學出版社，1957：3～5。

次多實，而彩豔殊乏。蓋唐以前出文人才士之手，而宋以後率俚儒野老之談故也。」〔註18〕這是時代不同造成的小說風格特色的迥異。應注意的是，胡應麟所指的「文人才士」之「才」，大抵是「詩才」。

唐朝是詩的國度，唐朝人做小說自覺不自覺地便打上了詩的色彩和才情。趙令時《元微之崔鶯鶯商調蝶戀花詞》言：「夫傳奇者，唐元微之所述也。以不載於本集而出於小說，或疑其非是。今觀其詞，自非大手筆孰能與於此……逍遙子曰：樂天謂微之能道人意中語，仆於是益知樂天之語為當也。何者？夫崔之才華宛美，詞采豔麗，則於所載緘書詩章盡之矣，如其都愉淫冶之態，則不可得而見，及觀其文，飄飄然彷彿出於人目前，雖丹青摹寫其形狀，未知能如是工且至否？」〔註19〕元稹身為唐朝著名詩人，詩才深備，曾留下「曾經滄海難為水，除卻巫山不是雲」的曠世佳句，做小說也是淒婉動人，打上了詩的色彩。其筆下人物崔鶯鶯作為元稹詩才的投射，亦是「才華宛美，詞采豔麗」，動人魂魄。洪邁亦言：「唐人小說，不可不熟，小小情事，淒惋欲絕，洵有神遇而不自知者，與詩律可稱一代之奇……大率唐人多工詩，雖小說戲劇，鬼物假託，莫不宛轉有思致，不必顓門名家而後可稱也。」〔註20〕洪邁的言論清晰道出個中真諦，唐人小說之所以具有「淒惋欲絕」的感人特質，是由於唐人大多是詩人，擅於作詩，具有「詩才」，所以在做小說的時候自覺不自覺地將「詩才」運用於其中，包括想像、比喻、假借等手法，所以小說才寫得委婉含蓄，耐人琢磨。《紅樓夢》之所以能成為中國古代小說不朽名著，原因之一便是它的詩性特質，詩才是有家族性和傳承性的，最典型的便是蘇洵、蘇軾、蘇轍「三蘇」之家，以詩文擅名，而曹雪芹也生長在詩文之家，其祖父曹寅便具有「詩才」，據《永憲錄續編》可知：「……寅字子清，號荔軒，奉天旗人。有詩才，頗擅風雅。」〔註21〕曹雪芹身為才子，亦有「詩才」，「撰《紅樓夢》……錦繡肝腸，普天之下誰不競呼為才子……」〔註22〕。

〔註18〕〔明〕胡應麟著，少室山房筆叢〔M〕，卷二十九，北京：中華書局，1958：375。

〔註19〕朱一玄編，明清小說資料彙編（上）〔M〕，天津：南開大學出版社，2012：75。

〔註20〕朱一玄編，明清小說資料彙編（上）〔M〕，天津：南開大學出版社，2012：84～85。

〔註21〕〔清〕蕭奭撰，朱南銑點校，永憲錄〔M〕，北京：中華書局，1959：390。

〔註22〕朱一玄編，明清小說資料彙編（下）〔M〕，天津：南開大學出版社，2012：616。

　　除卻「史才」、「詩才」，還有各種各樣的「才」的表現與指稱。如「鬼才」、「軼才」、「異才」、「逸才」、「奇才」、「詠絮之才」、「吐鳳之才」等等。例子見下：

　　　　羅氏又有《三遂平妖傳》，亦皆繫風捕影之談。蓋荒野鬼才，慣作此伎倆也。〔註23〕

　　　　嘗謂文人狡獪之筆，有奪天地感鬼神之能力……有才如海，造孽亦深於海……吳子雙熱，鬼才也。〔註24〕

　　　　《誌異》十六卷，先大父柳泉先生著也……幼有軼才，學識淵穎；而簡潛落穆，超然遠俗。〔註25〕

　　　　按縣志稱先生少負異才，以氣節自矜，落落不偶，卒困於經生以終。〔註26〕

　　　　張博山先生……幼聰敏，十四五時，私撰小說未畢，父師見之，加以夏楚。其父執某，為之解紛曰：「此子有異才，但書未畢，其心終不死，我為足成之。」即今所謂《平山冷燕》是也。〔註27〕

　　　　青郡丁野鶴，負逸才，放蕩不羈。〔註28〕

　　　　丁耀亢，字野鶴，少孤，負奇才，倜儻不羈。〔註29〕

　　　　此書具有經濟，如設官取士、刑書賦役禮儀，皆雜霸之語，與儒生侈談王道者大異，奇人乎？奇才也。〔註30〕

　　　　小說筆意略近《聊齋》，而詼詭奇誕，又類似莊、列之寓言。都

〔註23〕丁錫根編著，中國歷代小說序跋集（下）〔M〕，北京：人民文學出版社，1996：1464。

〔註24〕朱一玄編，明清小說資料彙編（下）〔M〕，天津：南開大學出版社，2012：1086～1087。

〔註25〕張友鶴輯校，聊齋誌異會校會注會評本〔M〕，北京：中華書局，1962：32。

〔註26〕張友鶴輯校，聊齋誌異會校會注會評本〔M〕，北京：中華書局，1962：6。

〔註27〕朱一玄編，明清小說資料彙編（下）〔M〕，天津：南開大學出版社，2012：711。

〔註28〕〔清〕王楲著，華瑩校點，秋燈叢話〔M〕，濟南：黃河出版社，1990：228。

〔註29〕〔清〕宮懋讓等修，〔清〕李文藻等纂，（清乾隆二十九年刊本影印）諸城縣志〔M〕，臺北：成文出版社有限公司，1976：1052。

〔註30〕朱一玄編，明清小說資料彙編（上）〔M〕，天津：南開大學出版社，2012：187。

中同人皆嘖嘖歎賞，譽為奇才。〔註31〕

　　施氏少負異才，自少迄老，未獲一伸其志……時則若王氏之《金瓶梅》。元美生長華閥，抱奇才，不可一世，乃因與楊仲芳結納之故，致為嚴嵩所忌，戮及其親，深極哀痛，無所發其憤……八斗奇才，千秋名著。維黛之慧，維寶之癡。〔註32〕

　　《蟬史》一書，磊砢山房主人所撰也。主人少矜吐鳳之才……〔註33〕

　　西湖女士王妙如君，以詠絮之才，生花之筆，菩薩之心腸，豪傑之手段，而成此《女獄花》一部……〔註34〕

「鬼才」的側重點在「怪」的方面，不按常理出牌，不循規蹈矩，經由與常人不同的途徑，收取「驚天地泣鬼神」的藝術效果。「鬼才」之小說家所做的小說，往往善「滑稽」、「狡獪」，文字力透紙背，將其「才」發揮到極致。

　　「軼才」、「異才」、「逸才」、「奇才」一字之差，意涵也頗相似，即指特出超群的奇特才能。據上舉之例可知，具有如此才能的小說家在性格特點上亦是與眾不同的，大抵「簡潛落穆，超然遠俗」，「氣節自矜，落落不偶」，「倜儻不羈」，「放蕩不羈」，即不同於眾人的特立卓絕之姿。觀此也能印證西方類似說法，如法國著名作家普魯斯特所言，「所有傑作都出自精神病患者之手」，弗洛伊德的觀點，即認為「文學藝術家都是夢幻者，他們類似於精神病患者……作家創作時更像是處於白日夢之中，跟精神病患者一樣，想說什麼就說什麼，將堆積在意識層面以下的欲望衝動得到宣洩」〔註35〕。無論中西，文學藝術家的精神世界都是相通的。

　　「吐鳳之才」與「詠絮之才」側重於寫作技巧而言，「詠絮之才」特指稱女子有才華，典自劉義慶《世說新語》才女謝道韞「柳絮因風起」的佳句。

〔註31〕朱一玄編，明清小說資料彙編（下）〔M〕，天津：南開大學出版社，2012：705。
〔註32〕朱一玄編，明清小說資料彙編（上）〔M〕，天津：南開大學出版社，2012：322。
〔註33〕丁錫根編著，中國歷代小說序跋集（下）〔M〕，北京：人民文學出版社，1996：1430。
〔註34〕丁錫根編著，中國歷代小說序跋集（下）〔M〕，北京：人民文學出版社，1996：1751。
〔註35〕劉安軍，弗洛依德的精神分析與文藝批評〔J〕，湖北函授大學學報，2011，24（2）：112。

「吐鳳之才」亦指極高的寫作才能與技巧，據葛洪《西京雜記》卷二所載：「雄著《太玄經》，夢吐鳳凰，集『玄』之上，頃而滅。」〔註36〕將倚馬可待、下筆琳琅的寫作才能納入神話框架之中，使其更加突出可觀。這些表示才華的詞彙的使用也表明，做小說與做詩文是相通的，二者互為倚附、互相助力和生發。

三、「才」的作用與表徵

「才」不是封閉孤立的存在，而是要表現為具有觀賞性的小說文本和影響閱者之心的實際內容。正如美國文學理論家艾布拉姆斯《鏡與燈——浪漫主義文論及批評傳統》所指出：「每一件藝術品總要涉及四個要點……第一個要素是作品……第二個共同要素便是生產者……第三個要素便可以認為是由人物和行動、思想和情感、物質和事件或者超越感覺的本質所構成，常常用『自然』這個通用詞來表示，我們卻不妨換用一個含義更廣的中性詞——宇宙。最後一個要素是欣賞者，即聽眾、觀眾、讀者。作品為他們而寫，或至少會引起他們的關注。」〔註37〕「才」之大小多寡的衡斷標準正是「才」在「作品」、「生產者」、「宇宙」、「欣賞者」等因素中取得的效果，最明顯的便是讀者的接受。好的文學作品能引發讀者強烈的共鳴，讀者在閱讀、欣賞文學作品時會被文本深深打動和吸引，對作者的才氣由衷讚歎，甚至外化為種種行為表現，欣賞其他文學體裁如戲劇等也是如此。宋元間的說話藝人將話本小說以生動形象的語言動作表現出來，收到的藝術效果明顯：

> 煙粉奇傳，素蘊胸次之間；風月須知，只在唇吻之上……講歷
> 代年載廢興，記歲月英雄文武。有靈怪、煙粉、傳奇、公案，兼樸
> 刀、杆棒、妖術、神仙。自然使席上風生，不枉教座間星拱……說
> 國賊懷奸從佞，遣愚夫等輩生嗔；說忠臣負屈啣冤，鐵心腸也須下
> 淚。講鬼怪令羽士心寒膽戰；論閨怨遣佳人綠慘紅愁。說人頭廝挺，
> 令羽士快心；言兩陣對圓，使雄夫壯志。談呂相青雲得路，遣才人
> 著意群書；演霜林白日昇天，教隱士如初學道。噇發跡話，使寒門
> 發憤；講負心底，令奸漢包羞……言無詭衆，遣高士善口讚揚；事

〔註36〕〔晉〕葛洪輯，成林、程章燦譯注，西京雜記全譯〔M〕，卷二，貴陽：貴州
　　　　人民出版社，1993：64。

〔註37〕〔美〕M・H・艾布拉姆斯著，酈稚牛、張照進、童慶生譯，王寧校，鏡與燈
　　　　——浪漫主義文論及批評傳統〔M〕，北京：北京大學出版社，1989：5。

有源流，使才人怡神嗟訝。〔註38〕

說話藝人演說小說話本，能吸引為數眾多的觀眾，觀眾觀聽說話藝人表演講說，如同具有閱讀能力的讀者觀看一本小說，隨著小說內容的變換，而產生不同的心理體驗和感受。看到姦佞之徒當道，忠臣義士蒙冤自然憤恨不已；鬼怪恐怖的情形令人心驚膽戰，閨怨纏綿的故事使佳人愁緒飄飛；講說戰事，激發聽者雄心壯志，講說仕進，勉勵眾人苦志讀書……觀聽者不禁對才華橫溢、技藝高超的說話藝人交口稱讚、拍案叫絕。

小說對「欣賞者」以至社會大端具有一定影響力，《新小說》第八號刊載《小說叢話》，「平子」云：「小說與經傳有互相補救之功用……其用心不同，其能移易人心，改良社會則一也。然經傳等書，能令人起敬心，人人非樂就之也……至於聽歌觀劇，則無論老稚男女，人人樂就之。倘因此而利導之，使人喜，使人悲，使人歌，使人哭，其中心也深，其刺腦也疾。舉凡社會上下一切人等，無不樂於遵循，而甘受其利者也。其入人也順，國人之得其益者十有八九。故一國之中，不可不生聖人，亦不可不生才子。」〔註39〕正如論者所言，看小說和「聽歌觀劇」相似，都是通俗而喜聞樂見的形式，卻能收到潛移默化的社會滲透效果，拋卻功利性和浮誇性的成分，小說對讀者和社會的影響仍是不可否認的。所謂「庸流文筆，能窒塞天下人之心胸，才子文筆能開豁天下人之智慧」〔註40〕。

「才」作用於「生產者」即小說家本身則是一種自我價值的體認和社會人格的確立。「不平則鳴」，「發憤著書」，大抵千古小說才人同為「古之傷心人」，帶著與生俱來的敏感和悲憫，逢著此世懷才不遇的失落和悵惘，譜寫內心之宛轉曲：

> 天賦人以性，雖賢愚不一，而忠孝節義莫不皆備，獨才情則有得有不得焉，故一品一行，隨人可立，而繡虎雕龍，千秋無幾……奈何青雲未附，彩筆並白頭低垂，狗監不逢，上林與長楊高閣；即萬言倚馬，止可覆瓿，《道德》五千，惟堪糊壁……致使岩谷幽花，自開自落，貧窮高士，獨往獨來，揆之天地生才之意，古今愛才之

〔註38〕〔宋〕羅燁，醉翁談錄〔M〕，上海：古典文學出版社，1957：3～5。
〔註39〕黃霖編，羅書華撰，中國歷代小說批評史料彙編校釋〔M〕，南昌：百花洲文藝出版社，2007：731。
〔註40〕黃霖編，羅書華撰，中國歷代小說批評史料彙編校釋〔M〕，南昌：百花洲文藝出版社，2007：441。

心，豈不悖哉。此其悲則將誰咎？故人而無才，日於衣冠醉飽中矇
生瞎死則已耳。若夫兩眼浮六合之間，一心在千秋之上，落筆時驚
風雨，開口秀奪山川，每當春花秋月之時，不禁淋漓感慨，此其才
為何如？徒以貧而在下，無一人知己之憐，不幸憔悴以死，抱九原
埋沒之痛，豈不悲哉！〔註41〕

天之生才已如此之難，奈何才人既出又苦無伯樂知己，以至悄然埋沒，可謂
為世間一悲。既有是才，便要思圖發洩，即表現於小說中的故事情節文字篇
章，將一己之才轉進書中主人公的詩詞歌賦無所不能，平步青雲建功立業，
將懷才不遇之感發抒於黃粱一夢的小說故事情節之中以自澆塊壘、慰藉平生。
如《野叟曝言》，據蔣瑞藻《花朝生筆記》所載，「相傳為康熙時江陰繆某所
撰。繆某有才學，頗自負，而終身不得志，晚乃為此書以抒憤」〔註42〕。

「才」作用於「作品」即小說文本本身，則有更加多樣的層面和表徵。
不同的「才」會形成各式各樣面貌有別、精彩各異的文本。以最具代表性的
傑出小說評點家之一金聖歎為例，他便以自身之才，品評出小說作者在使用
「才」的時候，將其作用於小說文本中的哪些層面。

首先，《水滸》著者的「才」表現在寫數十萬言的大部頭長篇小說，仍綱
舉目張，清晰新穎，雖多而不雜，直逼《論語》此類經典著作。如金聖歎《第
五才子書施耐庵水滸傳序三》所言：「彼《莊子》、《史記》，各以其書獨步萬
年，萬年之人，莫不歎其何處得來。若自吾觀之，彼亦豈能有其多才者乎？
皆不過以此數章引而伸之，觸類而長之者也。《水滸》所敘，敘一百八人，其
人不出綠林，其事不出劫殺，失教喪心，誠不可訓，然而吾獨欲略其形跡，伸
其神理者，蓋此書，七十回，數十萬言，可謂多矣，而舉其神理，正如《論
語》之一節兩節，瀏然以清，湛然以明，軒然以輕，濯然以新，彼豈非《莊
子》、《史記》之流哉！」〔註43〕金聖歎認為，《莊子》、《史記》得以獨步萬年，
成為亙古經典，並非玄而又玄，包具不可探知的秘要，而只不過是《莊子》、
《史記》的著者將數個篇章引申而出，觸類旁通，綿延而來的結果。《水滸傳》
所敘人物、事理，包羅萬象，洋洋數萬之言，可以說數量龐大，但《水滸傳》

〔註41〕丁錫根編著，中國歷代小說序跋集（下）〔M〕，北京：人民文學出版社，1996：
　　　　1241～1242。
〔註42〕朱一玄編，明清小說資料彙編（下）〔M〕，天津：南開大學出版社，2012：747。
〔註43〕陳曦鍾，侯忠義，魯玉川輯校，水滸傳會評本〔M〕，北京：北京大學出版社，
　　　　1981：10～11。

著者記敘起來，卻清湛明晰，條理貫通，大具《莊子》、《史記》之風。

　　其次，同一類型事件，將其處理得絲毫沒有雷同之感，反而各有生趣，愈寫愈絕，擅於「犯」法，如金聖歎《讀第五才子書法》所言：「江州城劫法場一篇奇絕了；後面卻又有大名府劫法場一篇，一發奇絕。潘金蓮偷漢一篇，奇絕了；後面卻又有潘巧雲偷漢一篇，一發奇絕。景陽岡打虎一篇，奇絕了；後面卻又有沂水縣殺虎一篇，一發奇絕：真正其才如海！」〔註44〕江州城劫法場與大名府劫法場，同演劫法場一事，卻各具奇觀；潘金蓮偷漢與潘巧雲偷漢，同為偷漢，卻別有看頭；武松景陽岡打虎與李逵沂水縣殺虎，同樣是將虎置於死地，卻另是洞天，金聖歎從而感歎《水滸傳》著者如海之「才」。又有「吾前言兩回書不欲接連都在叢林，因特幻出新婦房中銷金帳裏以間隔之，固也。然惟恐兩回書接連都在叢林，而必別生一回不在叢林之事以間隔之，此雖才子之才，而非才子之大才也。夫才子之大才，則無所不可也。有前一回在叢林，後一回何妨又在叢林。不寧惟是而已，前後兩回都在叢林，何妨中間再生一回復在叢林。夫兩回書不欲接連都在叢林者，才子教天下後世以避之之法也。若兩回書接連都在叢林，而中間反又加倍寫一叢林者，才子教天下後世以犯之之法也。雖然，避可能也，犯不可能也。夫是以才子之名畢竟獨歸耐庵也」〔註45〕。金聖歎認為，才子之「小才」是有所迴避，即同樣的故事情節、故事場景避免在小說中重複出現，若重複出現，則容易造成雷同之感，使讀者產生審美疲勞，心生厭倦，昏昏欲睡。才子之「大才」與「小才」正好相反，即在小說中重複安排同樣的故事情節、場景出現，譬如安排了「叢林」之「戲份」，又緊接著再安排一個「叢林」之「戲份」，極具「大才」的才子施耐庵偏能駕馭得了場景的重複，將前後一樣的場景寫出不一樣的勾人心魂之情節，讀者便忘卻了重複的場景，只被不重複的精彩所牽引。又有第十一回等金聖歎對作者擅「犯」之才的感歎：「……故此書於林沖買刀後緊接楊志賣刀，是正所謂才子之文必先犯之者，而吾於是始樂得而徐觀其避也。」〔註46〕「刀」的重複性出現，並未讓讀者感覺厭倦，而是心生奇趣，興致盎然。

〔註44〕陳曦鍾，侯忠義，魯玉川輯校，水滸傳會評本〔Ｍ〕，北京：北京大學出版社，1981：17。

〔註45〕陳曦鍾，侯忠義，魯玉川輯校，水滸傳會評本〔Ｍ〕，北京：北京大學出版社，1981：141。

〔註46〕陳曦鍾，侯忠義，魯玉川輯校，水滸傳會評本〔Ｍ〕，北京：北京大學出版社，1981：232。

再次，寫人物能曲盡其妙，將小說中的主要人物塑造得惟妙惟肖，各不相同，呼之欲出。作者才力及此是因為能夠「格物致知」，「親動心」，即經過平時生活中的用心觀察、思考、積累、儲備，在具體寫作過程中，能根據平時經驗和自身認知感受而全心投入自己所塑造的人物角色之中，想書中人物所想，做書中人物所做，盡可能還原、接近現實中真實的人物。這樣小說中的人物，才給讀者以真切之感，可稱是成功塑造出來的小說人物。如金聖歎對《水滸》著者此等「才」的分析和讚歎：「前書寫魯達已極丈夫之致矣，不意其又寫出林沖又極丈夫之致也。寫魯達又寫出林沖，斯已大奇矣，不意其又寫出楊志又極丈夫之致也。是三丈夫也者，各自有其胸襟，各自有其心地，各自有其形狀，各自有其裝束……寫魯、林、楊三丈夫以來，技至此，技已止，觀至此，觀已此，乃忽然罄控，忽然縱送，便又騰筆湧墨，憑空撰出武都頭一個人來。我得而讀其文，想見其為人，其胸襟則又非如魯、如林、如楊者之胸襟也，其心事則又非如魯、如林、如楊者之心事也，其形狀結束則又非如魯、如林、如楊者之形狀與如魯、如林、如楊者之結束也……如是而尚欲量才子之才為斗為石，嗚呼，多見其為不知量者也。」〔註47〕魯達是真丈夫，林沖又是真丈夫，楊志亦是真丈夫，三個真丈夫，各自寫出了各自的極致，正當批者以為歎為觀止之時，又憑空跳出來一個武二郎，又是一個驚為天人的真丈夫，但卻與魯達、林沖、楊志三人的「胸襟」、「心事」、「形狀」、「結束」各不相同，金聖歎由此歎服，才子施耐庵之「才」不可斗量，不可石計，實是無法測量的。金聖歎又對作者之才力獲致的緣由，即「格物致知」和「親動心」，進行了充分的揭櫫與闡釋：「蓋耐庵當時之才，吾直無以知其際也。其忽然寫一豪傑，即居然豪傑也；其忽然寫一奸雄，即又居然奸雄也；甚至忽然寫一淫婦，即居然淫婦……若夫耐庵之非淫婦偷兒，斷斷然也。今觀其寫淫婦居然淫婦，寫偷兒居然偷兒，則又何也……實親動心而為淫婦，親動心而為偷兒……《經》曰：『因緣和合，無法不有。』……因緣生法，一切具足……耐庵何如人也？曰：才子也……真能格物致知者也。」〔註48〕才子之「才」，不知道其邊際，寫豪傑便是豪傑，寫奸雄就是奸雄，寫淫婦又是淫婦，

〔註47〕陳曦鍾，侯忠義，魯玉川輯校，水滸傳會評本〔M〕，北京：北京大學出版社，
1981：485。

〔註48〕陳曦鍾，侯忠義，魯玉川輯校，水滸傳會評本〔M〕，北京：北京大學出版社，
1981：485。

施耐庵並非具有分身之術或人格分裂，能幻化為不同人物，或附身到各類人物上面，為不同的自身代言，而是真才子能通「親動心」之妙法，並非「化身」或「附體」，而是在充分揣摩、體悟不同類型的人物心理之後，代為捉筆，從特定人物的身份、內心出發，盡最大可能地將那類人物演繹得惟妙惟肖，淋漓盡致。而這個過程，便是「格物致知」的過程。金聖歎認為，施耐庵便是能「格物致知」和「親動心」的真才子。

除金聖歎外，還有諸多評者對「才」在小說文本中的作用和體現論說獨到的觀點和議論：

予曰：能於淺處見才，方是文章高手。施耐庵之《水滸》、王實甫之《西廂》，世人盡作戲文、小說看。金聖歎特標其名曰「五才子書」、「六才子書」者，其意何居？蓋憤天下之小視其道，不知為古今來絕大文章，故作此等驚人語以標其目。〔註49〕

許旭庵曰：才人之文，出筆便雅；即使題甚俗，而能愈俗愈雅。庸人之文，落筆便俗；即使題極雅，而偏愈雅愈俗。讀此回書，慧心者可以悟道，豈止雅云爾哉。〔註50〕

王太太未嘗見，而已將他之性情舉動一一描摹盡致。試思如此一個人，而鮑廷璽竟娶他來家，將何以處之？閱者且掩卷細思，此後當用何等筆墨，不幾何思路皆窮。觀後文娶進門來許多疙瘩事，真非錦繡之心，不能布置，然後歎服作者才力之大。〔註51〕

……這七段分開來，各自都有深奧重大的情由，但一口氣讀下去，卻像連貫的一整段，這裡有作者小小的才華。〔註52〕

……一言半語定全書結局的，是才子……我只說才子的文華。前已述過，李嬤嬤是為揭示襲人之奸而出場的，現在要收起李嬤嬤，怎可以不披露襲人的結局呢？李嬤嬤說「拉出去配一個小子，看你還妖精似的哄人不哄？」提示了她嫁給蔣玉函的結局。現在才放出

〔註49〕〔清〕李漁，李漁全集〔M〕，第三卷，杭州：浙江古籍出版社，1991：24。
〔註50〕朱一玄編，明清小說資料彙編（上）〔M〕，天津：南開大學出版社，2012：440。
〔註51〕〔清〕吳敬梓著，李漢秋輯校，儒林外史匯校匯評〔M〕，上海：上海古籍出版社，2010：303。
〔註52〕〔清·內蒙古〕哈斯寶著，亦鄰真譯，《新譯紅樓夢》回批〔M〕，呼和浩特：內蒙古人民出版社，1979：27。

湘雲，為的揭櫫黛玉的倔強，怎可以不披露黛玉的終局呢？以史湘雲為引子，黛玉說「我作踐了我的身子，我死我的，與你何干？」提示了她最終不能如願，含恨而死的結局。此書大半是這兩個人的故事，這兩個人的故事，這兩個人的結局也就是此書的結局。所以我說，一言半語定全書結局的是才子。〔註53〕

以上，主要包括幾個方面的議論：其一，作者的「才」並不單表現在掉書袋似的炫才弄技，而應是通俗的，淺顯易懂的，雖帶有樹立「小說」地位的功利目的性，但這確實也是小說作為獨立的文學體裁自身所需和適切的「才」；其二，「才人」寫的「才文」，格調高雅，具有開悟人心的作用，此是就小說文本的思想層次而言，「才」的參與，能使俗變雅，提升文本的整體層次；其三，是作者在具體寫作小說時的行文布置之「才」，可使複雜的故事情節有條不紊、繁而不亂，使看似散落的諸多分事件連貫整合、化繁為簡，還能在細節處埋伏全書的格局和人物的遭際，不漏馬腳、水到渠成。

總而言之，「才」範疇隨著小說漸漸發展、繁榮而不斷豐富、完備，在小說發達之際的明清兩代，其意涵和功用也達到了前所未有的充實和發揮。凡世間人事，重在創新二字，「所謂才子者，謂其自成一家言，別開生面，而不傍人門戶，而又別於聖賢書者也」〔註54〕，又「凡續編之書，概無佳作，如《紅樓》、《水滸》、《聊齋》諸後續者是也……識高筆健者，必自起爐灶，斷不屑因人而熱，故續人書者，率皆不才也」〔註55〕。故可言，「才」代表著具有打破陳規的突破性的主體創新精神，是促使小說發展前進的動力範疇。

第二節　學〔註56〕

「學」是明清小說評點主體性素質範疇之一。小說作者或評點家往往才學兼備。「學」是「才」得以產生的基礎和動力。小說文本和小說評點均飽含

〔註53〕〔清·內蒙古〕哈斯寶著，亦鄰真譯，《新譯紅樓夢》回批〔M〕，呼和浩特：內蒙古人民出版社，1979：41～42。

〔註54〕朱一玄編，明清小說資料彙編（上）〔M〕，天津：南開大學出版社，2012：109。

〔註55〕朱一玄編，明清小說資料彙編（下）〔M〕，天津：南開大學出版社，2012：631。

〔註56〕本節內容已發表於《齊魯學刊》2017年第1期《明清小說評點中的「學」範疇》，第128～133頁。

了作者和評點者的深厚學識，讀者從中可收穫廣博知識，提升自身學問。小說通俗性決定了小說中「學」的有限性，小說中的「學」應無損小說藝術之美，「學」成分的多寡亦不能成為衡量文學藝術作品好壞的標準。小說評點家用豐厚學識為讀者「揭出一段精神」。縱然「學」是明清小說評點重要範疇之一，但小說的地位並未因具有了「學」的成分而提高到舉足輕重的位置。

　　小說創作離不開「學」，即小說作者的學識。「才」除與「情」並稱「才情」，亦往往與「學」結合指稱「才學」。「才學是詩歌創作的必要條件……有才學不一定就有詩，但寫詩則須有才學」〔註57〕。此不僅只適用於詩歌，任何文學藝術作品的產生都基於才學。「學」是小說作者創作小說的重要條件，在明清小說評點中也可稱為主體性素質範疇之一。

一、「全不觀小說家言，終是寡陋俗學」

　　「情」、「才」、「學」等主體性素質範疇在文學作品的創作過程中居於何種地位？錢鍾書《談藝錄》道：「王濟有言：『文生於情。』然而情非文也。性情可以為詩，而非詩也。詩者，藝也。藝有規則禁忌，故曰『持』也。『持其情志』，可以為詩，而未必成詩也。藝之成敗，繫乎才也……雖然，有學而不能者矣，未有能而不學者。大匠之巧，焉能不出於規矩哉。」〔註58〕一切文學藝術作品都由「情」生發出來，但創作出的文學藝術作品的好壞或文學創作的成敗取決於創作者的「才」，而「才」的產生又和「學」有很大關係，天生就的稟賦固然重要，後天的「學」和持續不斷的努力才是「才」源源不竭的動力。小說作者或評點家往往博學多才、才學兼備：

　　　　葉文通，名畫……多讀書，有才情，留心二氏學，故為詭異之行。〔註59〕

　　　　吳承恩性敏而多慧，博極群書，為詩文下筆立成，清雅流麗，有秦少游之風。〔註60〕

　　　　三教聖人之書，吾皆得而讀之矣。東魯之書，存心養性之學也；

〔註57〕王洪，蘇軾「以才學為詩」論〔J〕，江西社會科學，1989，（5）：107。

〔註58〕錢鍾書，談藝錄〔M〕，北京：中華書局，1993：40。

〔註59〕朱一玄編，明清小說資料彙編（上）〔M〕，天津：南開大學出版社，2012：303。

〔註60〕朱一玄編，明清小說資料彙編（上）〔M〕，天津：南開大學出版社，2012：391。

函關之書，修心煉性之功也；西竺之書，明心見性之旨也。〔註61〕

先師張逢源……家貧自力於學，不求聞達於時。〔註62〕

大興李子松石少而穎異，讀書不屑章句帖括之學；以其暇旁及雜流，如壬遁、星卜、象緯、篆隸之類，靡不日涉以博其趣。而於音韻之學，尤能窮源索隱，心領神悟。〔註63〕

江南金聖歎者，名喟，博學好奇，才思穎敏，自謂世人無出其右。〔註64〕

先生生而穎異，博學多才。〔註65〕

從以上所引可知，「多讀書」、「博極群書」、「自力於學」、「靡不日涉」、「窮源索隱」、「博學」等等可以稱得上是小說著者或評點家的共性。且「多才」往往位列於「博學」之後，故後天努力之「學」是不竭之「才」產生的基礎和動力。

小說文本不僅是小說作者才情的體現，而且是小說作者「學」的體現。所以，好的小說文本，除了是小說作者情感的寫照和才華的結晶之外，還飽含了深厚的學識。故莫是龍言：「經史子集之外，博聞多知，不可無諸雜記錄。今人讀書，而全不觀小說家言，終是寡陋俗學。宇宙之變，名物之煩，多出於此。」〔註66〕小說包含「宇宙之變」、「名物之煩」等諸多學問，讀者閱讀小說後，會得到教益，收穫各類各樣廣博的知識，達到學問的提升。尤其是歷史演義類小說：

……於是旁搜列國之事實，載閱諸家之筆記，條之以理，演之以文，編之以序，胤商室之式微，坦周朝之不臘，炯若日星，燦若指掌，譬之治絲者，理緒而分，比類而理，毫無舛錯，是誠諸史之

〔註61〕丁錫根編著，中國歷代小說序跋集（下）〔M〕，北京：人民文學出版社，1996：1359。

〔註62〕丁錫根編著，中國歷代小說序跋集（下）〔M〕，北京：人民文學出版社，1996：1380。

〔註63〕朱一玄編，明清小說資料彙編（上）〔M〕，天津：南開大學出版社，2012：523。

〔註64〕朱一玄編，明清小說資料彙編（上）〔M〕，天津：南開大學出版社，2012：311。

〔註65〕朱一玄編，明清小說資料彙編（上）〔M〕，天津：南開大學出版社，2012：103。

〔註66〕朱一玄編，明清小說資料彙編（上）〔M〕，天津：南開大學出版社，2012：67。

司南，弔古者之駿驥也。〔註67〕

　　……乃復勸其作《南史演義》凡三十二卷。自東晉之季，以迄宋、齊、梁、陳二百餘年，廢興遞嬗，無不包羅融貫，朗如指上羅紋，持此以續北史之後，可謂合之兩美矣。〔註68〕

　　夫《三國演義》一編，著忠孝之謨，大賢奸之辨，立世系之統，而奇文異趣錯出其間，演史而不詭於史，斯真善演史者耳。兩晉、隋、唐皆不能及，至殘唐五代、南北宋，文義猥雜，更不足觀。敘事之文之難如此，況自魏季迄乎隋初，東屬齊，西屬周，其中禍亂相尋，變故百出，較之他史，頭緒尤多，而欲以一筆寫之，不更難乎？草亭老人潛心稽古，以為此百年事蹟，不可不公諸見聞。於是宗乎正史，旁及群書，搜羅纂輯，連絡分明。〔註69〕

　　自古一代之興，即有一代之史。以寓旌別，示懲勸，麟炳古今，囊括人物。厥來藉已外，此則學士博古，據奇搜異，著為實錄，則曰外史。〔註70〕

歷史演義類小說著者在寫作小說的過程中，會盡可能多地搜集各種各樣豐富的史料，並且閱讀名人學士的筆記雜錄，除了囊括正史的知識以作宗旨和依據之外，還吸納群書之精，涵蓋正史中所沒有的雜學，故小說之「小」實為「大」者，即一部「小」說中包含的往往是大學問。著超《古今小說評林》道：「余鄉陳子彥群，幼不讀書，成人而後，習米肆業，賴其夥友，得粗識字，喜讀《三國演義》，三年不輟，漸漸能成文，更能為詩詞，其初不可讀也，嘗詣余就正，今年事三十有二，數年不見，而文字已大通矣。一部《三國志演義》，可作教科書讀。」〔註71〕自幼不讀書的文盲，只是成年之後粗識得幾個大字，卻憑藉對小說《三國演義》的喜歡和熱愛，讀之不輟，竟然數年之後，

〔註67〕丁錫根編著，中國歷代小說序跋集（中）〔M〕，北京：人民文學出版社，1996：862。

〔註68〕丁錫根編著，中國歷代小說序跋集（中）〔M〕，北京：人民文學出版社，1996：944。

〔註69〕丁錫根編著，中國歷代小說序跋集（中）〔M〕，北京：人民文學出版社，1996：946。

〔註70〕丁錫根編著，中國歷代小說序跋集（中）〔M〕，北京：人民文學出版社，1996：999。

〔註71〕朱一玄編，明清小說資料彙編（上）〔M〕，天津：南開大學出版社，2012：447。

文字大通，可見小說所具有的教科書的作用和功效。又如洪棣元《鏡花緣原序》所言：「凡人胸中無物，必不能立說著書；目中有物，又必至拘文牽義：此作家之所以難也……觀夫繁稱博引，包括靡遺，自始至終，新奇獨造，其義顯，其辭文，其言近，其旨遠。後生小子，頓教啟發心思，碩彥鴻儒，藉得博資採訪……不知者僅以說部目之，知之者直以經義讀之。蓋溫柔敦厚，《詩》之教；疏通知遠，《書》之教；廣博易良，《樂》之教；潔靜精微，《易》之教；恭儉莊敬，《禮》之教；屬辭比事，《春秋》之教：是書兼而有之。非胸中有物，而目中無物者，詎能若是乎！」〔註72〕洪棣元認為，胸中無物，不可著書立說，目中有物，會束縛手腳，以致拘文牽義。如《鏡花緣》此部小說，旁徵博引，鉅細不遺，新穎獨特，義顯辭文，言近旨遠，具有啟發心思的重要作用。不善於讀書的人，往往認為它是小說，便對其不予重視，而真正悟知小說深刻價值內蘊的，則將其作為經書來讀。洪棣元贊《鏡花緣》兼具《詩》之「溫柔敦厚」、《書》之「疏通知遠」、《樂》之「廣博易良」、《易》之「潔靜精微」、《禮》之「恭儉莊敬」、《春秋》之「屬辭比事」。著者李汝珍恰是胸中有物而目中無物之人。由此可見，小說既可作教科書來讀，也可作經書來讀，在促進學問中具有舉足輕重的作用。

二、「淺而不深，如今世之為小說矣」

「學」的有無之問題解決之後，便是「學」在文學作品中的體現或所佔比重的問題。嚴羽《滄浪詩話》言：「夫詩有別材，非關書也；詩有別趣，非關理也。然非多讀書、多窮理，則不能極其至，所謂不涉理路、不落言筌者，上也。詩者，吟詠情性也。盛唐諸人惟在興趣，羚羊掛角無跡可求。故其妙處透徹玲瓏不可湊泊，如空中之音、相中之色、水中之月、鏡中之象，言有盡而意無窮。近代諸公乃作奇特解會，遂以文字為詩，以才學為詩，以議論為詩，夫豈不工？終非古人之詩也。」〔註73〕詩與「學」仿若無干，但不「學」卻不會有好詩。然專以才學作詩，終究不是「古人之詩」，即嚴羽所認為的盛唐詩人「言有盡而意無窮」的妙詩、好詩。「從西崑到蘇軾，再到黃庭堅及江西

〔註72〕丁錫根編著，中國歷代小說序跋集（下）〔M〕，北京：人民文學出版社，1996：1442～1443。

〔註73〕〔南宋〕嚴羽著，郭紹虞校釋，滄浪詩話校釋〔M〕，北京：人民文學出版社，1983：26。

詩派」〔註74〕，才學化風氣日炙，亦影響到宋詞的「以才學為詞」，蘇軾、周邦彥的詞中頻用典故，辛棄疾更是「以詩為詞」、「以文為詞」，在詞中顯露大量才學，姜夔、吳文英、張炎等推重詞的「雅」、「騷」，更加突出了詞的才學性。而這種以才學為詞的傾向庶幾失詞之本色，如李清照在《詞論》中所言：「至晏元獻、歐陽永叔、蘇子瞻，學際天人，作為小歌詞，直如酌蠡水於大海，然皆句讀不葺之詩爾。又往往不協音律，何耶？蓋詩文分平仄，而歌詞分五音，又分五聲，又分六律，又分清濁輕重……王介甫、曾子固，文章似西漢，若作一小歌詞，則人必絕倒，不可讀也。乃知詞別是一家……」〔註75〕李清照認為，詞與詩有著根本的區別，詞雖被稱為「詩餘」，卻具有文學上的獨立性和獨特的藝術特色。晏殊、歐陽修、蘇軾等學際天人的大師，作詞不像「小歌詞」，而似句讀不葺的「歪詩」。詞作為獨立的文藝門類，音律上有特殊的講究，不可將詞寫成「歪詩」，詞中若包含太多「學」的成分，會影響詞本身的藝術之美。

　　就小說而言，也是如此。「學」在小說文本中的比重如若無限度放大，就會損害小說的藝術之美。清中期出現了「才學小說」，此種小說得名於魯迅《中國小說史略》對清代長篇小說中「以小說見才學」一類作品的稱謂，才學小說以塑造典型人物為主，以彰顯才藻和炫耀學問為目的，代表作品有《野叟曝言》、《蟫史》、《燕山外史》、《鏡花緣》等。「學」在才學小說中佔據了超乎以往的比例，但其藝術水準卻有了一定程度的降低，如張冥飛《古今小說評林》對才學小說《野叟曝言》的評價：「《野叟曝言》專為賣弄自己才情學問而作，既無布局可言，又無情理可講，其荒謬處乃類《西遊》，又不及《西遊》之灑脫。」〔註76〕可見賣弄才情學問的才學小說《野叟曝言》，在藝術水準上的失利。小說中「學」的成分上升，小說作者「炫學」的動機，據苗懷明《清代才學小說三論》，主要有三點，「一是作品表達的需要，二是體現人生價值的需要，三是保存個人的學術見解」〔註77〕。在思想層面上，才學是「個人

〔註74〕周棟，試論宋詞以才學為詞的創作現象〔D〕，金華：浙江師範大學，碩士學位論文，2006：6。

〔註75〕〔宋〕李清照著，徐培均箋注，李清照集箋注〔M〕，上海：上海古籍出版社，2002：267。

〔註76〕朱一玄編，明清小說資料彙編（上）〔M〕，天津：南開大學出版社，2012：454。

〔註77〕苗懷明，清代才學小說三論〔J〕，南京師大學報（社會科學版），2010，（6）：133。

化的東西」〔註78〕，才學化傾向體現了人的個性化、獨立性和自我價值的承認，是人的個體性傾向、自我肯定和自我覺醒的表徵。

但小說主要應該是通俗的，而不能純為賣弄學問和故作高深，小說的通俗性決定了小說中「學」的有限性，應避免艱澀難懂。李漁《閒情偶寄》論及詞曲時說：「填塞之病有三：多引古事，迭用人名，直書成句……傳奇不比文章。文章做與讀書人看，故不怪其深；戲文做與讀書人與不讀書人同看，又與不讀書之婦人小兒同看，故貴淺不貴深。使文章之設，亦為與讀書人、不讀書人及婦人小兒同看，則古來聖賢所作之經、傳，亦只淺而不深，如今世之為小說矣。」〔註79〕李漁指出，戲文與文章不同，文章是給讀書人，即有學問、有知識的人看的，所以會艱深難懂，而戲文是給讀書人和不讀書的人，包括女子、孩童等等同看的，所以，戲文所呈現出的樣貌一定是雅俗共賞、「淺而不深」的。而小說與戲文性質類似，亦是通俗性和雅俗共賞的文藝形式，故李漁說「淺而不深，如今世之為小說矣」。

而需要注意的是，「學」成分的多寡不能成為衡量文學藝術作品好壞的標準。如果一部文學作品包含最多的學識知識，不見得是最佳的文學作品。相反，如果一部文學作品學識不多，淺顯易懂，也不見得低等劣質。李贄《焚書》言：「詩何必古選，文何必先秦？降而為六朝，變而為近體；又變而為傳奇，變而為院本，為雜劇，為《西廂曲》，為《水滸傳》，為今之舉子業：皆古今至文，不可得而時勢先後論也。」〔註80〕一代有一代之文學，時勢是不斷變化的，而文學形式也會隨著時代演進發生適應於那個時代的變化，不能因為古文或先秦文學佶屈聱牙、典奧艱深就對其崇拜之至，將其作為模板來模仿、作為標準來遵守、作為最高文學藝術典範來試圖接近或複製，也不能因為近世文學或現當代文學淺顯易懂就否定其獨特的文學地位和文學價值，二者是不能做簡單對比和決分高下的。應該在歷史的具體的語境中，用適合於不同時代的不同的欣賞標準和尺度來看待和評價不同的文學藝術作品。中國古代的通俗小說符合民眾的心理和知識水平，對普通大眾具有很大吸引力，能為老百姓所接受和喜愛。正如徐念慈《余之小說觀》所言：「我國農工蠢蠢，

〔註78〕鍾其鵬，試論南朝賦才學化傾向的成因〔J〕，聊城大學學報（社會科學版），
　　　2011，（1）：74。
〔註79〕〔清〕李漁，李漁全集〔M〕，第三卷，杭州：浙江古籍出版社，1991：23～
　　　24。
〔註80〕〔明〕李贄，焚書 續焚書〔M〕，卷三，北京：中華書局，1975：99。

識文字者百不得一，小商販負，奔走終日，無論矣。吾見髫年夥伴，日坐肆中，除應酬購物者外，未嘗不手一卷，《三國》、《水滸》、《說唐》、《岳傳》，下及穢褻放蕩諸書，以供消磨光陰之用，而新小說無與焉。蓋譯編，則人名地名詰屈聱牙，不終篇而輟業；近著，則滿紙新字，改良特別，欲索解而無由；轉不若舊小說之合其心理。」〔註81〕中國農工階層知識水平相對較低，特別是在古代和近代舊中國，農工眾夥，愚昧無知，對其口味的是一些淺顯易懂的舊白話小說，如《三國演義》、《水滸傳》、《說唐全傳》、《說岳全傳》等等，甚至包括一些普遍意義上的淫書穢書，這些書目通俗易懂，容易為普通民眾所接受。

三、「揭出一段精神」

明白曉暢的《水滸傳》並不比深奧廣博的《十三經》卑劣，相反，通俗易懂的《水滸傳》對讀者具有更大吸引力。作為讀者而言，在閱讀一部小說時，要明白小說作者的用意。所謂「凡讀書者，須明作此書者之用意。讀孔氏書，須知其排貴族專制政體；讀孟氏書，當知其排君主專制政體。故太史公憤時嫉俗，於《遊俠》諸傳特地著神……」〔註82〕，讀一部書，應參透作書之人的用意和目的。譬如，孔子是要排除貴族專制政體，孟子是要排除君主專制政體，太史公是要憤時事之不平，掃除「成王敗寇」的世人成見等等。如果讀者學識不夠，其對小說的瞭解也只會停留在淺表。如嚴復、夏曾佑《國聞報附印說部緣起》所說：「夫說部之興，其入人之深、行世之遠，幾幾齣於經史上，而天下之人心風俗，遂不免為說部之所恃……夫古人之為小說，或各有精微之旨，寄於言外，而深隱難求，淺學之人，淪胥若此，蓋天下不勝其說部之毒，而其益難言矣。」〔註83〕小說以其通俗易懂的特點，潛移默化，撼動人心風俗，但在其通俗易懂的表面之下，卻蘊藉著豐富深厚的內旨，而「淺學之人」是難以領悟到小說「寄於言外，而深隱難求」的「精微之旨」的。

讀者隨年齡增長，學問知識漸豐，在閱讀同一部小說作品時則會有不同

〔註81〕朱一玄編，明清小說資料彙編（上）〔M〕，天津：南開大學出版社，2012：
　　　　355。
〔註82〕朱一玄編，明清小說資料彙編（上）〔M〕，天津：南開大學出版社，2012：
　　　　218。
〔註83〕朱一玄編，明清小說資料彙編（上）〔M〕，天津：南開大學出版社，2012：
　　　　101。

的閱讀體驗，體悟到小說文本傳達的更加深刻的思想和內涵。如張書紳《新說西遊記總論》談到自己閱讀《西遊記》的體驗：「予幼讀《西遊記》，見其奇奇怪怪，忽而天宮，忽而海藏，忽說妖魔，忽說仙佛，及所謂心猿意馬，八戒沙僧者，茫然不知其旨。嘗問人曰：『《西遊記》何為而作也？』說者曰：『是講禪也，是談道也。』心疑其說，而究未明確其旨。」〔註84〕幼年之時，由於沒有一定的知識學問儲備，故在閱讀《西遊記》時，只能看到表面的種種怪怪奇奇、妖魔仙佛，而了悟不到《西遊記》所謂「講禪」、「談道」的本旨。閱歷的增加，學識的積累，都有助於對小說文本的體悟和理解，所謂「……余於《石頭記》，幾每歲必讀一過，而偶一開卷，輒有新感觸」〔註85〕。

　　而小說評點家與一般讀者的區別便在於他們用豐厚學識、敏銳決斷為讀者「揭出一段精神」，如袁宏道《東西漢通俗演義序》寫到：「里中有好讀書者，緘嘿十年，忽一日拍案狂叫曰：『異哉，卓吾老子吾師乎！』客驚問其故，曰：『人言《水滸傳》奇，果奇。予每撿《十三經》或《二十一史》，一展卷，即忽忽欲睡去，未有若《水滸》之明白曉暢，語語家常，使我捧玩不能釋手者也。若無卓老揭出一段精神，則作者與讀者，千古俱成夢境。』」〔註86〕經過批點者李卓吾的揭櫫，《水滸傳》的義理明晰起來，讀者恍然大悟，視批點者為己師。又如張書紳《新說西遊記自序》所言：「此書由來已久，讀者茫然不知其旨，雖有數家批評，或以為講禪，或以為談道，更又以為金丹采煉，多捕風捉影，究非《西遊》之正旨。將古人如許之奇文，無邊之妙旨，有根有據之學，更目為荒唐無益之談，良可歎也。」〔註87〕好的小說評點家，能夠揭露出小說作者和讀者都不曾敘及到或體察、了悟到的思想和內容，從這一點而言，小說評點的部分既是小說的補充，亦具有區別於小說文本本身的相對獨立性和獨特的思想與藝術價值。

　　如李贄《水滸傳》第二十三回評言：「李卓吾曰：『人以武松打虎，到底有些怯在，不如李逵勇猛也。此村學究見識，如何讀得《水滸傳》？不知此正

〔註84〕丁錫根編著，中國歷代小說序跋集（下）〔M〕，北京：人民文學出版社，1996：1361。

〔註85〕朱一玄編，明清小說資料彙編（下）〔M〕，天津：南開大學出版社，2012：866。

〔註86〕丁錫根編著，中國歷代小說序跋集（中）〔M〕，北京：人民文學出版社，1996：882～883。

〔註87〕丁錫根編著，中國歷代小說序跋集（下）〔M〕，北京：人民文學出版社，1996：1361。

施、羅二公傳神處。李是為母報仇，不顧性命者，武乃出於一時不得不如此耳。俗人何足言此？俗人何足言此？」〔註88〕如若讓所謂「村學究」或一般評點者及一些普通讀者解讀，則可能會認為武松打虎比較膽怯，不如李逵殺虎勇猛，可要想做出正確適當的評價，需結合小說文本的具體語境和人物的具體狀態，即正如李贄所言，李逵與武松和老虎搏鬥的境況是完全不同的，李逵是因為自己至愛的老母被虎所食，心中充滿了無盡痛苦和悲憤，不顧性命，不惜一切代價，使出全身勇力，噴薄出所有怒氣，將虎趕盡殺絕。而武松則是吃飽喝足，上了景陽岡，不幸碰上了飢餓猛虎，不得已要與之周旋以保存自身性命，所以是不得不打虎，而不是將老虎視為自己的死敵，決計殺之而後快。又如金聖歎《水滸傳》回評曰：「寫武二視兄如父，此自是豪傑至性，實有大過人者。乃吾正不難於武二之視兄如父，而獨難於武大之視二如子也……夫壞於小人，其失也鄙，猶可救也；壞於君子，其失也詐，不可救也……故夫武二之視兄如父，是學問之人之事也；若武大之視二如子，是天性之人之事也。由學問而得知武二之事兄者以事兄，是猶夫人之能事也；由天性而欲如武大之愛弟者以愛弟，是非夫人之能事也……」〔註89〕一般讀者會認為，儘管武大形容猥瑣，但武松對待武大仍秉持長兄如父的態度「視兄如父」，敬他愛他，這於一般人，確實很難做到，所以武松可稱得上是「豪傑至性」。但金聖歎敏銳指出，武松視兄長武大如父並不難，真正困難的是武大視武松為子，進而引申出「壞於小人」與「壞於君子」的深刻見解，並指出，武松對兄長武大的敬重是「學問之人之事」，即經過後天的教育教化，作為一個有學問、有教養的人所能做的事，而武大對武松的疼愛，則是出於本真天性，是更為可貴可敬的。優秀的小說評點者，能作為導師般提醒者的角色，在適切之處對讀者進行具有啟發性的點撥，能揭示小說文本的精妙和小說人物的精魂。再如《儒林外史》臥閒草堂本回評，第三十四回：「說經一段是真學問，不可作稗官草草讀之。」〔註90〕便是在適時提醒讀者要認真仔細閱讀，體味小說

〔註88〕〔明〕施耐庵集撰，〔明〕羅貫中纂修，〔明〕李贄批評，《古本小說集成》編委會編，李卓吾批評忠義水滸傳〔M〕，上海：上海古籍出版社，1992：719～720。

〔註89〕陳曦鍾，侯忠義，魯玉川輯校，水滸傳會評本〔M〕，北京：北京大學出版社，1981：431。

〔註90〕〔清〕吳敬梓著，李漢秋輯校，儒林外史匯校匯評〔M〕，上海：上海古籍出版社，2010：388。

文本中的「真學問」。又如第三十五回：「莊紹光是極有學問的人，然卻有幾分做作。何以知其有學問？如向盧信侯所說數語，非讀書十年，養氣十年，必不能領略至此。此等學問，書中惟有虞博士庶幾能之；若杜少卿尚見不及此。是以莊紹光斷斷推為書中之第二人。」〔註91〕從莊紹光對盧信侯所說的幾句話的細節中，可看出莊紹光在讀書和養氣上下了很大工夫，這種學識程度不是幾天數月造就的，而需數年光陰的積累沉澱，評點家從對小說人物語言的細微關照中，說明莊紹光可稱得上小說裏「極有學問的人」。小說評點家對小說文本的評點不是憑空發難，而是基於小說文本，以小說文本為旨歸，故弁山樵子《紅樓夢發微》道：「……清初有聖歎金氏者，以善評小說著聞……予於少日，亦曾好讀其評論矣。初讀之，似訝為得未曾有。迨讀之再四，覺彼之理想要不出乎書中之理想耳，而於書外之理想無有也；彼之評論，仍不離乎書中之評論耳，而於書外之評論無有也……」〔註92〕由此言之，小說評點，有些部分似是和小說文本本身無所牽涉，但卻又和小說文本緊密相關，其思想內容、觀點言論是有據言之而不是空穴來風。

「學」無疑是重要的。哈斯寶《〈新譯紅樓夢〉總錄》言：「……我要全譯此書。怎奈學淺才疏，不能如願，便摘出兩玉之事，節譯為四十回……」〔註93〕「學淺才疏」或許是哈斯寶的謙辭，但無論是小說著者、讀者、譯者或評者都需具有一定學識。又張陽全《西遊原旨跋》說：「蓋欲後之讀《西遊》者……而要非學通海天，道應潮星，固未易一二為蠡管輩言也……念三十載之鑽研，本欲逃甕；輸一半句之盧都，翻致贏瓶……幸久嚼《原旨》，乃徐悅《西遊》。竊願綻骨為筆，研血為墨，而寫此書。」〔註94〕「學海通天」、「三十載之鑽研」、「綻骨為筆」、「研血為墨」等用語均充分體現了學識的重要性和嚴謹的寫作態度。但作為讀者而言，小說評點家的評點只可作為閱讀小說原著的輔助和參照，如若純粹依照小說評點家飽含「學」的評點去讀小說原著，亦是不可取的。如定一《小說叢話》言：「《水滸》可做文法教科書讀。就聖歎所言，即有十五法……若無聖歎之讀法評語，則讀《水滸》

〔註91〕〔清〕吳敬梓著，李漢秋輯校，儒林外史匯校匯評〔M〕，上海：上海古籍出版社，2010：396～397。
〔註92〕朱一玄編，明清小說資料彙編（上）〔M〕，天津：南開大學出版社，2012：333。
〔註93〕〔清・內蒙古〕哈斯寶著，亦鄰真譯，《新譯紅樓夢》回批〔M〕，呼和浩特：內蒙古人民出版社，1979：135。
〔註94〕丁錫根編著，中國歷代小說序跋集（下）〔M〕，北京：人民文學出版社，1996：1373。

畢竟是吃苦事。聖歎若都說明，則《水滸》亦是沒味書。吾勸世人勿徒記憶
事實，則庶幾可以看《水滸》。」〔註95〕正如定一所言，如若根據金聖歎的
文法去讀《水滸傳》，則一部有趣的書也變成沒有味道的了。對待小說評點
的正確態度應該是有所揚棄，為我所用。吳敬梓《尚書私學序》有言：「……
若兢兢乎取先儒之成說而堅守之，失之懦；必力戰而勝之，亦失之躁也。」
〔註96〕此議論亦庶幾可作為小說讀者在看小說評點家的評點時所應秉持的
態度和原則，既不囿於成說，也不戰勝推翻，不懦不躁，才能對小說文本有
客觀的把握和理解。

　　此外，小說評點也不乏有真知灼見的學識之論：

　　　　文人之病，患在議論多而成功少。大兵將至，而口中無數「之
　　乎者也」，「詩云子曰」，猶刺刺不休。此晉人之清談，宋儒之講學，
　　所以無補於國事也……〔註97〕

　　　　古人亦有善用古人之文者：橫槊之歌多引《風》、《雅》之句，
　　而坡公《赤壁賦》一篇亦取曹操歌中之意而用之，其曰「如怨如慕，
　　如泣如訴」，即所謂「憂從中來，不可斷絕」也；其曰「哀吾生之須
　　臾」，即所謂「譬若朝露，去日無多」也；其曰「盈虛者如彼，而卒
　　莫消長」，即所謂「皎皎如月，何時可掇」也。取古人之文以為我文，
　　亦視其用之何如耳。苟其善用，豈必如今人之杜撰哉！〔註98〕

　　　　從來未有不忍辱而能負重者。韓信非為胯下之夫，則不能成興
　　漢之烈……又未有不能負重而能忍辱者。子胥惟懷破楚之略，故能
　　乞食於丹陽……古今大有為之人，一生力量，只在負重二字；一生
　　學問，只在忍辱二字……〔註99〕

「晉人清談」、「宋儒講學」的「文人之病」，對善於化用古人之文相較於今人

〔註95〕朱一玄編，明清小說資料彙編（上）〔M〕，天津：南開大學出版社，2012：
　　　　330。

〔註96〕朱一玄編，明清小說資料彙編（上）〔M〕，天津：南開大學出版社，2012：
　　　　191。

〔註97〕〔元末明初〕羅貫中原著，〔清〕毛宗崗評點，毛批三國演義〔M〕，天津：
　　　　天津古籍出版社，2006：318。

〔註98〕〔元末明初〕羅貫中原著，〔清〕毛宗崗評點，毛批三國演義〔M〕，天津：
　　　　天津古籍出版社，2006：355。

〔註99〕〔元末明初〕羅貫中原著，〔清〕毛宗崗評點，毛批三國演義〔M〕，天津：
　　　　天津古籍出版社，2006：616。

杜撰的評價，「一生學問，只在忍辱二字」的人生哲學和價值觀念等等都具有一定的啟發性及學問上的借鑒意義。

縱然「學」是明清小說評點中的重要範疇之一，但小說的地位並沒有因為具有了「學」的成分而提高到舉足輕重的位置。戲曲小說與「聖學諸經」仍然不可同日而語，故吳敬梓《玉劍緣傳奇序》言：「讀其詞者沁人心脾，不將疑作者為子衿佻達之風乎？然吾友二十年來勤治諸經，羽翼聖學，穿穴百家，方立言以垂於後，豈區區於此劇乎！」〔註100〕吳敬梓明顯將詞曲小說等而下之，這也是古代小說及評點所不可避免的歷史性侷限之一。

第三節　心

「心」不僅是明清小說評點中的重要範疇，而且在整個中國文學批評史中亦佔有重要地位。「文學藝術是心的創造……文學藝術作品所表現的情感與思想都是作家、藝術家心靈所賦予的，文學藝術作品的形式與結構也是作家、藝術家精心構思創造出來的」〔註101〕。所有文學藝術作品的產生，都是「心」與「物」相互感發的結果。

「心，人心。土藏在身之中，象形」〔註102〕。「心」，簡單幾筆，便聚集了人世間精華，「心」的意涵也隨著社會歷史發展和文學作品的日益豐富多樣，而呈現出不同的概念和意義範疇。

孟子主張「養心」，「養心莫善於寡欲」〔註103〕。《莊子》注支氏逍遙論曰：「夫逍遙者，明至人之心也。」〔註104〕「乘物以遊心」〔註105〕，人心是自由的象徵，可以不受時空的制約，而任意馳騁。正因為心可無所不至，莊子又主張「心齋」，「唯道集虛。虛者，心齋也」〔註106〕，使心歸於澄明、寧

〔註100〕朱一玄編，明清小說資料彙編（上）〔M〕，天津：南開大學出版社，2012：193。

〔註101〕李健，中國古典感物美學中的「心」與「物」〔J〕，中國中外文藝理論研究，2012（0）：209。

〔註102〕〔漢〕許慎撰，說文解字〔M〕，北京：中華書局，1963：217。

〔註103〕楊伯峻譯注，孟子譯注〔M〕，北京：中華書局，2008：268。

〔註104〕〔清〕郭慶藩撰，王孝魚點校，莊子集釋〔M〕，北京：中華書局，2013：1。

〔註105〕〔清〕郭慶藩撰，王孝魚點校，莊子集釋〔M〕，北京：中華書局，2013：148。

〔註106〕〔清〕郭慶藩撰，王孝魚點校，莊子集釋〔M〕，北京：中華書局，2013：137。

靜，不受外物所累，而容納萬物。在漢代，司馬相如提出「賦心」概念，即「賦家之心，苞括宇宙，總覽人物，斯乃得之於內，不可得而傳」〔註107〕，要求賦作者要無所不包、無所不覽，創作出恢宏壯麗的大賦作品。魏晉時期，《世說新語》便是一部主張心物合一的作品，體現了魏晉士人的審美趣味。劉勰《文心雕龍》有不少關於「心」的論述。「文心雕龍」之「文心」，便指「為文之用心」〔註108〕。又《文心雕龍·原道》:「……惟人參之，性靈所鍾，是謂三才。為五行之秀，實天地之心。心生而言立，言立而文明，自然之道也。」〔註109〕人可以說是「天地之心」，有了人「心」便有了語言文辭，此乃「自然之道」。劉勰所提倡的「道心」，便是「從其哲學觀『自然之道』的基礎上進而推到文學觀……在『道心』說基礎上建立起文學為人學、文學為心學的表現說理論體系」〔註110〕。此外，劉勰《文心雕龍》還有「師心」的主張，如稱讚王粲、嵇康等人的論說文「並師心獨見」〔註111〕，又言「嵇康師心以遣論」〔註112〕，可知劉勰雖一方面強調「本乎道，師乎聖，體乎經」〔註113〕，一方面還主張文學創作不能忽略內心，即應表達發自內心的一己獨特感受。宋人黃庭堅亦強調心是萬物之主。至明代，王陽明首度提出「心學」，此學說波及深遠，李贄「童心說」等的產生便受其影響。

　　文有「文心」，賦有「賦心」，詩有「詩心」，說亦有「說心」。狹義的「說心」與「文心」、「賦心」、「詩心」相類似，可指做小說之人的用心。這裡探討的是廣義的「說心」，泛指明清小說評點中的「心」範疇，及其不同的呈現和豐富意涵。

〔註107〕〔晉〕葛洪輯，成林、程章燦譯注，西京雜記全譯〔M〕，卷二，貴陽：貴州人民出版社，1993：65。

〔註108〕〔南朝梁〕劉勰著，范文瀾注，文心雕龍注〔M〕，卷十，北京：人民文學出版社，1962：725。

〔註109〕〔南朝梁〕劉勰著，范文瀾注，文心雕龍注〔M〕，卷一，北京：人民文學出版社，1962：1。

〔註110〕張利群，《原道》「道心」說的文論內涵及其意義〔J〕，汕頭大學學報（人文社會科學版），2008，24（6）：31。

〔註111〕〔南朝梁〕劉勰著，范文瀾注，文心雕龍注〔M〕，卷四，北京：人民文學出版社，1962：327。

〔註112〕〔南朝梁〕劉勰著，范文瀾注，文心雕龍注〔M〕，卷十，北京：人民文學出版社，1962：700。

〔註113〕〔南朝梁〕劉勰著，范文瀾注，文心雕龍注〔M〕，卷十，北京：人民文學出版社，1962：727。

一、「作者之苦心毅力」

小說雖長期被視為「小道」，但小說作者創作小說並非輕而易舉、一揮而就。相反，做小說是需要苦心孤詣，費一番心思和琢磨的。

歷史小說猶如是。「然作歷史小說，而能平鋪直敘二百餘年之事，作者之苦心毅力，亦不可及也已」〔註114〕。能夠將二百餘年的歷史平鋪直敘出來，是需要毅力和恒心的苦差。玉屏山人《三國志傳引》言：「……予第以陳君之沉酣歲月，刻苦披肝，中間若隱若顯，若諷若刺，且又如怨如慕，如泣如憐者，一段不朽真精神，略表而出之，使千載下不可謂無知心云。」〔註115〕正如玉屏山人所言，一部優秀歷史小說的完成與問世，也是和史傳一樣，需要歲月積澱和刻苦沉潛。毛宗崗便慧眼識金，讚歎《三國演義》「敘事作文，如此結構，可謂匠心」〔註116〕。

不僅歷史小說如此，做任何一部小說都免不了勞心的工夫。就算是可能並不被認為是名著的小說，也能見出小說作者所下的苦心。如黃人《小說林》第一卷稱《魚服記》，「組織處亦見苦心」〔註117〕。小說《鏡花緣》的作者李汝珍也是傾盡平生所得，如裕瑞稱其「酒令各種，難為他半生留心，竟湊得許多，非一時一力可成」〔註118〕，定一亦言：「……著者實一非常人也，用心之苦，可概已……」〔註119〕

金聖歎在評點《水滸傳》時，更是看到了《水滸傳》著者的良苦用心，例證見下：

> ……意在窮奇極變，皇惜刳心嘔血？所謂上薄蒼天，下徹黃泉，不盡不快，不快不止也。〔註120〕

〔註114〕朱一玄編，明清小說資料彙編（上）〔M〕，天津：南開大學出版社，2012：11。

〔註115〕丁錫根編著，中國歷代小說序跋集（中）〔M〕，北京：人民文學出版社，1996：893。

〔註116〕〔元末明初〕羅貫中原著，〔清〕毛宗崗評點，毛批三國演義〔M〕，天津：天津古籍出版社，2006：841。

〔註117〕朱一玄編，明清小說資料彙編（上）〔M〕，天津：南開大學出版社，2012：192。

〔註118〕朱一玄編，明清小說資料彙編（上）〔M〕，天津：南開大學出版社，2012：520。

〔註119〕朱一玄編，明清小說資料彙編（上）〔M〕，天津：南開大學出版社，2012：526。

〔註120〕陳曦鍾，侯忠義，魯玉川輯校，水滸傳會評本〔M〕，北京：北京大學出版社，1981。

心之所至手亦至焉者，文章之聖境也；心之所不至手亦至焉者，文章之神境也；心之所不至手亦不至焉者，文章之化境也。夫文章至於心手皆不至，則是其紙上無字無句無局無思者也，而獨能令千萬世下人之讀吾文者，其心頭眼底，乃宮宮有思，乃搖搖有局，乃鏗鏗有句，而燁燁有字，則是其提筆臨紙之時，才以繞其前，才以繞其後，而非徒然卒然之事也。故依世人之所謂才，則是文成於易者才子也；依古人之謂才，則必文成於難者才子也。依文成於易之說，則是迅速揮掃，神氣揚揚者才子也；依文成於難之說，則必心絕氣盡，面猶死人者才子也。故若莊周、屈平、馬遷、杜甫以及施耐庵、董解元之書，是皆所謂心絕氣盡，面猶死人，然後其才前後繚繞得成一書者也。莊周、屈平、馬遷、杜甫，其妙如彼，不復具論。若夫施耐庵之書，而亦必至於心盡氣絕，面猶死人，而後其才前後繚繞，始得成書。夫而後知古人作書真非苟且也者。〔註121〕

施耐庵以一心所運，而一百八人各自入妙者，無他，十年格物而一朝物格，斯以一筆而寫百千萬人，固不以為難也。〔註122〕

金聖歎看到《水滸傳》著者為完成一部不朽名著，花費了倍於常人的苦心精力。《水滸傳》著者意欲使其小說奇特無比、富於變化、生動曲折、引人入勝，便不惜挖空心思、嘔盡心血去達成所願。這一「上薄蒼天」、「下徹黃泉」的苦心孤詣、窮盡心力的過程與其說是痛苦的，不如說包藏著作者一次次意願達成的無上快感和愉悅。如若沒有寫到令自己所滿意的程度便不會產生滿足的快感，而直到寫得讓自己滿意作者才最終止息，顯露出小說著者心勇之至的寫作與精神追求。而正如金聖歎所指出，施耐庵「心」為之主，正乃以一「心」所運，將《水滸傳》一百單八將寫得各盡其妙，令人叫絕。這正是施耐庵「十年格物」、良苦用心的結果。

金聖歎又將文章分為三種境界——「聖境」、「神境」和「化境」。「聖境」指的是興會所至、意到筆隨的境界，即心中所想能淋漓暢快地見諸筆端；「神境」是能寫心中所無之物的出其不意的奇妙之境，筆觸變幻莫測，有意想不

〔註121〕陳曦鍾，侯忠義，魯玉川輯校，水滸傳會評本〔M〕，北京：北京大學出版社，1981：5～6。

〔註122〕陳曦鍾，侯忠義，魯玉川輯校，水滸傳會評本〔M〕，北京：北京大學出版社，1981：9。

到的獲得和寫作體驗；「化境」是金聖歎最為推崇的至高境界，即能自然而然地達到與天地造化相媲美，無斧鑿之痕，巧奪天工，創造出無與倫比的絕妙之境。而這種絕妙之境界的取得，正要下一番苦工夫，即如金聖歎所言，需要作者「心頭眼底，乃窅窅有思，乃搖搖有局，乃鏗鏗有句，而燁燁有字，則是其提筆臨紙之時，才以繞其前，才以繞其後，而非徒然卒然之事也」。金聖歎繼而提出了自己對於才子獨特的思考，即才子除了輕而易舉、「迅速揮掃」，不費吹灰之力即可成文的「神氣揚揚」的才子之外，還有一類才子是「心絕氣盡，面猶死人」的。像莊子、屈原、司馬遷、杜甫、施耐庵、董解元等諸人，正是屬於此類「心絕氣盡，面猶死人」才子的範疇。他們著書絕不「苟且」，而是費盡平生心力，刻苦琢磨，才能夠將自己畢生所有，呈現到書中，而以這種狀態做出來的書，自然稱得上是「錦心繡口」的名著。

後世的小說與古人所做的小說為何難以媲美？癥結之一便在於沒有用盡心力。即如寅半生《小說閒評》所指出：「……近則忽變為小說世界……顧小說若是其盛，而求一良小說足與前小說媲美者卒鮮。何則？昔之為小說者，抱才不遇，無所表見，借小說以自娛，息心靜氣，窮十年或數十年之力，以成一巨冊，幾經鍛鍊，幾經刪削，藏之名山，不敢遽出以問世，如《水滸》、《紅樓》等書是已。今則不然，朝脫稿而夕印行，一剎那間即已無人顧問。」〔註123〕寅半生感歎小說之大興，所在世界變為了「小說世界」。但可悲的是，竟難找出一部小說能夠與中國古典小說名著相媲美。原因正在於，中國古代做小說之人，多懷才不遇，無法施展才華，難以實現自身抱負，便借助寫小說來自娛自樂，以澆塊壘，修養身心，平靜心氣。他們往往用十年或幾十年的時間來完成一部小說，並且經過數度錘鍊和刪削，並不以小說發行、問世為目的，如經典名著《水滸傳》、《紅樓夢》便是。但反觀今日之小說，可謂「快餐遍野」、「朝寫夕印」，作家生產出來的與其說是語言文字，不如說是一堆堆的垃圾，因為那些一蹴而就的小說作品，一剎那間便會被置之不顧，無人問津。

二、「開覽者之心」

明清小說著者之所以有如此「苦心毅力」，原因之一仍需歸結到「心」。

部分小說著者可稱為「傷心人」。所謂「不平則鳴」、「悲憤著書」。「小說

〔註123〕朱一玄編，明清小說資料彙編（上）〔M〕，天津：南開大學出版社，2012：371。

亦然，必有窮愁不平之心，因不得已而後著，其著乃堪傳世而行遠……《水滸傳》以慕自由著，《三國志》以振漢聲著，《金瓶梅》以刺儈父著，《紅樓夢》以思勝國著。不但中土有然，即外國亦然。美洲名士有華盛頓歐文者，傷心人也……」〔註124〕不僅作詩者「傷心」而作詩，為文者「傷心」而為文，寫小說者亦「傷心」而寫小說。小說作者秉持一顆「窮愁不平之心」，憤而發之，將心中哀戚愁苦化為小說中的精彩文字，傳達出感人至深的情感力量，此等著作方能傳之後世，久而不衰。《水滸傳》、《三國演義》、《金瓶梅》、《紅樓夢》等等均是「傷心人」所著。不只中國小說著者如是，外國亦然。被譽為「美國文學之父」的華盛頓·歐文亦同屬「傷心人」之列。王鍾麟《中國三大家小說論贊》即稱：「耐庵者，不惟千古之思想家，亦千古之傷心人也。」〔註125〕施耐庵，不僅可謂為千古思想家，亦是借小說以明志的「傷心人」。

除了自我情感的發洩，小說著者還存著其他目的，即期冀自著作品能產生社會影響或對讀者產生作用。而事實結果確是如此，小說文本一旦流通，便成了活的不受作者控制的思想載體，在讀者群和社會當中帶來種種影響和作用。

首先，「開人心胸」。

閱讀小說，能夠博聞廣見，開闊視野，特別是歷史小說，讀者還能在閱讀小說的過程中，增加歷史知識。茲拈出幾個此類例證如下：

> ……開人心胸，使天下共以信卓老者信演義，愛卓老者愛演義
> 也。〔註126〕
>
> ……一開卷，千百載之事，豁然於心胸矣。〔註127〕
>
> ……予閱是傳，校閱不紊，剞劂極工，庶不失本志原來面目，
> 實足開斯世聾瞽心花。〔註128〕

〔註124〕朱一玄編，明清小說資料彙編（上）〔M〕，天津：南開大學出版社，2012：109。

〔註125〕朱一玄編，明清小說資料彙編（上）〔M〕，天津：南開大學出版社，2012：322。

〔註126〕丁錫根編著，中國歷代小說序跋集（中）〔M〕，北京：人民文學出版社，1996：883。

〔註127〕丁錫根編著，中國歷代小說序跋集（中）〔M〕，北京：人民文學出版社，1996：887。

〔註128〕丁錫根編著，中國歷代小說序跋集（中）〔M〕，北京：人民文學出版社，1996：891。

閱讀小說或小說批點者的批點可開人心胸，增人知識，啟人心智，長人智慧。

其次，「有關世道人心」。

「天下最足移易人心者，其惟傳奇小說乎」〔註129〕。傳奇小說一旦在社會民眾之間廣為流傳，便具有改易風俗、轉變人心的潛移默化之作用，其在社會民眾之中的影響表現為正負兩個方面。

為數眾夥的小說評者論及小說對世風人心的影響和作用。例證見下：

……是是非非，了然於心目之下，稗益風教，廣且大焉……〔註130〕

……本堂敦請明賢重加考證，刻傳天下，蓋亦與人為善之心也。〔註131〕

蓋自《三國演義》盛行……其潛移默化之功，關係世道人心，實非淺鮮……一時風俗人心，為之丕變……余方歎世間固不乏有心人矣。〔註132〕

余向以滑稽自喜，年來更從事小說，蓋改良社會之心，無一息敢自己焉。〔註133〕

小說之主腦，在啟發智識而維持風化……是非有確切之倫理小說足以感動人心，而使愚夫愚婦皆激發天良不可。〔註134〕

作者警世之心，恒露於言外……俾讀者知天道好還而正理不磨。此類小說，於社會極有效力。〔註135〕

〔註129〕朱一玄編，明清小說資料彙編（上）〔M〕，天津：南開大學出版社，2012：328。

〔註130〕丁錫根編著，中國歷代小說序跋集（中）〔M〕，北京：人民文學出版社，1996：888。

〔註131〕丁錫根編著，中國歷代小說序跋集（中）〔M〕，北京：人民文學出版社，1996：892。

〔註132〕朱一玄編，明清小說資料彙編（上）〔M〕，天津：南開大學出版社，2012：81。

〔註133〕丁錫根編著，中國歷代小說序跋集（中）〔M〕，北京：人民文學出版社，1996：942。

〔註134〕朱一玄編，明清小說資料彙編（上）〔M〕，天津：南開大學出版社，2012：116。

〔註135〕朱一玄編，明清小說資料彙編（上）〔M〕，天津：南開大學出版社，2012：114。

善哉俞仲華先生之《蕩寇志》乎……此不獨足悅人目，並足感人心也。余見其原刊大板，逐卷詳參，覺雖小說，實有關世道人心。〔註136〕

《六經》四子之書，所以絕人心之私偽，即以杜斯世之亂萌也……著《蕩寇志》一書……其有功於世道人心，為不小也。〔註137〕

……至於報應昭彰，尤可感發善心，總為開卷有益之快。〔註138〕

……然其中所謂忠奸賢否、英雄豪傑，無不畢露，閱者深讀而玩味之，或亦諒作者之有心懲勸耳。〔註139〕

《西遊原旨》者……遂乃著書立說，以上衛正道，而下啟後蒙，婆心獨切，故著書最多。〔註140〕

夫豈無惬心貴當卓然名世者……後生小子，頓教啟發心思……匪特此也，正人心，端風化，是尤作者之深意存焉。〔註141〕

故讀是編者，可以教孝，可以教忠，可以教義。閨閣聞之，亦莫不油然生節烈之心。〔註142〕

甚哉，先覺救世之心之切也……孔子成《春秋》而亂臣賊子懼。因時行道，跡雖不同，而救世之心則一也。〔註143〕

……

〔註136〕丁錫根編著，中國歷代小說序跋集（下）〔M〕，北京：人民文學出版社，1996：1521。

〔註137〕朱一玄編，明清小說資料彙編（上）〔M〕，天津：南開大學出版社，2012：350。

〔註138〕丁錫根編著，中國歷代小說序跋集（下）〔M〕，北京：人民文學出版社，1996：1544。

〔註139〕朱一玄編，明清小說資料彙編（上）〔M〕，天津：南開大學出版社，2012：371。

〔註140〕丁錫根編著，中國歷代小說序跋集（下）〔M〕，北京：人民文學出版社，1996：1370。

〔註141〕丁錫根編著，中國歷代小說序跋集（下）〔M〕，北京：人民文學出版社，1996：1442～1443。

〔註142〕朱一玄編，明清小說資料彙編（上）〔M〕，天津：南開大學出版社，2012：211。

〔註143〕朱一玄編，明清小說資料彙編（上）〔M〕，天津：南開大學出版社，2012：435。

類似論及小說對社會風俗、世道人心的影響和作用的例證，舉之不勝。

以上十餘例中，所提到的「裨益風教」、「改良社會之心」、「維持風化」、「於社會極有效力」、「有功於世道人心」、「感發善心」、「有心勸懲」、「婆心獨切」、「正人心，端風化」、「救世之心」等等均從功利性角度揭櫫小說對社會人心的積極影響和正面的改良作用。與小說的社會功用之大端相較，其他如形式、內容等諸方面都列於次要位置，正如吟嘯主人《平虜傳序》所言：「苟有補於人心世道者，即微訛何妨。有壞於人心世道者，雖真亦置。」〔註144〕在吟嘯主人看來，如果一部小說對世道人心有益，即能有利於社會治安，使人心歸順，縱然小說內容出現一些訛誤，也是沒有關係的；反之，如果一部小說對世道人心有害，即不利於鞏固統治階層的統治，不利於社會民眾的歸順，即便小說裏面的內容是真理，也萬不可刊行採用。

而正是出於有利於世道人心的功利性因素的考慮，一些文人會對小說中所敘寫的內容極為敏感，他們或出於社會責任心，或只見一隅不及全貌，對小說進行指謫和批判。如赤城珊某居士《三公奇案序》言：「……如《西遊記》、《封神榜》之詠奇怪異，《石頭》、『六才』之豔麗風流，其事未必盡真，其言未必皆雅。集中有因果報應，一二規誡語言，而閱者每未能領略，不以為繹老之異教，即視為老生之常談，於人心風俗，何益歟？」〔註145〕赤城珊某居士將小說的社會效用擺在最高位置，卻未能明晰小說的獨立藝術特性，而是以「真」與「雅」為準則，強調小說中「因果報應」和「規誡語言」的重要性。對《西遊記》、《封神榜》、《石頭記》等等一批優秀小說作品一網打盡，無視其重要的文學藝術價值。更有甚者，不僅指謫小說的弊病，而且發展為對小說作者的人身攻擊和詛咒。如王圻《續文獻通考》言：「……《水滸傳》敘宋江事，奸盜脫騙機械甚詳。然變詐百端，壞人心術，說者謂子孫三代皆啞，天道好還之報如此。」〔註146〕《水滸傳》記敘宋江之事，將奸盜騙詐之術現於筆端，閱者鑒於此，便斷定《水滸傳》是壞人心術之書，更有說羅貫中子孫三代全是啞子，羅貫中因著《水滸傳》而不得好報者，可謂惡毒之至。但如秉持客

〔註144〕朱一玄編，明清小說資料彙編（上）〔M〕，天津：南開大學出版社，2012：204。

〔註145〕朱一玄編，明清小說資料彙編（上）〔M〕，天津：南開大學出版社，2012：367～368。

〔註146〕朱一玄編，明清小說資料彙編（上）〔M〕，天津：南開大學出版社，2012：16。

觀、公正原則來看《水滸傳》，其價值卻遠非某些褊狹之人所言，相反地，而是充滿了底層被壓迫人民勇於反抗壓迫者的正面力量和精神鼓舞。正由於此，才會有明眼人極力反對此論調，還小說名著以公道和允評，正如王韜《水滸傳序》所言：「當聖歎之評《西廂記》也，吳下有識者曰：『此誨淫之書也。』及《水滸傳》出，則又曰：『此獎盜之書也。』嗚呼！耐庵、聖歎，皆讀書明理之人，亦何至於獎盜？彼其意，豈以為世人傾險詐偽，固不如盜賊之可交也，亦豈以世人竊聲譽，干名器，避盜之名而有盜之實，與盜不甚相懸，所謂世上於今半是君者，固由憤世嫉俗之心所迫而出之者也？誠如是，仍無異於獎盜也。實足為人心風俗之隱憂，豈得為善讀《水滸》者哉？」〔註147〕王韜指出，金聖歎評點《西廂記》，便有所謂「吳下有識者」跳出來斥責其「誨淫」；施耐庵《水滸傳》一出，「吳下有識者」便又指責其「獎盜」。施耐庵與金聖歎，均是讀書明理之人，並非「獎盜」、「誨淫」。王韜認為，施耐庵與金聖歎的真正意圖是以著書、批書來諷世、勸世。人心不古，世人多詐，尚不如《水滸傳》中一幫「賊寇」講義氣。如果說《水滸傳》中人是「真盜賊」，那麼沽名釣譽的虛偽世人雖沒有「盜賊」之名，卻有「盜賊」之實，偽君子比真小人更為可惡。

再次，「動心」、「快心」、「賞心」。

小說雖具有一定的潛移默化的社會效用，但在很大程度上，其對於讀者而言，更多的是一種茶餘飯後的消遣，能幫助讀者娛樂身心，調劑精神。而明清小說評者自然關注到小說此裨益：

> 書尚評點，以能通作者之意，開覽者之心也……惟周勸懲，兼善戲謔，要使覽者動心解頤，不乏詠歎深長之致耳……至字句之雋好，即方言謔詈，足動人心。〔註148〕

> ……而演義別構奇說，如人人所欲出，使悶者眼明眉舒，則可謂奇之極，而歸於正焉。假使此間《太平記》書南朝事，亦有若說，則吾知其更快人心也。〔註149〕

〔註147〕丁錫根編著，中國歷代小說序跋集（下）〔M〕，北京：人民文學出版社，1996：1502。

〔註148〕陳曦鍾，侯忠義，魯玉川輯校，水滸傳會評本〔M〕，北京：北京大學出版社，1981：31。

〔註149〕朱一玄編，明清小說資料彙編（上）〔M〕，天津：南開大學出版社，2012：72。

……作者煞是費心，閱者能弗動目……況余素性喜聞說鬼，推愛搜神，每遇誌異各卷，莫不快心而留覽焉。〔註150〕

小說傳奇，不外悲歡離合，而娛一時觀鑒之心。〔註151〕

耐庵之有《水滸傳》也，盛行海隅，上而冠蓋儒林，固無不寓目賞心，領其旨趣；下而販夫皁隸，亦居然口講手畫，矜為見聞。〔註152〕

……

以上所舉，其中所言「動心」、「快心」、「娛一時觀鑒之心」、「寓目賞心」等均是就小說娛人的作用而言，可見小說對人「心」的強大娛樂功用。

三、「須慧心人參讀」

小說作者有作者之「心」，小說評閱者亦有讀者之「心」。

首先，就讀者反應而言，不同讀者在閱讀同一小說時，其「心」可能是不同的。

如劉廷璣《在園雜誌》所言：「嗟乎，《四書》也，以言文字，誠哉奇觀，然亦在乎人之善讀與不善讀耳。不善讀《水滸》者，狠戾悖逆之心生矣。不善讀《三國》者，權謀狙詐之心生矣。不善讀《西遊》者，詭怪幻妄之心生矣。欲讀《金瓶梅》，先須體認前序內云：『讀此書而生憐憫心者，菩薩也；讀此書而生效法心者，禽獸也。』然今讀者多肯讀七十九回以前，少肯讀七十九回以後，豈非禽獸哉？」〔註153〕讀者由於社會閱歷、教育程度、階層背景、身心條件等等的差異，在閱讀小說文本的過程中，會有不同的閱讀選擇和閱讀期待。劉廷璣所謂「善讀」與「不善讀」正是就讀者本身的素質而言，「善讀」的讀者是具有判斷和鑒賞能力的讀者，而「不善讀」的讀者則缺乏最基本的價值判斷，容易是非不分，所以在讀《水滸傳》、《三國演義》、《西遊記》等小

〔註150〕丁錫根編著，中國歷代小說序跋集（下）〔M〕，北京：人民文學出版社，1996：1543。

〔註151〕丁錫根編著，中國歷代小說序跋集（中）〔M〕，北京：人民文學出版社，1996：997。

〔註152〕丁錫根編著，中國歷代小說序跋集（下）〔M〕，北京：人民文學出版社，1996：1517。

〔註153〕〔清〕劉廷璣撰，張守謙點校，在園雜誌〔M〕，卷二，北京：中華書局，2005：84。

說的時候，容易被書中的暴力、詭詐、怪妄等質素所蒙蔽而誤入歧途，難以發現其背後的正義、忠良、智勇等的精神內質。正因於此，「不善讀」的讀者會偏執於《水滸傳》的所謂「誨盜」，《金瓶梅》的所謂「誨淫」，而沒有看到《水滸傳》著者對弱者的同情，對正義的呼喚，《金瓶梅》著者對醜惡的憎惡，對人性的悲憫。亦正如五湖老人《忠義水滸傳全傳序》所言：「甚矣此傳須慧心人參讀，而徒口者則以為死人之糟粕矣夫。」〔註154〕

　　其次，對於一個好的小說作者、閱讀者、鑒賞者或評論者而言，需要具有一些必備的個人素質，即需要「有心」、「用心」、「細心」。

　　「有心」可以指小說作者有所寄託而言，如張冥飛《古今小說評林》所言：「《痛史》為趼人未完之作，其寫南宋滅亡之慘，元人淫殺之酷，蓋有為而言之。有心哉！有心哉！」〔註155〕意為吳趼人在寫作《痛史》之時，寄寓了以史諷世的用意，《痛史》既是一己之痛，又是社會民族之痛。「有心」亦指小說讀者在閱讀小說文本時，對小說文本所展現的內容、表達的思想有共鳴之心。如邱煒菱評價《女仙外史》言：「……其始篡位之日，殺戮之慘，有心人聞而同憤。」〔註156〕「有心」還指葆有「真心」和「童心」，真實坦率，赤心一片，秉持不虛飾、不做作的真情實感，此種人即是「真人」，「真人」以「真心」所著之書，便是「真書」和「真文章」：「夫天地間真人不易得，而真書亦不易數觀。有真人而後一時有真面目，真知己；有真書而後千載有真事業，真文章。雖然，其人不必盡皆文、周、孔、孟也，即好勇鬥狠之輩，皆含真氣；其書亦不必盡皆二典、三謨、周誥、殷盤也，即嬉笑怒罵之頃，俱成真境。故真莫真於孩提，乃不轉瞬而真已變，惟終不失此孩提之性則真矣。真又莫真於山川之流峙，煙雲之變化，乃一經渲染而真已失。惟能得而至者，皆天下有心漢，娘子軍是。」〔註157〕天下的「有心漢」是指葆有「真心」和「童心」之「真人」，「真人」在世間極為難得，「真書」在世間亦不易獲得。世間有了「真人」的出現，便有所謂「真面目」、「真知己」；世間有了「真書」

〔註154〕丁錫根編著，中國歷代小說序跋集（下）〔M〕，北京：人民文學出版社，1996：1470。

〔註155〕朱一玄編，明清小說資料彙編（上）〔M〕，天津：南開大學出版社，2012：174。

〔註156〕朱一玄編，明清小說資料彙編（上）〔M〕，天津：南開大學出版社，2012：191。

〔註157〕丁錫根編著，中國歷代小說序跋集（下）〔M〕，北京：人民文學出版社，1996：1469。

的出現，便有「真事業」、「真文章」。「真人」具有「真氣」，並不止於文、周、孔、孟，甚至見之於飽含「真氣」的好勇鬥狠之人；「真書」具有「真境」，並不止於二典、三謨、周誥、殷盤，即便是嬉笑怒罵之文亦「真境」皆出。「童心」、「真心」，不虛偽、不矯飾，具「童心」、「真心」之人便是「有心」人。

「用心」與「有心」相似，都可指小說作者在寫作小說時，不僅將小說視為可有可無的娛樂之玩具，而是對所著之書有所寄託和期冀，如林瀚《隋唐兩朝志傳序》所道：「夫飽食終日無所用心，不若博弈之猶賢乎已？若予之所好在文字，固非博弈技藝之比。後之君子能體予此意，以是編為正史之補，勿第以稗官野乘目之，是蓋予以至願也夫。」〔註158〕林瀚著作小說，不是以之作為「博弈」之類的娛樂之用，而是不甘於「飽食終日無所用心」，故寫作歷史小說，意欲有補於史。

「細心」是對處於閱讀狀態中的讀者的要求和期待。讀者欲在閱讀小說的過程中有所收穫，對小說的思想內容有深度把握和感悟，而不是僅僅滿足於對情節故事走馬觀花似的瞭解，就應在閱讀小說時懷有「細心」，而非粗心大意，所謂「熟玩則心中頓悟，誠叩則靈核決開」〔註159〕。在閱讀《水滸傳》、《紅樓夢》等經典名著之時，更應「細心」。如徐珮珂所言：「《水滸》一書，施耐庵先生以卓識大才，描寫一百八人，盡態極妍。其鋪張揚厲，似著其任俠之風，而摘伏發奸，實寫其不若之狀也。然其書，無人不讀，而誤解者甚夥。非細心體察，鮮不目為英雄豪傑。」〔註160〕徐珮珂指出，《水滸傳》一書，蘊藉了施耐庵卓越的識見和豐厚的才華，描寫人物，惟妙惟肖，記敘故事，動人心魄。但《水滸傳》讀者群眾夥，對《水滸傳》進行誤讀、誤解的也為數甚眾。所以，在閱讀《水滸傳》之時，唯有「細心」，才能體悟到《水滸傳》的真精神。相較於《水滸傳》而言，《紅樓夢》更是「線索穿插，皆伏於文字中，非細心鉤稽不可知，即作者自己亦難檢點」〔註161〕。故《紅樓夢》評點家在評點《紅樓夢》時，多次提醒讀者應細心體察，不可辜負作者之苦

〔註158〕丁錫根編著，中國歷代小說序跋集（中）〔M〕，北京：人民文學出版社，1996：949。

〔註159〕朱一玄編，明清小說資料彙編（上）〔M〕，天津：南開大學出版社，2012：448。

〔註160〕丁錫根編著，中國歷代小說序跋集（下）〔M〕，北京：人民文學出版社，1996：1519。

〔註161〕朱一玄編，明清小說資料彙編（上）〔M〕，天津：南開大學出版社，2012：332。

心。如王希廉評點《紅樓夢》第五十九回言：「賈母等送靈，一切跟隨人等及看守門戶寫得詳細周到，隨後即寫園中婆子與鶯、燕吵嚷，平兒又說三四日工夫出了八九件事，所謂外寇未興，內患已萌。若認作敘事閒筆，辜負作者苦心。」〔註162〕《紅樓夢》此回，寫了諸多表面上看起來可有可無之事，不細心的讀者便會認作閒筆，細心的讀者便會體會到此為後文憂患造勢。所以，在閱讀《紅樓夢》之時，應細心考量，不可辜負《紅樓夢》著者一片苦心。又如姚燮在評點《紅樓夢》第三回時亦說：「其自儀門內西垂花門進去，一所院落，賈母之所住也，出賈母所住後門，與鳳姐所住之院落相通，故鳳姐入賈母處，從後門來，路徑甚清晰，不得草草讀過，負作者之苦心。」〔註163〕姚燮提醒《紅樓夢》讀者細心參閱，明瞭賈府的房屋布置，院落路徑，如此方可對小說中人物的活動場所，以至生活於此場所中的人物關係有更加深入的瞭解，及此，方不辜負《紅樓夢》著者之苦心。

此外，在明清小說評點中，還有諸多各方各面關於「心」的論述。古人之書是古人之心的承載者，讀之可與古人之心交，所謂「古人往矣。古人不可見而可見古人之心者，惟在於書」〔註164〕。閱讀古人之書能自證心性，正如晚清民國時人周馥所言：「每日得閒，仍翻閱書籍，與其強顏與今人酬應，不如對古人證心性也。」〔註165〕與其同今人虛與委蛇、酬對應付，不如翻閱古籍，與古人對話，亦可自證心性。

在對小說文本的具體評點文字中，也可見到與「心」有關的種種真知灼見之評。茲舉數例如下：

　　……心無所不至也；心無所不至，故不可放。〔註166〕

　　武侯之平蠻難，仲達之平遼易，何也？攻心則難，攻城則易也。〔註167〕

〔註162〕馮其庸纂校訂定，陳其欣助纂，八家評批紅樓夢〔M〕，北京：文化藝術出版社，1991：1455。

〔註163〕馮其庸纂校訂定，陳其欣助纂，八家評批紅樓夢〔M〕，北京：文化藝術出版社，1991：79。

〔註164〕朱一玄編，明清小說資料彙編（上）〔M〕，天津：南開大學出版社，2012：439。

〔註165〕朱一玄編，明清小說資料彙編（上）〔M〕，天津：南開大學出版社，2012：100。

〔註166〕丁錫根編著，中國歷代小說序跋集（下）〔M〕，北京：人民文學出版社，1996：1394。

〔註167〕〔元末明初〕羅貫中原著，〔清〕毛宗崗評點，毛批三國演義〔M〕，天津：天津古籍出版社，2006：795。

……吾人怒是大病，乃心之奴也，非心之主也。一怒，此心便要走漏懲忿。不遷怒，此聖學之所拳拳也。〔註168〕

戚序回後 人有百折不回之真心，方能成曠世希有之事業。寶玉意中諸多輻輳，所謂「求仁得仁又何怨」。凡人作臣作子，出入家庭廊廟，能推此心此志，何患忠孝之不全，事業之不立耶？〔註169〕

世上人性本善，只因心動，成為遊鬼，只因心動，才變姦佞。〔註170〕

愛情為流動之物，人人同具此情，而人人不能保守此情而不貳，則以人心最善於變幻，其愛情可以倏注倏移，倏真倏假。〔註171〕

……

以上所言，均是對人心本質的深刻思考和至理箴言，如不可「放心」，即不可任由此心，無所顧忌；難在「攻心」；戒「怒心」；成就事業，須有「百折不回之真心」；葆有善心，不可「心動」而為姦佞之徒；「人心最善於變幻」等等。

明清小說評點中的「心」範疇一如「心」本身，是頗難道盡的，但其作為明清小說評點中主要範疇之一，還是有提出和闡釋的必要。不論各式各類的小說展現出如何不同的樣貌，塑造出何等迥異的人物，描寫出怎樣完全不同的景象，有著多麼大相逕庭的情節故事，但都有一點不可否認，即小說作者之心、讀者之心有著巧妙的相似或相通，正如俠人所言：「……有暴君酷吏之專制，而《水滸》現焉；有男女婚姻之不自由，而《紅樓夢》出焉。雖峨冠博帶之碩儒，號為生今之世，反古之道，守經而不敢易者，往往口非梁山而心固右之，筆排寶、黛而躬或蹈之；此無他，人心之所同，受其慘毒者，往往思求憐我知我之人，著者之哀哀長號，以求社會之同情，固猶讀者欲迎著者之心也。」〔註172〕人心所同，哪裏有壓迫，哪裏便有反抗，無論這種反抗是顯性的，抑或是隱性的，它都在那裡。著者著書以求知音，讀者讀書亦求知音，知音難求，愈難愈求，此乃人心之所同也。

〔註168〕〔明〕吳承恩原著，〔明〕李卓吾評點，李卓吾先生批點西遊記〔M〕，天津：天津古籍出版社，2006：432。

〔註169〕朱一玄，紅樓夢脂評校錄〔M〕，濟南：齊魯書社，1986：430。

〔註170〕〔清・內蒙古〕哈斯寶著，亦鄰真譯，《新譯紅樓夢》回批〔M〕，呼和浩特：內蒙古人民出版社，1979：106。

〔註171〕朱一玄編，明清小說資料彙編（下）〔M〕，天津：南開大學出版社，2012：879。

〔註172〕朱一玄編，明清小說資料彙編（上）〔M〕，天津：南開大學出版社，2012：365。

第四節　情

　　何謂「情」？「情」有數種不同涵義。一指其本義，即感情。如《說文》：「情，人之陰氣有欲者。從心，青聲。」〔註173〕《荀子・正名》：「情者，性之質也。」〔註174〕二指本性。如《孟子・滕文公上》：「夫物之不齊，物之情也。」〔註175〕三指實情或情況。四指道理或情理。此外，「情」還指情慾、愛情、私情、人情、情分、情趣、情態等等。

　　明清小說評點中的「情」範疇亦比較複雜，難以在以上「情」義項中找到確切的單指，而往往指代「情」中不同的某單個義項，或是「情」的不同意涵的混合。

一、「說為情補」

　　「情」是詩學中的重要範疇，「詩緣情而綺靡」（陸機《文賦》），「詩者，志之所之也，在心為志，發言為詩。情動於中而形於言……吟詠情性，以風其上……」（《詩大序》）。一種觀點認為，「詩緣情」雖承接了《詩大序》中「吟詠情性」的內容，但卻拋卻了儒家的詩歌政教功能，而只強調詩歌的審美特徵。但學界還存在其他看法，如楊明反對將「言志」和「緣情」看為是兩種互相對立的詩歌主張，不認同「詩言志」是要求為政治教化服務，「詩緣情」只求自由抒發性靈而不考慮政治教化的觀點。在《言志與緣情辨》中，楊明指出，「言志」和「緣情」二者在根本意思上，並無二致，詩歌「言志」意為詩人通過寫作詩歌來表達內心想法，而詩歌「緣情」則是詩人寫作詩歌按照內心想法去寫。由此看來，「詩言志」與「詩緣情」這兩種說法的原始意義並非與政治教化存在任何關涉。並且，「志」與「情」二詞，均既包含偏於感性的情感在內，又包含偏於理性的思想在內。故而，一些學者所說的「言志」是理性思想的傳達，「緣情」是感性情感的發洩這種說法也沒有依據。〔註176〕又如熊良智認為，在詩學批評中，引入孔穎達「情志一也」的說法，是對詩歌藝術性和抒情性特徵的有意強調，這樣做的目的是淡化詩歌的政治教化功能，「志」的價值難以凸顯，而與「情」混二為一，實質上是故意消弭了「情」與

〔註173〕〔漢〕許慎撰，說文解字〔M〕，北京：中華書局，1963：217。
〔註174〕方勇，李波譯注，荀子〔M〕，北京：中華書局，2011：369。
〔註175〕楊伯峻譯注，孟子譯注〔M〕，北京：中華書局，2008：95。
〔註176〕楊明，言志與緣情辨〔J〕，上海師範大學學報（哲學社會科學版），2007，36（1）：39。

「志」二者的區別。〔註177〕故就詩學領域而言，「言志」與「緣情」中的「情」與「志」的區別或關係尚無確切定論。唐代文學家、詩選家殷璠言：「夫文有神來、氣來、情來……」(《〈河嶽英靈集〉序》)《河嶽英靈集》是殷璠編選的專收盛唐詩的唐詩選本，故殷璠所言「夫文有神來、氣來、情來」之「文」是指詩歌而言。其中所謂「情來」，指的既是作詩者創作詩歌情流噴薄的創作狀態，又呈現出詩歌滿溢深情的美好風貌，「情來」是「一種婉情深情之美，一種深婉細潤平和之美，是創作時讓這樣一種深婉之情在心中醞釀到來」〔註178〕。故詩學領域中的「情」範疇，還指詩人創作詩歌時情意深婉的心理狀態以及創作出的詩歌所具有的和潤深情之美。

而「情」亦是詞學領域的核心範疇，如果說詩學領域尚有「言志」與「緣情」之辨，那麼在詞學領域，卻是更加強調「情」的地位。即詩學往往多言「情志」，而詞學則侈談「情意」。即在整個詞學理論發展演變過程中，「情」的地位無可撼動，如晚唐五代的「豔情」觀、北宋的「性情」「情致」論、南宋的「情意」論、金元的「真情」論、明代的「豔情」論、清代的「情意」論等等。〔註179〕

在曲學領域，最具代表性的是湯顯祖的「至情說」。湯顯祖深情發聲：「天下女子有情，寧有如杜麗娘者乎……如麗娘者，乃可謂之有情人耳。情不知所起，一往而深，生者可以死，死可以生。生而不可與死，死而不可復生者，皆非情之至也。夢中之情，何必非真，天下豈少夢中之人耶……」(《〈牡丹亭〉題記》)杜麗娘可成為有「情」之人。其「情」自然而然地發生、發展。難以遏制地在心底發酵，以至得病而死。「情」佔據了杜麗娘的整個軀體、心靈和思想，並且這是其自身所難以控制的。「情」在其身上自然而然地發生，將其帶入冥界，又令其重回人間。杜麗娘追隨著心中的「情」，為「情」而生，為「情」而死，一腔真情，日月可鑒。只要「情」是真的，由心所發出，即便是在夢中，又何嘗不可？湯顯祖這種至情的主張，直接影響到後世的小說創作。

在小說領域，關於「情」的「專著」可推馮夢龍《情史》，此書為選錄歷代筆記小說和其他著作中有關男女之情的故事編纂而成的一部短篇小說集。

〔註177〕熊良智，戰國楚簡的出土與先秦「情」與「志」的再思考〔J〕，社會科學研究，2011，(4)：162。
〔註178〕盧盛江，殷璠「神來、氣來、情來」論——唐詩文術論的一個問題〔J〕，東方論壇，2006，(5)：28。
〔註179〕張濤，論詞學核心範疇「情」〔D〕，長沙：中南大學，碩士學位論文，2009。

全書二十四類，每卷一類，包括「情貞」、「情緣」、「情私」、「情俠」、「情豪」、「情愛」、「情癡」、「情感」、「情幻」、「情化」、「情媒」、「情憾」、「情仇」、「情芽」、「情極」、「情穢」、「情累」、「情疑」、「情鬼」、「情妖」、「情外」、「情通」、「情跡」等。敘述了各式各類的愛情婚姻生活、情愛糾葛和愛情遭遇。何悅玲《「史補」與「情補」——中國古代小說創作意識論略》，指出馮夢龍編撰《情史》，並在「情」後補以「史」字，「情」、「史」結合，以為書名，其目的正是為「情」而補「史」，此種做法，有利於馮夢龍之「情教觀」的倡揚。而馮夢龍「為情補史」的創作意識，直至《紅樓夢》仍在沿襲。〔註180〕而「情」在中國古代小說特別是明清小說中站穩腳跟，其意義便在於將長期以來被理學所厭棄、貶低、醜惡化的「情」，包囊入「史」，此舉便提高了一向被理學所輕視的「情」在「史學」層面上的地位，「情」的價值受到尊崇，「情」的意義得到肯定〔註181〕，而它的直接結果，便是人性的解放，自我情感的張揚，而這在一定程度上，則具有深刻的現代啟蒙意義。

在明清小說評點中，便能看到諸多「情補」之例。強調「情」，突出「情」，沒有政治教化的責任包袱或宏大敘事的歷史使命，而專注於自我獨一的情感抒發。茲拈出數例如下：

> 夫小說者，乃坊間通俗之說，固非國史正綱，無過消遣於長夜永晝，或解悶於煩劇憂態，以豁一時之情懷耳。〔註182〕

> 歷觀古今傳奇樂府，未有不從死生榮辱悲歡離合中脫出者也。或為忠孝所感，或為風月所牽，或為炎涼所發，或為聲氣所生，皆翰墨遊戲，隨興所之，使讀者既喜既憐而欲歌欲哭者比比然矣。〔註183〕

> ……即或闡揚盛節，點綴閒情……〔註184〕

〔註180〕何悅玲，「史補」與「情補」——中國古代小說創作意識論略〔J〕，人文雜誌，2011，（1）：82。

〔註181〕何悅玲，「史補」與「情補」——中國古代小說創作意識論略〔J〕，人文雜誌，2011，（1）：87。

〔註182〕丁錫根編著，中國歷代小說序跋集（中）〔M〕，北京：人民文學出版社，1996：935。

〔註183〕丁錫根編著，中國歷代小說序跋集（中）〔M〕，北京：人民文學出版社，1996：937。

〔註184〕朱一玄編，明清小說資料彙編（上）〔M〕，天津：南開大學出版社，2012：518。

《野叟曝言》專為賣弄自己才情學問而作……〔註185〕

……至於編中，征諸通載者一，矢談無稽者九，總皆描寫人情……〔註186〕

……即或賞其奇瑰，強作斡旋，辨忠義之真偽，區情慾之貞淫，亦不脫俗情……〔註187〕

靈性生感情，感情生哭泣……《離騷》為屈大夫之哭泣，《莊子》為蒙叟之哭泣，《史記》為太史公之哭泣，草堂詩集為杜工部之哭泣。李後主以詞哭，八大山人以畫哭。王實甫寄哭泣於《西廂》，曹雪芹寄哭泣於《紅樓夢》。〔註188〕

以上之例所論小說分別為《新刻續編三國志後傳》，是明代歷史演義小說，為《三國演義》眾多續書之一，描繪西晉司馬氏開國後六十年間內所發生的歷史事件。歷史演義小說並非正史，它是作者個人情懷的表現，亦能為讀者發洩自身情緒，歷史演義小說的作用不過是平日閒來無事的消遣解悶。不論哪一種類型的小說都是作者情感的表達。《後三國石珠演義》是在《續三國演義》的基礎上進一步衍生的，書敘女性豪傑石珠乃織女下凡，劉弘祖劉淵等一眾人等皆臣服於她，最終石珠遁跡仙去，讓位給劉弘祖，此小說想像奇特，展現了作者獨特的情懷，讀者讀之，感其情而情動。李汝珍所作長篇小說《鏡花緣》，想像絕妙，詼諧奇詭，書中絢麗斑斕的有趣故事正可點綴閒情。夏敬渠所著《野叟曝言》，敘主人公文素臣一生的英雄事蹟，此才學小說純粹成為夏敬渠本人才情學問的演練場。《東遊記》乃明人吳元泰創作的神話小說，其所寫內容為八仙的神話傳說，即鐵拐李、漢鍾離、呂洞賓、張果老、藍采和、何仙姑、韓湘子、曹國舅等八位神仙得道成仙的神話故事。像《東遊記》此類神魔小說，雖所記純屬「無稽之談」，但總的來說，都是對「人情」的表現。神仙世界各式各樣的人物故事正是人類社會的反映。劉鶚所作中篇小說《老殘遊記》，以走方郎中老殘的遊歷為主線，通過老殘之眼，展現了世間百態，

〔註185〕朱一玄編，明清小說資料彙編（上）〔M〕，天津：南開大學出版社，2012：374。

〔註186〕朱一玄編，明清小說資料彙編（上）〔M〕，天津：南開大學出版社，2012：502。

〔註187〕朱一玄編，明清小說資料彙編（上）〔M〕，天津：南開大學出版社，2012：324。

〔註188〕丁錫根編著，中國歷代小說序跋集（下）〔M〕，北京：人民文學出版社，1996：1741。

此部小說是劉鶚內心真情的凝結。正如澹園主人《三國後傳石珠演義序》所言：「歷觀古今傳奇樂府，未有不從死生榮辱悲歡離合中脫出者也。」〔註189〕無論是「死生榮辱」抑或是「悲歡離合」都或是人類感情的觸發點或為人類感情的具體體現。不論是歷史小說，還是言情小說，或神魔玄幻小說，都非「國史正綱」，但可「豁一時之情懷」，或「點綴閒情」，或「描寫人情」，或賣弄才情，或「不脫俗情」等等。劉鶚的所謂「哭泣說」，也是將文學作品歸結為人的感情的體現，只不過這種感情只是「哭泣」之一種，與所謂「悲憤著書」、「不平則鳴」等觀點一脈相承。但歸根結蒂，突出的都是人的自我情感。

二、「曲盡人情」

所謂「曲盡人情」，即指委婉周到地把人之常情或世態充分體現出來。「曲盡人情」既是小說區別於詩詞等其他文類的本體性特點，即通俗性的趨向和表現，又是小說作者創作技巧高超與否的重要衡量標準。

就小說作者個人素質特徵而言，「情」往往與「才」相綁縛，即多「才情」並稱。如「葉文通，名晝……多讀書，有才情……」〔註190〕，又「吳興董說字若雨……才情恬曠」〔註191〕。葉晝、董說均既有「才」，又富「情」，為有「才情」之士。又如《紅樓夢》第二回「一局輸贏料不真，香銷茶盡尚逡巡。欲知目下興衰兆，須問旁觀冷眼人」句，甲戌側評：「只此一詩便妙極！此等才情，自是雪芹平生所長，余自謂評書非關評詩也。」〔註192〕通過甲戌側的評語，可見出《紅樓夢》著者曹雪芹極具「才情」。

小說作者的「才情」與小說的「曲盡人情」密切相關。「才情」是小說達到「曲盡人情」藝術效果的一個不可忽視的重要條件。

寫作小說除「才情」之外，還不應忽略的是對「世情」的閱歷。如俞明震《觚庵漫筆》即言：「《水滸傳》、《儒林外史》，我國盡人皆知之良小說也。其佳處即寫社會中無一完全人物，非閱歷世情，冷眼旁觀，不易得此真相。視尋常小說寫其主人公必若天人者，實有聖凡之別，不僅上下床也。」〔註193〕

〔註189〕丁錫根編著，中國歷代小說序跋集（中）〔M〕，北京：人民文學出版社，1996：937。
〔註190〕朱一玄編，明清小說資料彙編（上）〔M〕，天津：南開大學出版社，2012：303。
〔註191〕朱一玄編，明清小說資料彙編（上）〔M〕，天津：南開大學出版社，2012：465。
〔註192〕朱一玄，紅樓夢脂評校錄〔M〕，濟南：齊魯書社，1986：26。
〔註193〕朱一玄編，明清小說資料彙編（上）〔M〕，天津：南開大學出版社，2012：368。

此是就人物形象塑造而言，只有「閱歷世情，冷眼旁觀」，才能夠獲得「真相」，即了悟社會中沒有一個人物是十全十美的「天人」，而都或多或少有缺點或缺陷，把這一寫作原則運用到小說人物塑造方面，則會寫出真實的人物和所謂「圓形人物」。俞明震認為，《水滸傳》、《儒林外史》等小說的優良之處即在於此。又有眷秋《小說雜評》道：「故以結構論，《水滸》較《石頭記》嚴整有法；以描摹人情及社會狀態論，則《水滸》遜《石頭記》遠甚。」〔註194〕眷秋所論表明，小說中「人情」的體現和小說所選擇的題材有關，即越是場面宏大，多突出歷史性成分，多描寫戰鬥等大場面，採取宏大敘事，人情體現得反而越不細膩，相反，越是轉向普通民眾生活的小事件描寫，回歸生活繁雜瑣細的常態，越容易揭示複雜的人性和社會狀態。

「曲盡人情」在明清小說評語中多有體現。茲舉數例見下：

……俾數代治亂之機，善惡之報，人才之淑慝，婦女之貞淫，大小常變之情事，朗然如指上羅紋。〔註195〕

余近歲得《水滸》正本一集，較舊刻頗精簡可嗜；而其映合關生，倍有深情，開示良劑。〔註196〕

此書曲盡情狀，已為寫生，而復益之以繪事，不幾贅乎？雖然，於琴見文，於牆見堯，幾人哉？是以雲臺、凌煙之畫，《豳風》、《流民》之圖，能使觀者感奮悲思，神情如對，則像固不可以已也。〔註197〕

史中吟詠謳歌，笑譚科諢，頗頗嘲盡人情，摹窮世態。〔註198〕

《水滸》余嘗戲以擬《琵琶》，謂皆不事文飾，而曲盡人情耳。〔註199〕

〔註194〕朱一玄編，明清小說資料彙編（上）〔M〕，天津：南開大學出版社，2012：369。
〔註195〕丁錫根編著，中國歷代小說序跋集（中）〔M〕，北京：人民文學出版社，1996：946。
〔註196〕丁錫根編著，中國歷代小說序跋集（下）〔M〕，北京：人民文學出版社，1996：1470。
〔註197〕陳曦鍾，侯忠義，魯玉川輯校，水滸傳會評本〔M〕，北京：北京大學出版社，1981：31。
〔註198〕朱一玄編，明清小說資料彙編（上）〔M〕，天津：南開大學出版社，2012：356。
〔註199〕〔明〕胡應麟著，少室山房筆叢〔M〕，卷四十一，北京：中華書局，1958：572。

襲人笑道：「這是那裡話。讀書是極好的事，不然就潦倒一輩子，終久怎麼樣呢。但只一件：只是念書的時節想著書。」

蒙府　襲人方才的悶悶，此時的正論，請教諸公，設身處地，亦必是如此方是，真是〈屈〉〔曲〕盡情理，一字也不可少者。〔註200〕

上文所引《北史演義序》、《忠義水滸全書序》、《忠義水滸全書發凡》、《禪真逸史凡例》、《少室山房筆叢》、《紅樓夢》蒙評，文中的「朗然如指上羅紋」、「倍有深情」、「曲盡情狀」、「嘲盡人情，摹窮世態」、「曲盡人情」、「曲盡情理，一字也不可少者」等等，主要包含了三層意思：一是小說文本不是死的文本，而是活生生的飽含作者感情的文本，所以讀者在閱讀之後，會覺得小說是深情的鎔鑄，具有感人的力量和效果；二是小說在具體的敘述或描寫方面，既是符合生活之常理的，是根植於基本的生活情事的，所以才能引起讀者對小說文本的信任，即小說文本達到了「藝術的真實」，這是小說能夠「通俗」的重要因素之一；三是小說作者在寫作小說的時候，注力為之的不是所謂「文飾」，不是用典和詞藻，而是應「不事文飾」，即在一定程度上，偏離「雅」的一途，而偏向淋漓盡致的「俗」感情的抒發。

就小說的寫作技巧而言，「曲盡人情」，重在「曲」字，即強調人情的曲折：

如智深跟丘小乙進去，和尚吃了一驚，急道：「師兄請坐，聽小僧說。」此是一句也⋯⋯凡三句不完，卻又是三樣文情，而總之只為描寫智深性急。此雖史遷，未有此妙矣。〔註201〕

西門慶如何入奸，王婆如何主謀，潘氏如何下毒，其曲折情事，羅列前幅，燦如星斗，讀者既知之矣。〔註202〕

《水滸》所敘，敘一百八人，人有其性情，人有其氣質，人有其形狀，人有其聲口。〔註203〕

〔註200〕朱一玄，紅樓夢脂評校錄〔M〕，濟南：齊魯書社，1986：156。
〔註201〕陳曦鍾，侯忠義，魯玉川輯校，水滸傳會評本〔M〕，北京：北京大學出版社，1981：142。
〔註202〕陳曦鍾，侯忠義，魯玉川輯校，水滸傳會評本〔M〕，北京：北京大學出版社，1981：486。
〔註203〕陳曦鍾，侯忠義，魯玉川輯校，水滸傳會評本〔M〕，北京：北京大學出版社，1981：9。

……然據其所載,師徒四人,各一性情,各一動止……〔註204〕

獨有一個買辦名喚錢華。

甲戌夾 亦錢開花之意,隨事生情,因情得文。〔註205〕

你說教訓兒子是光宗耀祖,當初你父親怎麼教訓你來!

蒙府 如此礙犯文字,隨景生情,毫無牽滯。〔註206〕

試試你那會子還這麼刁不刁了。

蒙府 收結轉折,處處情趣。〔註207〕

竹根杯引出黃楊杯,文情曲折。〔註208〕

以上所舉,無論是《水滸傳》、《西遊記》,還是《紅樓夢》中的例子,都強調「人情」之「曲」。「曲」既表現在「事曲」,也表現在「人曲」。《西遊記》裏「師徒四人,各一性情,各一動止」,《水滸傳》中「一百八人,人有其性情,人有其氣質,人有其形狀,人有其聲口」可謂「人曲」,即並非千人一面,而是寫出人物的個性特色,使其各有面貌,真實可感。所謂「事曲」,即為故事情節的生動曲折,如《水滸傳》敘西門慶與潘金蓮姦情的整個經過,便極為曲折,從西門慶如何被潘金蓮所吸引,到在王婆的幫助下設法接近潘金蓮,再到與潘金蓮姦情坐實,直至共同謀劃設計毒害武大郎,整個故事波瀾頻起,無時無刻不在吸引著讀者的視線和閱讀神經,但又有條不紊,毫不冗亂,給讀者帶來暢快淋漓的閱讀體驗。此外,如上文所引,《水滸傳》敘魯智深性急一節,也充分體現了「文情」的曲折。話語不說盡,而是在某個點上恰適地收住,然後迴環往復,迂迴前進,將魯智深性急的性格特徵很好地表現出來。《紅樓夢》的例子也是強調要「收結轉折」、「文情曲折」,而具體的做法之一便是,「隨事生情,因情得文」、「隨景生情,毫無牽滯」,文情的曲折離不開「情」,而觸發情的重要因素便是「事」或「景」,即「物感說」,或所謂「一切景語皆情語」,情不是憑空而來,而是有所觸動、有所感發,這亦是符合了藝術真實性的原則。

〔註204〕丁錫根編著,中國歷代小說序跋集(中)〔M〕,北京:人民文學出版社,1996:788。

〔註205〕朱一玄,紅樓夢脂評校錄〔M〕,濟南:齊魯書社,1986:137。

〔註206〕朱一玄,紅樓夢脂評校錄〔M〕,濟南:齊魯書社,1986:426。

〔註207〕朱一玄,紅樓夢脂評校錄〔M〕,濟南:齊魯書社,1986:463。

〔註208〕馮其庸纂校訂定,陳其欣助纂,八家評批紅樓夢〔M〕,北京:文化藝術出版社,1991:1005。

三、「人所常情」

　　童昌祚《平妖傳引》言：「邪之與正，數既不勝，睹形畏影，人所常情。」
〔註209〕「人所常情」大致指一般人通常有的感情或人普遍有的感情。而這種
普遍之情最廣為談論的便是愛情抑或男女之情。王鍾麒《中國歷代小說史論》
即言：「三曰哀婚姻之不自由。夫男生而有室，女生而有家，人之情也。然憑
一父母之命，媒妁之言，執路人而強之合，馮敬通之所悲，劉孝標之所痛。因
是之故，而後帷薄間，其流弊乃不可勝言。識者憂之，於是構為小說，言男女
私相慕悅，或因才而生情，或緣色而起慕，一言之誠，之死不二，片夕之契，
終身靡他。其成者則享富貴，長子孫；其不成者則拼命相殉，無所於悔。吾國
小說以此類為最夥，老師宿儒或以越禮呵之，然其心無非欲維風俗而歸諸正，
使內無怨女，外無曠夫焉已耳。」〔註210〕中國古代小說的永恆主題之一便是
敘寫動人的感情故事。小說作者悲感於愛情婚姻無法自由，將一腔哀怨情愫
訴諸筆端。現實中無法發生的愛情故事，無法實現的婚姻追求，在小說中可
輕易實現。愛情小說，是作家的白日夢和一廂情願的「意淫」。但這正切合了
讀者的口味。在幽閉的環境下，多的是和作者一樣愛情婚姻難以自由自主的
人，讀者與作者一起，徜徉於愛情小說創設的夢境之中。小說中的人物，不
再只是遵從父母之命、媒妁之言，而是可以男女之間私相慕悅，或因才生情，
或緣色起慕，以至雖死靡他，終生不悔。愛情，委實是古今中外文學中不朽
的主題。陸紹明《月月小說發刊詞》言：「中國白話小說，不外乎情勇，如歷
史小說，亦注重於勇，誨淫小說，亦注重於情，而小說之材料往往相沿相襲，
此中國白話小說之所以不發達也。」〔註211〕這種說法正確與否雖值得商榷，
但卻切實點出了中國白話小說「注重於情」的大端。中國可謂是「情的國度」，
從《詩經》開篇《關雎》中君子對淑女的想往和追求，到詩詞曲賦，劇目小
說，一直到古典小說頂峰《紅樓夢》，對情的追求、抒發、描寫、摹繪、探究、
體悟，如此委婉曲折，生死激烈，糾結纏繞，至情至性。男女之情或愛情之情
既是中國古代小說濃墨重彩抒寫的重要內容，相應地，「情」的議論自然也多
見於明清小說評批文字之中。

〔註209〕丁錫根編著，中國歷代小說序跋集（下）〔M〕，北京：人民文學出版社，1996：
　　　　　1346。
〔註210〕朱一玄編，明清小說資料彙編（上）〔M〕，天津：南開大學出版社，2012：320。
〔註211〕朱一玄編，明清小說資料彙編（上）〔M〕，天津：南開大學出版社，2012：476。

　　如《西遊補》便是探討「情」的「專書」，評者亦對《西遊補》中的「情」進行解讀：

> ……四萬八千年俱是情根團結，悟通大道，必先空破情根；空破情根，必先走入情內；走入情內，見得世界情根之虛，然後走出情外，認得道根之實……情之魔人，無形無聲……知情是魔，便是出頭地步。〔註212〕

> 曰：出三界，則情根盡，離聲聞緣覺，則妄想空。〔註213〕

> 或曰：「以鬥戰勝佛之英雄智慧，因困於情，可乎？」曰：「人孰無情？有性便有情，無情是禽獸也。且佛之慈悲，非佛之情乎？情之在人，視其所用：正則為佛，邪則為魔……情得其正，即為如來，妙真如性。」〔註214〕

從佛學的角度，評點者指出，人是有情的，所謂「有性便有情，無情是禽獸也」，但情有正與邪之分，「正則為佛，邪則為魔」，要尋正情，遠邪情。整部《西遊補》或曰以上評論的主旨，是在讓世人認清「情是魔」，要「走出情外，認得道根之實」。故說，此是在佛學意義上，對人之陷於情的悲憫和指示解脫之途。這也正是中國「情」小說與西方「情」小說的重要區別，王國維說中國人的精神大抵是「樂天的」，其實是值得商榷的，中國大多數戲曲小說圓滿的結局正是因為對充滿殘酷和災難的現實的恐懼，生活中本身就充滿了不如意，充滿了痛苦和離愁，為什麼還要在小說中重溫傷痛呢？《西遊補》出於對飽受情苦的人的同情，悲觀地認為，只有「走出情外」，才能免受情的折磨，這恰恰是「悲天的」。

　　「大旨談情」的《紅樓夢》更是把這種悲觀論調發展到極致。也認為忘情的唯一出路是皈依佛教。指出「情」不過是「幻」，而出家，即是脫離情幻，回歸真我。茲引《紅樓夢》評點文字中談「情」數例如下：

> 便棄在此山青埂峰下。

> 甲戌眉　妙！自謂落墮情根，故無補天之用。

〔註212〕丁錫根編著，中國歷代小說序跋集（下）〔M〕，北京：人民文學出版社，1996：1393。

〔註213〕丁錫根編著，中國歷代小說序跋集（下）〔M〕，北京：人民文學出版社，1996：1390。

〔註214〕朱一玄編，明清小說資料彙編（上）〔M〕，天津：南開大學出版社，2012：462。

　　甲辰　（上缺）墮落情根，故無補天之用。〔註215〕

　　戚序回前　風流真假一般看，借貸親疏觸眼酸。總是幻情無了處，銀燈挑盡淚漫漫。〔註216〕

　　戚序回前　幻情濃處故多嗔，豈獨顰兒愛妒人？莫把心思勞展轉，百年事業總非真。〔註217〕

　　寶玉又是天生成慣能作小服低，賠身下氣，情性體貼，話語綿纏。

　　戚序　凡四語十六字，上用「天生成」三字，真正寫盡古今情種人也。〔註218〕

　　戚序回後　借可卿之死，又寫出情之變態，上下大小，男女老少，無非情感而生情。且又藉鳳姐之夢，更化就幻空中一片貼切之情。所謂寂然不動，感而遂通。所感之象，所動之萌，深淺誠偽，隨種必報，所謂幻者此也，情者亦此也。何非幻，何非情？情即是幻，幻即是情，明眼者自見。〔註219〕

　　二人雖未上手，卻已情投意合了。

　　甲戌側　不愛寶玉，卻愛秦鍾，亦是各有情孽。〔註220〕

　　源泉自盜等語。

　　庚辰夾　寶玉是多事者，情之事也，非世事也。多情曰多事，亦宗莊筆而來，蓋余亦偏矣，可笑。〔註221〕

　　每日家情思睡昏昏。

　　甲戌側　用情忘情，神化之文。〔註222〕

　　己卯回前　前明顯祖湯先生有懷人詩一截，讀之堪合此回，故錄之以待知音：「無情無盡卻情多，情到無多得盡麼。解到多情情盡

〔註215〕朱一玄，紅樓夢脂評校錄〔M〕，濟南：齊魯書社，1986：3。
〔註216〕朱一玄，紅樓夢脂評校錄〔M〕，濟南：齊魯書社，1986：104。
〔註217〕朱一玄，紅樓夢脂評校錄〔M〕，濟南：齊魯書社，1986：135。
〔註218〕朱一玄，紅樓夢脂評校錄〔M〕，濟南：齊魯書社，1986：159。
〔註219〕朱一玄，紅樓夢脂評校錄〔M〕，濟南：齊魯書社，1986：193。
〔註220〕朱一玄，紅樓夢脂評校錄〔M〕，濟南：齊魯書社，1986：206。
〔註221〕朱一玄，紅樓夢脂評校錄〔M〕，濟南：齊魯書社，1986：329。
〔註222〕朱一玄，紅樓夢脂評校錄〔M〕，濟南：齊魯書社，1986：382。

處，月中無樹影無波。」〔註223〕

湘蓮是寶玉先聲，三姐是黛玉榜樣；而寶玉情癡，湘蓮頓悟，黛玉柔腸，三姐俠骨。四人者不同道，其趨一也。一者何也，曰情也，君子亦情而已矣，何必同。〔註224〕

湯玉茗云：生而不可以死，死而不可以復生者，非情之至者也。我於黛玉見之矣。〔註225〕

戚序回前　情因相愛反相傷，何事人多不揣量。黛玉徘徊還自苦，蓮羹甘受使兒狂。〔註226〕

蒙府　大抵諸色非情不生，非情不合，情之表見於愛，愛眾則心無定像，心不定則諸幻叢生，諸魔蜂起，則汲汲乎流於無情。此寶玉之多情而不情之案，凡我同人其留意！〔註227〕

戚序回前　余歎世人補識情字，常把淫字當作情字；殊不知淫裏無情，情裏無淫，淫必傷情，情必戒淫，情斷處淫生，淫斷處情生。三姐項下一橫是絕情，乃是正情；湘蓮萬根皆削是無情，乃是至情。生為情人，死為情鬼，故結句曰「來自情天，去自情地」，豈非一篇盡情文字？再看他書，則全是淫，不是情了。〔註228〕

情僧者，情生也；情僧緣者，因情生緣也。風月寶鑒者，即因色悟空也。金陵十二釵，情緣之所由生也。〔註229〕

從以上各家批點《紅樓夢》的引文可以看出，陷入「情」是一種「墮落」，所謂「墮落情根」，而無論是「情種」賈寶玉，還是飽含「情思」的林黛玉，還是智慧兒與秦鍾的所謂「情孽」，抑或是秦可卿、柳湘蓮、尤三姐等等諸人，「淫斷處情生」，也總歸是「幻情」一片，最終目的是要「因色悟空」。

〔註223〕朱一玄，紅樓夢脂評校錄〔M〕，濟南：齊魯書社，1986：419。
〔註224〕〔清〕陳其泰評，劉操南輯，桐花鳳閣評《紅樓夢》輯錄〔M〕，天津：天津人民出版社，1981：200。
〔註225〕〔清〕陳其泰評，劉操南輯，桐花鳳閣評《紅樓夢》輯錄〔M〕，天津：天津人民出版社，1981：269。
〔註226〕朱一玄，紅樓夢脂評校錄〔M〕，濟南：齊魯書社，1986：431。
〔註227〕朱一玄，紅樓夢脂評校錄〔M〕，濟南：齊魯書社，1986：433。
〔註228〕朱一玄，紅樓夢脂評校錄〔M〕，濟南：齊魯書社，1986：517。
〔註229〕馮其庸纂校訂定，陳其欣助纂，八家評批紅樓夢〔M〕，北京：文化藝術出版社，1991：22。

「人所常情」，除指男女愛情之外，還指其他的「情」。

如毛宗崗《三國志演義回評》：「人情未有不愛財與色者也……」〔註 230〕
毛宗崗認為，愛財愛色乃人所常情。此處毛宗崗所言的「人情」即指人普遍的
人性或感情行為的趨向。又如「魯達一孽龍也，楊志又一孽龍也。二孽龍同居
一水，獨不虞其鬥乎？作者亦深知其然，故特於前文兩人出身下，都預寫作關
西人，亦以望其有鄉里之情也」〔註231〕。此處提及《水滸傳》中魯智深與楊志
均為「孽龍」，作者深知二孽龍共處一水，必有爭鬥，所以將魯智深與楊志均設
定為關西人的身份，以使其二者具「鄉里之情」，以避二「孽龍」之爭。再如「今
見女婿這等狼狽而來，心中便有些不樂。甲戌側 所以大概之人情如是，風俗如
是也」〔註232〕。「今見劉姥姥如此而來，心中難卻其意。甲戌夾 在今世，周瑞
婦算是個懷情不忘的正人」〔註 233〕。此前一處亦言人對人或事的普遍態度或
情感反應，後一處則指周瑞家的心中所懷有的善意之情等等。

孫桐生《妙復軒評石頭記敘》言：「文章者，性情之華也。性情不深者，
文章必不能雄奇恣肆，猶根底不固者，枝葉必不暢茂條達也。」〔註 234〕天
下文章，是人之性所開出的絢麗花朵，是人之情所閃現出的耀眼光輝。若人
之性情不深，其所做文章，必定不會雄奇恣肆。人之性情不深，便好比樹木
根基不牢，樹木之根不深不固，便必然不會枝繁葉茂。又如陳其泰《弔夢文》
道：「嗚呼，既不能學太上之忘情，又烏敢說至人之無夢。夢醒百年，古今
一慟。」〔註 235〕孫桐生所言之「性情」與陳其泰不能忘之「情」必然是「真
情」、「至情」。就像人應該「絕假存真」，小說的生命也在於情的真切，行世
久遠的小說，必然是一部大大的「情書」，必然飽含作者深厚的「真情」與
「至情」。

〔註 230〕〔元末明初〕羅貫中原著，〔清〕毛宗崗評點，毛批三國演義〔M〕，天津：
　　　　天津古籍出版社，2006：187。
〔註231〕陳曦鍾，侯忠義，魯玉川輯校，水滸傳會評本〔M〕，北京：北京大學出版
　　　　社，1981：305。
〔註232〕朱一玄，紅樓夢脂評校錄〔M〕，濟南：齊魯書社，1986：20。
〔註233〕朱一玄，紅樓夢脂評校錄〔M〕，濟南：齊魯書社，1986：109。
〔註234〕丁錫根編著，中國歷代小說序跋集（中）〔M〕，北京：人民文學出版社，1996：
　　　　1169。
〔註235〕〔清〕陳其泰評，劉操南輯，桐花鳳閣評《紅樓夢》輯錄〔M〕，天津：天津
　　　　人民出版社，1981：36。

第四章　明清小說評點範疇價值論系

第一節　明清小說評點主體價值範疇

一、自娛

　　「自娛」是明清小說評點價值論系中主體價值範疇之一。以明清小說評點者主體而言，「自娛」既是明清小說評點對於小說評點者主體帶來的主體性價值，又是明清小說評點者進行小說評點的基本動力範疇之一。在傳統儒家所主張的文學「興觀群怨」說，「為人生而藝術」的文學創作傳統及文學批評的大語境下，「自娛」帶上了「娛」字庶幾遭人貶損，罹受膚淺輕薄之惡意，但「自娛」卻無可爭議地代表了文學「遊戲說」的起源，是對人性本質的暗合，是「根源於作家的生命需要」〔註1〕。故在整個明清小說評點譜系中是無可替代的重要範疇之一。

（一）「遊戲之作」

　　文學的起源是重要文藝理論問題之一。對文學起源的探討，不僅可以從發生學的角度探究、闡釋文學的產生，而且能發見文學與人的本質的關聯性，由此能夠回歸到人本身，從本體性的位置出發，探討文學活動的性質和意義。

　　中外關於文學起源的理論觀點各式各樣、不一而足，茲簡要介紹幾種較有代表性的文學起源理論，以對關於文學發生的不同解釋作一對照：

〔註 1〕吳建民，「發憤」與「自娛」：古代作家創作的基本動力形式〔J〕，曲靖師範學院學報，2003，22（5）：41。

其一，「模仿說」。首先提出藝術起源於對自然的模仿的是古希臘德謨克利特。亞里士多德《詩學》也認為詩歌起源於對自然和社會生活的模仿。

其二，「神示說」。古希臘柏拉圖認為詩歌產生是由於神的靈感降臨、附著在詩人身上。薄伽丘認為詩歌是發源於上帝胸懷的實踐藝術。

其三，「心靈表現說」。即認為文學藝術是人類心靈的一種表現。柯勒律治認為詩歌發源於想像力。托爾斯泰則更明確的將心靈的範圍縮至人類的感情。

其四，「巫術說」。此說由 18 世紀意大利哲學家維柯最先提及，但對其進行深入研究的則是 19 世紀以來以泰勒、弗雷澤、哈特蘭特等為代表的人類學家。

其五，「勞動說」。即認為藝術起源於勞動，此說始於十九世紀晚期一些民族學家、藝術史家的理論觀點。

其六，「遊戲說」。遊戲說作為藝術起源的理論觀點之一，其實有較大包容性和彈性。文藝復興時期倡言模仿說的意大利馬佐尼，既把詩歌看成是模仿的藝術，又把詩歌看作是遊戲，即認為文學起源於模仿的遊戲。倡言遊戲說的代表人物主要有康德、席勒、谷魯斯等等。最早從理論上系統闡述遊戲說的是康德，他認為藝術是「自由的遊戲」，其本質特徵是無目的合目的性或自由的合目的性。席勒在康德的基礎上更進一步，認為「過剩精力」是文藝與遊戲產生的共同生理基礎。德國學者谷魯斯則認為人在遊戲類型上的選擇性和殫精竭慮、廢寢忘食的專注難以用「過剩精力」來解釋，他認為遊戲有隱含的實用目的，藝術活動在本質上與遊戲相通。所謂「遊戲」，其實也就是一種審美活動，藝術活動是無功利、無目的、自由的遊戲活動，是人與生俱來的本能，藝術就起源於人的遊戲本能或衝動。

以上所列舉的幾種關於文學發生的不同說法，無論是「神示說」、「心靈表現說」、「巫術說」、「勞動說」等等，都不同程度上包含了「遊戲」的質素。倡言神示說的柏拉圖便曾發現藝術與遊戲的類似之處。柏拉圖認為各種再現性藝術和各種實用藝術之間的區別可看做是遊戲和一本正經之間的區別。神示也可以看成是「神的遊戲」，人類心靈的表現、人類情感的傳達也難以說具有嚴肅的邏輯態度，巫術在一定程度上也是人類的一種「遊戲」，而勞動則會加上「遊戲」的成分以使其本身變得更輕鬆。

「遊戲說」也適用於或者說可以用來解釋中國文學史或文學批評史上作

家創作或批評家批評的現象。儘管功利性的文學創作觀或文學批評觀在中國文學史或文學批評史上未曾消歇甚或佔據主流，但也有相當一部分作家或評論家在進行文學創作或文學批評的時候，不甚思考和重視作品或批評文字的社會影響和社會價值，他們通過創作或批評以「自娛」，以滿足主體性生命的本質需要，獲得內心期求和渴望的自適與愉悅。

如陶淵明「常著文章自娛，頗示己志。忘懷得失，以此自終」（《五柳先生傳》），陶淵明通過寫文章來進行自我消遣、自我娛樂，在寫文章的過程中，陶淵明忘懷所有的得與失，看淡世間的悲與喜，不管貧賤與富貴，只借詩酒度日，逍遙自在，如以此等逍遙心態了此一生，何嘗不是一個值得效法的選擇？蘇軾亦言：「某平生無快意事，惟作文章……筆力曲折無不盡意。」（何薳《春渚紀聞》卷六《東坡事實》）蘇軾認為，人生中其他事都稱不上令其「快意」，唯有作文章能夠「快意」自娛，寫作文章以表達思想的「盡意」的過程便是其發洩情感、快適揮灑的過程。任情恣性的李贄亦是作文以自娛的典型，「老來無事……總類別目，用以自怡……」（《藏書·世紀列傳總目前論》）李贄自序己志，闡明其自娛自樂的文學觀念，表其自身作書緣由與目的是「老來無事」、「用以自怡」，即著書立說是為達自己身心愉悅和諧，而非發行於世，取悅於人。李贄又「作《讀書樂》以自樂」（《〈讀書樂〉引》），寫作《讀書樂》用來自娛自樂。李贄道：「大凡我書，皆求以快樂自己。」（《與袁石浦》）李贄著書，其目的是讓自己快樂。李贄的「自怡」、「自樂」、「快樂自己」等均乃「自娛」，顯示了其鮮明的文學以自娛的態度。

作詩以自娛在古人中不乏其例，如曾鞏「雖病不飲酒，而間為小詩，以娛情寫物，亦拙者之適也」（《齊州雜詩序》），作詩以「娛情」，自娛自樂，以作詩作為飲酒的替代品而自我消遣。邵雍亦作詩以自娛，「自歌自詠自怡然」（《安樂窩中詩一編》），作詩不是為他人而作，而是為自己而作，達到自身愉悅和怡然自得。

王國維《人間詞話》道：「詩人視一切外物，皆遊戲之材料也。」〔註2〕「遊戲」便是用來自娛的。王國維受康德、席勒等文藝起源「遊戲說」的影響，倡言遊戲的文學。在《文學小言》中，王國維言：「文學者，遊戲的事業也。人之勢力用於生存競爭而有餘，於是發而為遊戲。婉孌之兒，有父母以衣食之，以卵翼之，無所謂爭存之事也。其勢力無所發洩，於是作種種之遊

〔註2〕王國維，王國維文學論著三種〔M〕，北京：商務印書館，2001：56。

戲，逮爭存之事亟而遊戲之道息矣。唯精神上之勢力獨優而又不必以生事為急者，然後終身得保其遊戲之性質。」〔註3〕王國維認為，文學就是遊戲。如果人的精力用在生存競爭方面還有剩餘，那麼人精力所餘下的部分便用在遊戲方面。人在孩童時期，有其父母為之提供飲食住所，並沒有生存競爭的壓力，所以孩子們的精力無處發洩，便喜歡玩各式各樣的遊戲。但當孩童長大之後，需要自立於世，自我養活，有了生存競爭的壓力，那麼也便不再去玩小孩子們常玩的遊戲。而唯獨那些精力充沛而無所釋放，又不存在生存競爭壓力的人們，方能終身擁有「遊戲」資格。王國維又在《人間嗜好之研究》中道：「希爾列爾既謂兒童之遊戲存於用剩餘之勢力矣，文學美術亦不過成人之精神遊戲。故其淵源之存於剩餘之勢力，無可疑也。且吾人內界之思想感情，平時不能語諸人或不能以莊語表之者，於文學中以無人與我一定之關係故，故得傾倒而出之。易言以明之，吾人之勢力所不能於實際表出者，得以遊戲表出之是也。」〔註4〕王國維認為文學是「遊戲的事業」，他繼承了席勒關於「過剩精力」的說法，認為文學藝術是成人的「精神遊戲」，王國維還認為精神世界比較豐富而又不迫於生計的人，才能真正將文學之遊戲的性質一以貫之，並且文學作為遊戲，還有一個好處，就是能把在現實生活中不能向別人說或不能以正經話明說的話在文學中以戲語出之。李漁《閒情偶寄‧語求肖似》言：「予生憂患之中，處落魄之境，自幼至長，自長至老，總無一刻舒眉。惟於製曲填詞之頃，非但鬱藉以舒、慍為之解，且當作兩間最樂之人，覺富貴榮華，其受用不過如此，未有真境之為所欲為，能出幻境縱橫之上者──我欲做官，則頃刻之間便臻榮貴；我欲至仕，則轉盼之際又入山林；我欲作人間才子，即為杜甫、李白之後身；我欲娶絕代佳人，即作王嬙、西施之元配；我欲成仙作佛，則西天、蓬島，即在硯池筆架之前；我欲盡孝、輸忠，則君治、親年，可躋堯、舜、彭、籛之上。」〔註5〕李漁自表身世，即其生於憂患之中，處於落魄之地，從孩童到成年，以至年歲漸老，都無時無刻不處在憂愁之中，難以舒展眉宇。而唯獨在「製曲填詞」時，能夠心情暢快，一切陰雲密布煙消雲散，所有愁煩苦惱離他而去。「製曲填詞」能起到自我娛樂的作用，並且在現實生活中不可能實現的願望，可以在曲詞中輕易實現，無論是

〔註3〕王國維，王國維文集〔M〕，第一卷，北京：中國文史出版社，1997：25。
〔註4〕王國維，王國維文集〔M〕，第三卷，北京：中國文史出版社，1997：30。
〔註5〕〔清〕李漁，李漁全集〔M〕，第三卷，杭州：浙江古籍出版社，1991：47。

做官入仕，才配佳人，還是成仙成佛，為君為臣，都能唾手可得，不費吹灰之力。「製曲填詞」是李漁的「遊戲」，李漁在「遊戲」中實現了自我滿足。

與詩文曲詞相較，身為「小道」的古代小說更加「閒居一隅」，自娛色彩亦更為濃厚。魯迅《中國小說史略》即認為，軼事小說「若為賞心而作」，「雖不免追隨俗尚，然要為遠實用而近娛樂矣」〔註6〕。小說是為悅目賞心而作的，小說通俗、近俗、尚俗，不為實用之目的，而有娛樂之作用，正如魯迅《中國小說的歷史的變遷》所言：「……一般人民，是仍要娛樂的；平民的小說的起來，正是無足怪訝的事情。」〔註7〕小說，無論在創作者那裡，抑或是在讀者那裡，都是觸動快樂神經的調劑品。有研究者指出，《聊齋誌異》中相當比例的作品均為作者自娛心態的產物。〔註8〕

就明清小說評點而言，以上所論，便是「自娛」範疇的第一層內涵，即對小說創作者自娛動機和目的的揭櫫。張冥飛《古今小說評林》言：「《新紅樓夢》為跰人遊戲之作，無甚道理。」〔註9〕所謂「道理」是嚴肅的知識以引人思考的，「無甚道理」正從側面顯出了作者所作小說輕鬆愉悅的特點。託名金聖歎偽撰的貫華堂所藏古本《水滸傳》前序道：「……是《水滸傳》七十一卷，則吾友散後，燈下戲墨為多……一；心閒試弄，舒卷自恣，二；無賢無愚，無不能讀……吾友讀之而樂，斯亦足耳……」〔註10〕雖為託名偽撰之序，但庶幾不妨礙將其作為明清小說評點中視小說為娛樂遊戲之作的證據，文中所提及的「燈下戲墨為多」，「心閒試弄，舒卷自恣」都表明了小說著者自娛遊戲的心態。

（二）「批點得甚快活人」

文學創作可自娛，文學批評亦可自娛。明清小說評點家在評點小說時，有些是以自娛為動力、目的和導向的。

李贄《續焚書》言：「《水滸傳》批點得甚快活人，《西廂》、《琵琶》塗抹

〔註6〕魯迅，中國小說史略〔M〕，合肥：安徽人民出版社，2013：34。

〔註7〕魯迅，中國小說史略〔M〕，合肥：安徽人民出版社，2013：222。

〔註8〕朱振武，自娛：《聊齋誌異》創作心態談（一）〔J〕，蒲松齡研究，1996，（3）：34。

〔註9〕朱一玄編，明清小說資料彙編（下）〔M〕，天津：南開大學出版社，2012：529。

〔註10〕陳曦鍾，侯忠義，魯玉川輯校，水滸傳會評本〔M〕，北京：北京大學出版社，1981：23。

改竄得更妙。」〔註11〕李贄批點《水滸傳》，不是為求取功名利祿，不是為敷衍塞責，不是為完成一項未竟的事業或使命，也不是受他人委託或不得已所做的被動強加之事，而是完全出於其自身的強烈意願和需要，因為在批點《水滸傳》過程中，李贄所體驗到的是一種酣暢淋漓的「甚快活人」的感覺，這種感覺自然是萬般愉悅的，而批書的自娛性亦於此體現出來。

「甚快活人」是一種自由自在、酣暢淋漓地表達自己主觀思想、情感的評點狀態。而不是受到某種律條的束縛或規約，屈從於權勢或權威，違心地做他人命令或意願的傳聲筒。在李贄《水滸傳》回評中，處處可見其真性情的無羈約地流露，所謂「惟大英雄能本色，是真名士自風流」，李贄便是本色風流人，做真我、說真話、表真情，亦得真自在、真快活。對假道學的揭露和抨擊，李贄可謂是毫不吝嗇、不遺餘力。茲舉數例如下：

> 此回文字，分明是個成佛作祖圖。若是那班閉眼合掌的和尚，決無成佛之理。何也？外面模樣盡好看，佛性反無一些。如魯智深吃酒打人，無所不為，無所不做，佛性反是完全的，所以到底成了正果。算來外面模樣，看不得人，濟不得事，此假道學之所以可惡也與！此假道學之所以可惡也與！〔註12〕

> 人說魯智深桃花山上，竊取了李忠、周通的酒器，以為不是大丈夫所為。殊不知智深後來作佛，正在此等去。何也？率性而行，不拘小節，方是成佛作祖根基。若瞻前顧後，算一計十，幾何不向假道學門風去也？〔註13〕

> 如今世上都是瞎子，再無一個有眼的，看人只是皮相。如魯和尚卻是個活佛，倒叫他不似出家人模樣。請問出家人模樣的，畢竟濟得恁事？模樣要他做恁？假道學之所以可惡、可恨、可殺、可剮，正為忒似聖人模樣耳。〔註14〕

〔註11〕 朱一玄編，明清小說資料彙編（上）〔M〕，天津：南開大學出版社，2012：276。
〔註12〕 〔明〕施耐庵集撰，〔明〕羅貫中纂修，〔明〕李贄批評，《古本小說集成》編委會編，李卓吾批評忠義水滸傳〔M〕，上海：上海古籍出版社，1992：151。
〔註13〕 〔明〕施耐庵集撰，〔明〕羅貫中纂修，〔明〕李贄批評，《古本小說集成》編委會編，李卓吾批評忠義水滸傳〔M〕，上海：上海古籍出版社，1992：183。
〔註14〕 〔明〕施耐庵集撰，〔明〕羅貫中纂修，〔明〕李贄批評，《古本小說集成》編委會編，李卓吾批評忠義水滸傳〔M〕，上海：上海古籍出版社，1992：214～215。

　　拼命三郎是個漢子，一刀兩段，再無葛藤，卻又精細，所稱智
勇足備者非耶？楊雄一見，便認他為弟，亦自具眼，到底得他氣力。
豪傑相逢，多是如此。若是道學先生，便有多少瞻前顧後。〔註15〕

　　王矮虎還是個性之的聖人，實是好色，卻不遮掩。即在性命相
併之地，只是率其性耳。若是道學先生，便有無數藏頭蓋尾的所在，
口夷行跖的光景。嗚呼！畢竟何益哉？不若王矮虎實在，得這一丈
青做過妻子，也到底還是至誠之報。〔註16〕

第一則例子乃李贄《水滸傳》第四回回評，此回中魯達三拳打死鎮關西，因
官府通緝，在趙員外處暫時躲避。然官府耳目眾多，為避免出現意外，趙員
外勸魯達出家為僧。智真長老親自為魯達受戒，賜其法名「智深」。但魯智深
入佛門之後，積習難改，多次吃酒犯戒。在山腰搶了小二的酒，醉酒之後打
人滋事。後又下山在酒鋪吃狗肉、喝燒酒，以至酩酊大醉。上山打壞了半山
亭，拆了山門金剛，打傷了一眾和尚。智真長老出於無奈，只好將魯智深介
紹到東京大相國寺，其師弟智清和尚處了。在此回，魯智深的真我本性暴露
無遺，李贄感歎，那些被魯智深打的和尚，表面上遵守佛門清規戒律，而反
卻失去真心，失掉佛性。魯智深表面不守佛門規矩，但卻一片真心，一腔赤
誠，葆有完全的佛性，最終修成正果。李贄以此鞭撻道學之可惡。第二則為
李贄《水滸傳》第五回回評，李贄感歎魯智深行事率性，不拘小節，認為此才
是大丈夫之所為，才可成佛作祖，譏刺假道學瞻前顧後，精於算計，小肚雞
腸。第三則引自李贄《水滸傳》第六回回評，此回魯智深火燒瓦罐寺，打死崔
道成和丘小乙兩個假扮道士和尚、實則蓄意搗毀寺院的賊人。李贄由此感歎，
世人有眼無珠，看人只看表面做派，但殊不知，虛偽者橫行於世，真性情的
人卻不被理解，真乃可恨可悲。魯智深最不像出家人，反而修成正果，那些
像出家人的人，又有什麼用？假道學，表面上是聖人模樣，實際卻齷齪不堪。
第四則乃第四十四回回評，贊拼命三郎石秀做事果斷，雷厲風行，不拖泥帶
水，而又精細無比，與那些瞻前顧後的道學先生形成鮮明對比。第五則為李
贄《水滸傳》第四十八回回評，大贊王矮虎之真誠不虛，好色而不遮掩，譏刺

〔註15〕〔明〕施耐庵集撰，〔明〕羅貫中纂修，〔明〕李贄批評，《古本小說集成》編
　　　　委會編，李卓吾批評忠義水滸傳〔M〕，上海：上海古籍出版社，1992：1467
　　　　～1468。
〔註16〕〔明〕施耐庵集撰，〔明〕羅貫中纂修，〔明〕李贄批評，《古本小說集成》編
　　　　委會編，李卓吾批評忠義水滸傳〔M〕，上海：上海古籍出版社，1992：1600。

道學先生表面衣冠楚楚，實乃衣冠禽獸。

李贄對裝模作樣、道貌岸然的「假道學」深惡痛絕，在批評《水滸傳》時也將此類感情帶入其中，而魯智深、拼命三郎、楊雄、王矮虎等人不同於「假道學」的地方便是表裏如一、率性而為、不拘小節、雷厲風行、光明磊落，這正是李贄所欣賞的品質。李贄倡「童心說」，「童心」即赤誠無假的「真心」，有「真心」的人方是「真人」。李贄歡喜「真人」，厭惡「假道學」，在評點《水滸傳》人物的時候，亦盡情表達自己對《水滸傳》中「真人」英雄的喜愛與激賞，對書中或現實生活裏的「假道學」進行辛辣諷刺和極力批判，在此過程中，評點者李贄投入了自己主觀上的真感情，釋放了自我情感，表達了自己的主觀思想意願和個人好惡，這種自在酣暢的評點狀態自然是「甚快活人」，自娛性即體現出來。

敢於無所顧忌地講真話對於評點者自身而言，正是一種精神上的娛樂與暢快。李贄批評《水滸傳》，不僅揭露了「假道學」的醜惡嘴臉，而且毫無禁忌地指謫書中包括官吏等在內的統治者們的「強盜」實質：

> 從來捉賊做賊，捕盜做盜，的的不差。若要真正除得盜賊，只須除了捕快為第一義。〔註17〕

> 李禿老曰：「朱仝、雷橫、柴進不顧王法，只顧人情，所以到底做了強盜。若張文遠，倒是執法的，還是個良民。或曰：『知縣相公也做人情，如何不做強盜？』曰：你道知縣相公不是強盜麼？」〔註18〕

> 卓吾曰：「一僧讀到此處，見桃花山、二龍山、白虎山都是強盜，歎曰：『當時強盜真恁地多！』余曰：當時在朝強盜還多些。」〔註19〕

> 李禿翁曰：「今人只管說男盜女娼便不好了。童貫、高俅那廝，非不做大官，燕青、李師師都指為姦佞，是又強盜娼婦不如了。官

〔註17〕〔明〕施耐庵集撰，〔明〕羅貫中纂修，〔明〕李贄批評，《古本小說集成》編委會編，李卓吾批評忠義水滸傳〔M〕，上海：上海古籍出版社，1992：557。

〔註18〕〔明〕施耐庵集撰，〔明〕羅貫中纂修，〔明〕李贄批評，《古本小說集成》編委會編，李卓吾批評忠義水滸傳〔M〕，上海：上海古籍出版社，1992：689。

〔註19〕〔明〕施耐庵集撰，〔明〕羅貫中纂修，〔明〕李贄批評，《古本小說集成》編委會編，李卓吾批評忠義水滸傳〔M〕，上海：上海古籍出版社，1992：1892。

大那裡便算得人？」〔註20〕

從以上引文可知，李贄毫無顧忌地大膽表達自己內心想法，將社會現實情形赤裸裸地展現出來：捕快才是真強盜，除掉捕快便是除掉真正的強盜，「捉賊做賊，捕盜做盜」；顧人情的反而是強盜，而王法卻容不得人情，知縣相公做人情，「知縣相公不是強盜麼」；強盜之多令人瞠目，「在朝強盜還多些」，當朝統治者實是最大的強盜；童貫、高俅位居高位之人，比所謂強盜娼婦都不如，「官大那裡便算得人」等等。這些不加遮掩的犀利之評表現了李贄精神的絕對自由，可以想見，這種自由自在、想我所想、說我想說的評點狀態是何等愉悅、何等暢快。

批書的主觀性或主觀意願的強弱直接影響到自娛性質的純雜或程度的高低。一般而言，批書的主觀性愈強，便帶有更多的自娛性成分。反之，則自娛性成分越少，或難以體現出自娛性。曹立波《〈紅樓夢〉評點從文人自娛到商業傳播的轉型——東觀閣評與脂硯齋評的主要差異》，即指出《紅樓夢》脂硯齋評主觀性較強，具文人自娛性，東觀閣評客觀性突出，具書商導讀型特徵〔註21〕。脂硯齋在進行評點時，心靈是打開的，對《紅樓夢》文本傾注了一己真感情，故在脂硯齋評語中，感受到的是一個活生生的帶有真感情的鮮活生命，評語中激蕩著脂硯齋自身主觀情感之潮。

如《紅樓夢》第一回正文「有命無運，累及爹娘」處，脂硯齋評（甲戌本眉批）：「八字屈死多少英雄？屈死多少忠臣孝子？屈死多少仁人志士？屈死多少詞客騷人？今又被作者將此一把眼淚灑與閨閣之中，見得裙釵尚遭逢此數，況天下之男子乎……」〔註22〕又如《紅樓夢》第十五回正文「其中陰陽兩宅俱已預備妥貼」處，甲戌夾評：「大凡創業之人，無有不為子孫深謀至細。今後輩仗一時之榮顯，猶自不足，另生枝葉，雖華麗過先，奈不常保，亦足可歎，爭及先人之常保其樸哉？近世浮華子弟來著眼。」〔註23〕從此二則批語，可讀出脂硯齋自身的主觀想法，脂硯齋閱讀《紅樓夢》文本的切身體會和內

〔註20〕〔明〕施耐庵集撰，〔明〕羅貫中纂修，〔明〕李贄批評，《古本小說集成》編委會編，李卓吾批評忠義水滸傳〔M〕，上海：上海古籍出版社，1992：2632。
〔註21〕曹立波，《紅樓夢》評點從文人自娛到商業傳播的轉型——東觀閣評與脂硯齋評的主要差異〔J〕，河南教育學院學報（哲學社會科學版），2005，24（2）：1～6。
〔註22〕朱一玄，紅樓夢脂評校錄〔M〕，濟南：齊魯書社，1986：14。
〔註23〕朱一玄，紅樓夢脂評校錄〔M〕，濟南：齊魯書社，1986：204。

心激蕩，《紅樓夢》文本的文字對脂硯齋產生了實實在在的觸動，脂硯齋亦將所受到的觸動真真切切地形諸文字。故在批點過程中，脂硯齋的主觀個人性參與其中，批點文字是脂硯齋自身真實感情的匯聚而不是客觀、僵化、被動的死物，在脂硯齋的評點文字中，文人自娛性得到充分顯現。

（三）「寓怒罵於嬉笑」

有些文學創作或文學批評不是單純的「自娛」，「自娛」背後還隱藏著其他因素。在此類情況下，如果只看到「自娛」的表象，而不深究其背後原因，便不能對文學作品或文學批評著作有準確把握和深刻理解。

含晶子《西遊記評注自敘》言：「《西遊記》……世傳其本以為遊戲之書，人多略之，不知其奧也……予近多閱道書，溯源竟委，乃知天地間自有一種道理。」〔註24〕有的書表面看起來是「遊戲之書」，但讀者如果具有相關知識背景和知識儲備，就能洞悉其中壺奧，明瞭其並非單純自娛或娛樂的小說，而是蘊含著更深刻的道理。讀小說不能粗粗讀過，否則仍似囫圇吞棗，不知其味，正確讀法應是「察其時勢」、「得文得心」、「知人論世」，如潘德輿《讀水滸傳題後一》即言：「……不察其時勢而讀是書者，徒取其文而贊之頌之，即愛為史遷，尊為《左》、《國》，自以為洞中其文之骨髓，然而作書之人終不樂，蓋得其文未得其心，知其人不論其世，均之無與於文章之道也，作書者何望焉……作者之憂患深矣！讀者徒覺其豪快駿爽，可以已沉屙而消魂礧，烏知作者之苦有不可言者乎？」〔註25〕得其文亦應得其心，知其人也須論其世，否則就會難以體認著書者想要表達的意思，無法洞觀文中精髓，使得著書人的意圖未能彰顯以致抱憾。

《一葉軒漫筆》有云：「《儒林外史》一書，寓怒罵於嬉笑……」〔註26〕此是說表面上看起來嬉笑自娛的《儒林外史》其實內含怒罵與憤懣。故應透過自娛的表象找尋其所諷諫的實質，茲舉幾則《儒林外史》評點中此類例證如下：

> 范進進學，大觴瓶酒，是胡老爹自攜來，臨去是披著衣服，腆

〔註24〕丁錫根編著，中國歷代小說序跋集（下）〔M〕，北京：人民文學出版社，1996：1384～1385。

〔註25〕朱一玄編，明清小說資料彙編（上）〔M〕，天津：南開大學出版社，2012：311。

〔註26〕朱一玄編，明清小說資料彙編（上）〔M〕，天津：南開大學出版社，2012：447。

著肚子；范進中舉，七八斤肉、四五千錢，是二漢送來，臨去是低著頭，笑迷迷的。〔註27〕

才說不占人寸絲半粟便宜，家中已經關了人家一口豬，令閱者不繁言而已解。

上席不用銀鑲杯箸一段，是作者極力寫出。蓋天下莫可惡於忠孝廉節之大端不講，而苟索於末節小數，舉世為之而莫有非之，且效尤者比比然也。故作者不以莊語責之，而以謔語誅之。〔註28〕

胡三先生素有錢癖，幸而不為憨仙撞騙。卻又喜結斗方名士，湖上一會，酸氣逼人。至今讀之，尤令人嘔出酸餡也。〔註29〕

自科舉之法行，天下人無不銳意求取科名。其實，千百人求之，其得手者不過一二人；不得手者，不稼不穡，既不能力田，又不能商賈，坐吃山空，不至於賣兒鬻女者幾希矣。倪霜峰云：「可恨當年誤讀了幾句死書。」「死書」二字，奇妙得未曾有，不但可為救時之良藥，亦可為醒世之晨鐘也。〔註30〕

俗語云：「吃了自己的清水白米飯，去管別人家的閒事。」如唐三痰輩，日日在縣門口說長論短，究竟與自己穿衣吃飯有何益處，而白首為之而不厭耶？此如涸廁中蛆蟲，翻上翻下，忙忙急急，若似乎有許多事者，然究竟日日如此，何嘗翻出廁坑之外哉？〔註31〕

以上所引《儒林外史》評點的引文，皆是著者通過自娛的表象，蘊藉諷喻的實質，寓深刻的怒罵於表面的嬉笑之中。從胡屠戶前倨後恭、令人噴飯的表現，可以透見人情冷暖、世俗涼薄，而這些就不僅僅停留在娛樂的層面，而是揭示背後令人怨憤痛惜的真相；不占人絲毫便宜的嚴貢生，竟然關了別人

〔註27〕〔清〕吳敬梓著，李漢秋輯校，儒林外史匯校匯評〔M〕，上海：上海古籍出版社，2010：60。
〔註28〕〔清〕吳敬梓著，李漢秋輯校，儒林外史匯校匯評〔M〕，上海：上海古籍出版社，2010：71。
〔註29〕〔清〕吳敬梓著，李漢秋輯校，儒林外史匯校匯評〔M〕，上海：上海古籍出版社，2010：220。
〔註30〕〔清〕吳敬梓著，李漢秋輯校，儒林外史匯校匯評〔M〕，上海：上海古籍出版社，2010：292～293。
〔註31〕〔清〕吳敬梓著，李漢秋輯校，儒林外史匯校匯評〔M〕，上海：上海古籍出版社，2010：496。

一口豬，他前後對比極其鮮明的言行不一的舉止既是可笑的，更是可恨的；對表面守禮，而實際上內心齷齪不堪的「假道學」，吳敬梓採取的是「以謔語誅之」的表現手法，即表面看起來是逗樂，而實際上是怒罵、諷刺此類道貌岸然之輩；胡三先生的「酸氣逼人」，亦是虛偽做作，令人作嘔；科舉所造成的人的異化也讓人感到好笑，那些所謂「得手者」得了失心瘋，如范進中舉的表現可謂極矣，而這背後隱藏的恰是作者吳敬梓對泯滅人性的科舉制度的批判和咒罵；把唐三痰輩比作廁所中「翻上翻下，忙忙急急」的蛆蟲亦是「謔中藏諷」，批點者在批點小說的自娛中寓批判，在淺表的無所謂的姿態下潛藏著對社會人生的思考和關切，從藝術的層面走向人生的層面，在一定程度上，亦可謂為從小我走向大我的精神的昇華。

正如同世上沒有任何絕對純粹的東西一樣，明清小說評點中的某個範疇也非絕對獨立，而與其他範疇或事物有著或多或少的牽涉和瓜葛，將某一範疇疏離、獨立開來，亦是出於對其主要特徵和質素的考量，而不是對其隱含的其他成分的忽略或排除。正是因為複雜性造就了事物的豐富性，而豐富性即是研究的價值所在，試想一個乾巴巴的單面向的純質是沒有多少探究價值的。對複雜性和豐富性的揭示過程，便是接近和認清事物本質的過程。明清小說評點「自娛」範疇涵蓋的不只是「遊戲」、「娛樂」、「快活」等等，其背後行文或評點的用心亦是不可忽之的。

二、洩憤〔註32〕

「洩憤」作為明清小說評點價值論系主體價值範疇之一，不為新鮮，而為研究者談論較多。就「洩憤」在文學創作包括中國古代小說中本身價值體現和應用而言，論者多有涉及。

（一）「洩憤」與「發憤著書」

關於「洩憤」，較早的幾篇研究文章值得援引。1993 年陳美林、李忠明《中國古代小說中的情感渲泄》〔註33〕，指出處於逆境中的作家憤而創作文學作品，其動力便是情感的積累，也是其文學創作得以成功的重要條件之一。

〔註32〕本節部分內容已發表於《孔學堂》2016 年第 3 期《儒家思想與明清小說中的「洩憤」──以〈水滸傳〉及其評點為中心》，第 27～35 頁。

〔註33〕陳美林，李忠明，中國古代小說中的情感渲泄〔J〕，南京師大學報（社會科學版），1993，（4）：54～60。

而普通作家與偉大作家的區別便在於，偉大作家能將個人感情昇華為帶有普遍性，能夠引起讀者充分共鳴的情感，偉大作家能將個人情感昇華得恰到好處，將個人情緒合理、恰切地渲洩出來。〔註34〕文章認為文人最好的排遣內心「痛苦」、「悲憤」、「憂傷」的方法便是通過文學創作，文學創作能夠起到消解情緒迷惑、恢復內心平靜的重要作用。論文指出，小說這種文學樣式「適宜舒憤」〔註35〕，既因其自身所謂「小道」、「稗官」、「野史」的地位，又有不同於正史的虛構性等小說所獨有的其他特性。「洩憤」是古代小說作者重要的創作動機，古代小說作者大多命途多舛、懷才不遇，故借小說以抒憤。而「洩憤」並非作家創作的終極目標，好的小說作品是將一己情感昇華為對社會人生的同情和關注，此方為小說思想價值的體現。1994年徐一周《洩憤，從詩文到小說——兼談張竹坡的小說創作動力論》〔註36〕，為釐清「洩憤」與創作的關係，深入分析了憤與文的關係範疇，中華民族具有頑強生命力，文學素材偏愛「悲、憤、恨等類型的情感」〔註37〕，文學創作者將生活苦悶鬱結於胸中，將無限悲憤凝聚於心頭，以期在文學創造中找到苦悶、悲憤釋放的途徑，發憤而為文、為詩，借文學之酒杯，澆自身之壘塊，「舒其憤，泄其情」〔註38〕，但只心中有「憤」，不一定能創作出好作品，中國知識分子的優良傳統在於「洩憤」不是泄個人私憤，而是通過洩憤來干預社會生活，進行社會關懷和社會批判。如張竹坡的「洩憤」說便是通過洩憤來對社會進行批判〔註39〕。張蒹《古代小說理論中「洩憤」說的生成及意義》〔註40〕，闡解「洩憤」說為「以孤憤為起點」，將儒家教化模式憤然打破，為古代小說創

〔註34〕陳美林，李忠明，中國古代小說中的情感渲泄〔J〕，南京師大學報（社會科學版），1993，（4）：54。

〔註35〕陳美林，李忠明，中國古代小說中的情感渲泄〔J〕，南京師大學報（社會科學版），1993，（4）：55。

〔註36〕徐一周，洩憤，從詩文到小說——兼談張竹坡的小說創作動力論〔J〕，玉林師專學報（哲學社會科學），1994，15（1）：34～37。

〔註37〕徐一周，洩憤，從詩文到小說——兼談張竹坡的小說創作動力論〔J〕，玉林師專學報（哲學社會科學），1994，15（1）：34。

〔註38〕徐一周，洩憤，從詩文到小說——兼談張竹坡的小說創作動力論〔J〕，玉林師專學報（哲學社會科學），1994，15（1）：35。

〔註39〕徐一周，洩憤，從詩文到小說——兼談張竹坡的小說創作動力論〔J〕，玉林師專學報（哲學社會科學），1994，15（1）：37。

〔註40〕張蒹，古代小說理論中「洩憤」說的生成及意義〔J〕，中國人民大學學報，1995，（3）：73～77。

作注入了新鮮血液〔註41〕。「洩憤」說在明代小說理論界的出現既和時代思潮有關，又和科舉制及作家個人遭際有關，「洩憤」說有著深厚的理論淵源，其積極意義在於打破「懲勸」模式。賴燕波《洩憤——明清小說家創作動因探析》〔註42〕，即介紹了「洩憤」說的歷史淵源，總結出憤「社會黑暗」、「世態炎涼」、「個人際遇」等三種「憤」的類型。並從心理學角度分析了「洩憤」的動因。林剛《試論張竹坡的「洩憤」小說批評觀》〔註43〕，指出張竹坡「洩憤」的小說批評觀是對萌芽於先秦、成熟於漢代的「發憤著書」說的繼承和發展。林剛認為，張竹坡「洩憤」觀最主要貢獻在於他沒有將小說創造的原動力僅僅歸結於個人一己之憤，而是將小說創作的原因與動力和普遍社會現象如統治腐敗、社會黑暗、道德淪喪、人心不古等密切聯結在一起〔註44〕。綜觀這些研究論文可看出，諸多研究者的主要關注點大致在「洩憤」意涵的闡釋、「洩憤」的淵源以及意義等方面，其中，時代因素、科舉制、個人遭際等都是探討頻次頗高的幾個論題。

「洩憤」說在「發憤」的基礎上發展而來。關於「發憤」，前人亦做了相當充分的研究。如范道濟《「發憤」說論小說的主體表現功能——明清小說理論研究劄記》〔註45〕，認為「發憤」說是對中國古代小說作家所遭受的普遍不公命運的揭露，他們都是受到生活唾棄，在慘烈社會夾縫中忍受煎熬的一群，「發憤」說將小說的政治批判價值和社會批判意義提至顯眼位置，肯定了小說在此方面的作用。〔註46〕「發憤」說是對小說創作主體心理狀態的闡釋，「發憤」之作具有洩導補償之功用，其意義在於實現創作主體的人生價值。「發憤」說是對理性原則的背離，對傳統美學思想的反叛和挑戰。俞綿超《司

〔註41〕張蓑，古代小說理論中「洩憤」說的生成及意義〔J〕，中國人民大學學報，1995，（3）：73。

〔註42〕賴燕波，洩憤——明清小說家創作動因探析〔J〕，杭州教育學院學報，1997，（1）：28～31，35。

〔註43〕林剛，試論張竹坡的「洩憤」小說批評觀〔J〕，樂山師範學院學報，2002，17（5）：45～48。

〔註44〕林剛，試論張竹坡的「洩憤」小說批評觀〔J〕，樂山師範學院學報，2002，17（5）：45。

〔註45〕范道濟，「發憤」說論小說的主體表現功能——明清小說理論研究劄記〔J〕，明清小說研究，1995，（4）：157～168。

〔註46〕范道濟，「發憤」說論小說的主體表現功能——明清小說理論研究劄記〔J〕，明清小說研究，1995，（4）：157。

馬遷的「發憤著書說」及其影響》〔註47〕，提到著書的動力是「洩憤」，著書
的目的在「言道」。「發憤著書」包括「著書洩憤」和「著書言道」兩方面內
容。「著書洩憤」是對孔子以來「詩可以怨」理論的突破，「著書言道」則擴大
和豐富了荀子「文以言道」說的內容。丁桂奇、王慶雲《明清小說理論「發憤
著書」說的形成與發展》〔註48〕則探究了「發憤著書」說的歷史淵源，具體
分析了李贄、金聖歎等人的「發憤著書」說，以及張竹坡的「洩憤著書」說。
紀德君《明清時期文人小說家「發憤著書」縱觀》〔註49〕，指出文人的「發
憤著書」，經歷了三個過程分別是「奪他人酒杯以澆己塊壘」、「借烏有先生以
發洩黃粱事業」、「寫一己見聞以抒不平之志」，且此三過程層層遞進。此外，
房瑩《明清人對〈金瓶梅〉主旨的闡釋》〔註50〕，用整一個章節篇幅論述了
明清人對《金瓶梅》「洩憤」主旨的闡釋，包括通過對「洩憤」與「發憤著書」
的討論，釐清了「洩憤」與「發憤著書」說的關係。

　　以上，討論了相關學者對「洩憤」與「發憤著書」說的研究和理解，雖然
「洩憤」與「發憤著書」已為諸多學者所關注和闡釋，但若就明清小說評點
「洩憤」範疇而言，仍乏在此特定框架內的對有關評點內容的挖掘和關照。

（二）「吐其牢騷不平之氣」

　　明清小說評點者注意到小說或小說評點對於小說作者或小說評點者的洩
憤功用，所泄之憤，首先是一己牢騷、不平、憤懣、愁苦等等。

　　如平子《小說叢話》言：「金聖歎定才子書，一、《離騷經》，二、《南華
經》，三、《史記》，四、《杜詩》，五、《水滸傳》，六、《西廂記》。所謂才子者，
謂其自成一家言，別開生面，而不傍人門戶，而又別於聖賢書者也。聖歎滿
腹不平之氣，於《水滸》、《西廂》二書之批語中，可略見一斑。」〔註51〕金

〔註47〕俞綿超，司馬遷的「發憤著書說」及其影響〔J〕，六安師專學報，2000，16
　　　　（3）：27～31。
〔註48〕丁桂奇，王慶雲，明清小說理論「發憤著書」說的形成與發展〔J〕，中國海
　　　　洋大學學報（社會科學版），2007，（6）：88～90。
〔註49〕紀德君，明清時期文人小說家「發憤著書」縱觀〔J〕，廣州大學學報（社會
　　　　科學版），2011，10（9）：72～77。
〔註50〕房瑩，明清人對《金瓶梅》主旨的闡釋〔D〕，上海：華東師範大學，碩士學
　　　　位論文，2007。
〔註51〕朱一玄編，明清小說資料彙編（上）〔M〕，天津：南開大學出版社，2012：
　　　　109～110。

聖歎作為小說評點家在評點《水滸傳》等書的時候，是飽含著滿腹不平之氣的，而這種不平之氣是體現在批語之中的。金聖歎的不平之氣和其本身遭際和心理狀態直接相關，而不是站在一個架空的樓宇之中，高調地為天下蒼生傳聲響。金聖歎幼年生活頗為優越，但後來父母早逝，家道也隨之中落，自然對金聖歎個性、心理產生了不小的打擊或影響。可以說金聖歎的為人孤高、率性而為和他個人生活遭際密切相關。他以才子自居，狂放不羈，甚至譏笑其他秀才庸俗愚拙等的睥睨性格的形成亦與他的成長經歷有關。經歷過人生的跌宕起落，就更容易以冷眼旁觀的批判姿態嚴峻地對人世間的各種現象揭發洞視、口誅筆伐。金聖歎這種犀利果決的性格表現在小說評點中，便是敢議敢諷、鞭闢入裏的文字。如《水滸傳》第一回開頭便說：「……浮浪破落戶子弟……自小不成家業，只好刺槍使棒，最是踢得好腳氣毬……都叫他做『高毬』。後來發跡，便將氣毬那字去了『毛旁』，添作『立人』，便改作姓高，名俅。這人吹彈歌舞，刺槍使棒，相撲頑耍，亦胡亂學詩書詞賦；若論仁義禮智，信行忠良，卻是不會。」金聖歎評曰：「毛旁者何物也，而居然自以為立人，人亦從而立人之，蓋當時諸公衮衮者，皆是也。」又評：「甚矣，詩書詞賦之易，而仁義禮智信行忠良之難也，觀於高俅，不其然乎！」〔註52〕「仁義禮智」、「信行忠良」，高俅一概不會，卻能躍居高位，為當權者所器重，可見最高統治層已是一派烏煙瘴氣的景象。金聖歎不僅對高俅進行批判，而且大膽地將之推及眾人，認為可以通過高俅，以管窺豹，即「蓋當時諸公衮衮者，皆是也」，此等憤世嫉俗的言語具有相當明顯的洩憤傾向，這種不平之氣既是金聖歎從文本中讀出的，但也不能排除其與他自身遭際自然而然的關聯。又比如《水滸傳》第九回正文：「林沖把槍和酒葫蘆放在紙堆上……把葫蘆冷酒提來慢慢地吃，就將杯中牛肉下酒。」在此後金聖歎批道：「寫得妙絕，正所謂與人無患，與物無爭，而不知大禍已在數尺之內矣。人生世上，真可畏哉！」〔註53〕此類批評，很明顯是加入了金聖歎自身的人生經歷和人生體會，飽含了其自己的苦辣辛酸在內。他對人生「可畏」的感歎，是對一己內心真實情感的宣洩。

〔註52〕陳曦鍾，侯忠義，魯玉川輯校，水滸傳會評本〔M〕，北京：北京大學出版社，1981：55。

〔註53〕陳曦鍾，侯忠義，魯玉川輯校，水滸傳會評本〔M〕，北京：北京大學出版社，1981：214。

　　不唯獨是金聖歎，就其他小說著者或小說評者而言，他們的「洩憤」首先是泄一己之憤懣、吐一己牢騷不平之氣。

　　如李贄，懷林《批評水滸傳述語》言：「……和尚一肚皮不合時宜，而獨《水滸傳》足以發抒其憤懣，故評之為尤詳。」〔註54〕正如懷林所言，李贄在評點《水滸傳》過程中，充分抒發了自己胸中的鬱氣和憤懣。李贄對假道學深惡痛絕，所以對假道學的譏評可謂是李贄「發抒其憤懣」的一個主要方式和途徑。如《水滸傳》第四回李贄評道：「……算來外面模樣，看不得人，濟不得事，此假道學之所以可惡也與！此假道學之所以可惡也與！」〔註55〕末句的重複言說將李贄胸中憤然不平全力表出。又如李贄《水滸傳》第六回回評道：「如今世上都是瞎子，再無一個有眼的，看人只是皮相……模樣要他做恁？假道學之所以可惡、可恨、可殺、可剮，正為忒似聖人模樣耳。」〔註56〕李贄將虛偽做作的世人一概罵盡。偽君子比真小人更加可惡，表面上文質彬彬，背地裏卻做下流無恥的勾當，站在道德的高地呵責他人，而涉及到自身利益時卻不擇手段。李贄《水滸傳》第四十八回又評道：「王矮虎還是個性之的聖人，實是好色，卻不遮掩……若是道學先生，便有無數藏頭蓋尾的所在，口夷行跖的光景。」〔註57〕……類似此類批語不可勝舉。李贄歷數假道學的裝模作樣、「瞻前顧後」、「算一計十」、道貌岸然、「藏頭蓋尾」、「口夷行跖」，呼喚「率性而為」、「不拘小節」、雷厲風行、「不遮掩」、「率其性」的至誠至性之真人。通過此番評批，李贄心中的積憤與不滿借之暢快一發。

　　此外，五湖老人亦在《忠義水滸全傳序》中疏泄其憤：「夫天地間真人不易得，而真書亦不易數覯。有真人而後一時有真面目，真知己；有真書而後千載有真事業，真文章。雖然，其人不必盡皆文、周、孔、孟也，即好勇鬥狠之輩，皆含真氣；其書亦不必盡皆二典、三謨、周誥、殷盤也，即嬉笑怒罵之頃，俱成真境……試稽施、羅兩君所著，凡傳中諸人，其鬢眉眼耳鼻，寫照畢

〔註54〕陳曦鐘，侯忠義，魯玉川輯校，水滸傳會評本〔M〕，北京：北京大學出版社，1981：25。

〔註55〕〔明〕施耐庵集撰，〔明〕羅貫中纂修，〔明〕李贄批評，《古本小說集成》編委會編，李卓吾批評忠義水滸傳〔M〕，上海：上海古籍出版社，1992：151。

〔註56〕〔明〕施耐庵集撰，〔明〕羅貫中纂修，〔明〕李贄批評，《古本小說集成》編委會編，李卓吾批評忠義水滸傳〔M〕，上海：上海古籍出版社，1992：214～215。

〔註57〕〔明〕施耐庵集撰，〔明〕羅貫中纂修，〔明〕李贄批評，《古本小說集成》編委會編，李卓吾批評忠義水滸傳〔M〕，上海：上海古籍出版社，1992：1600。

肖，不獨當年之盧面蒙愧，李笑口醜，蘇舌受慚，即以較今日之偽道學，假名
士，虛節俠，妝醜抹淨，不羞莫夜泣而甘東郭矍者，萬萬迴別，而謂此輩可易
及乎！」〔註58〕五湖老人呼喚具有「真面目」、「真氣」、「真境」的至情至性
的「真人」，而對那些「偽道學」、「假名士」、「虛節俠」、「妝醜抹淨，不羞莫
夜泣而甘東郭矍者」深惡痛絕、大加撻伐，其胸中之憤懣不平藉此一抒。又
如毛宗崗在批評《三國演義》時的直抒胸臆：「孟德殺伯奢一家，誤也，可原
也；至殺伯奢，則惡極矣。更說出『寧使我負人，休教人負我』之語，讀書者
至此，無不詬之罵之，爭欲殺之矣。不知此猶孟德之過人處也。試問天下人，
誰不有此心者，誰復能開此口乎？至於講道學諸公，且反其語曰：『寧使人負
我，休教我負人。』非不說得好聽，然察其行事，卻是步步私學孟德二語者，
則孟德猶不失為心口如一之小人，而此曹之口是心非，而不如孟德之直捷痛
快也。吾故曰：『此猶孟德之過人處也。』」〔註59〕曹操此類奸雄，誤殺伯奢
一家，又殺了伯奢，可謂窮凶極惡，不可原諒。曹操說出「寧使我負人，休教
人負我」，天下讀書君子，對其口誅筆伐，直欲將曹操千刀萬剮。但毛宗崗卻
認為，能口出此言者，正是敢於坦誠自己內心的過人之人。道學家「口是心
非」、言行不一、遮遮掩掩的齷齪行徑比不上曹操的敢作敢當、心口如一、直
捷痛快，毛宗崗此一番評論，敢於揭發人性本質、世間真相，可謂透闢犀利、
不留情面，將鬱氣、怨氣、怒氣、憤懣不平之氣痛快吐出，酣暢淋漓。

此外，小說評點家的「牢騷不平之氣」還有諸多方面的體現，對家庭生
活、人情冷暖、社會百態、世間眾象等都有不同程度的指謫、議論和己見：

> 天下怕老婆之人，未有不緣於愛老婆者也。愛極生怕。怕則不
> 敢，愛則不忍。不忍與不敢之心合，而於是妻之旨不可違，妻之鋒
> 不可犯，而妻黨之權，遂牢固而不可破矣。雖然，今天下豈少劉景
> 升哉？笑景升者復為景升，吾正恐景升笑人耳。〔註60〕

> 孔明弔公瑾之言曰：「從此天下，更無知音。」蓋不獨愛我者為
> 知己，能忌我者亦知己也；不獨欲用我者為知音，欲殺我者亦知音

〔註58〕 丁錫根編著，中國歷代小說序跋集（下）〔M〕，北京：人民文學出版社，1996：
　　　　1469。
〔註59〕 〔元末明初〕羅貫中原著，〔清〕毛宗崗評點，毛批三國演義〔M〕，天津：
　　　　天津古籍出版社，2006：23。
〔註60〕 〔元末明初〕羅貫中原著，〔清〕毛宗崗評點，毛批三國演義〔M〕，天津：
　　　　天津古籍出版社，2006：250。

也。不寧惟是，苟能愛我而不能用，用我而用之不盡其才，反不如
忌我殺我者之知我耳！〔註61〕

少卿只是一個呆子，其至性血誠，天下有幾人哉！〔註62〕

就是夫子在而今，也要念文章，做舉業，斷不講那「言寡尤，
行寡悔」的話。何也？就日日講究「言寡尤，行寡悔」，那個給你官
做？

評　何以要做舉業？求科第耳！何以要求科第？要做官耳！儒
者之能事畢矣。〔註63〕

第一則引文是評點者對針對「怕老婆之人」的不良社會輿論頗有不滿，為天
下怕老婆的男人做翻案文章，篤誠透徹地指出，男人之所以怕老婆乃是源於
對老婆的愛，只有對老婆的愛達到一定程度，愛之極才會怕老婆，怕是不敢，
愛是不忍，既不敢又不忍，所以對老婆惟命是從、聽之任之、呵護嬌寵。而這
樣的「怕老婆之人」實是愛老婆的好男人。評點者面對世人對「怕老婆之人」
的非議，其滿腹牢騷不平藉此番議論得以抒發。第二則引文是對「知音」、「知
己」的慨歎。知音難覓，世人皆知，而評點者此處所論知音又深刻許多，所謂
「忠言逆耳、良藥苦口」的「諍友」，所謂敵人亦是另一種意義上的朋友，即
使是忌妒自己、想殺自己的人也何嘗不是另一種意義上的知己，因為他們對
自己的態度是欣賞、器重和肯定的，認為自己有作為、有價值，以此言之，此
類人比起那些「愛我而不能用，用我而用之不盡其才」的人更稱得上是知己。
第三則引文是對世間之人顛倒黑白、不辨賢愚的憤懣和歎惋。「至性血誠」之
人往往被人認作是「呆子」，當所有不正常的被認作正常，那麼那個正常的反
而就成為了不正常，整個世界就是一所「瘋人院」，將正常之人排擠到邊緣境
地，剩下一群行尸走肉裝模作樣地亂舞。第四則引文也是憤激之言。吳敬梓
幼即穎異，過目成誦，作為一個才識過人的才子，吳敬梓卻在二十三歲考取
秀才之後，即止步不前，在科舉場上屢屢碰壁，科舉給予他的感受是不愉快、

〔註61〕〔元末明初〕羅貫中原著，〔清〕毛宗崗評點，毛批三國演義〔M〕，天津：
　　　　天津古籍出版社，2006：420。
〔註62〕〔清〕吳敬梓著，李漢秋輯校，儒林外史匯校匯評〔M〕，上海：上海古籍出
　　　　版社，2010：366。
〔註63〕〔清〕吳敬梓著，李漢秋輯校，儒林外史匯校匯評〔M〕，上海：上海古籍出
　　　　版社，2010：166。

苦痛和憤懣的，小說則順理成章地成為他無奈發洩胸中鬱積不平的途徑，他
譏唇諷齒，入木三分，即使孔子在世，也顧不得講什麼「言寡尤，行寡悔」
了，只有做八股，考科舉，才指望能混得上一官半職。張文虎的批語也同樣
憤激，天下儒者的共同目的不外乎是做官。

　　楊明琅《敘英雄譜》言：「……寒煙涼月淒風苦雨之下，焉必無英雄豪傑
之士之相與慷慨悲歌，以共吐其牢騷不平之氣耶？而又安在非不得已中之一
快哉？」〔註64〕小說著者或評點者的牢騷不平之氣通過小說正文或小說評點
的字裏行間展現出來，體現在人物塑造、情節營構、語言行文、思想內容等
各個方面。而這種「牢騷不平之氣」之所以能引起小說讀者或小說評點讀者
的共鳴，便因為它是廣泛存在的，而不只為一人所有。同是失路英雄，同處
「寒煙涼月淒風苦雨之下」，怎能不「相與慷慨悲歌」，以共吐「牢騷不平之
氣」呢？

（三）「天下眾鬱，亦借一抒」

　　「洩憤」除了泄一己之私憤，不論此私憤是否引人共鳴，還包括天下之
共憤。無論是「為人生而藝術」的文學或文學批評，還是「為藝術而藝術」的
文學或文學批評，都難以脫離政治的影響而完全獨立於政治之外。而泄天下
之共憤的文學或文學批評，在一定程度上，可以說是「以政治為文學」，以戰
鬥的姿態干預社會政治，對社會上存在的不公正、不合理現象進行不遺餘力
的批判。

　　「洩憤」所泄之共憤大多為對統治階級昏庸腐敗、棄賢用佞、魚肉百姓
等的不平與憤懣。如《水滸傳》一書，評點者多論及到此：

　　　　太史公曰：「《說難》、《孤憤》，賢聖發憤之所作也。」由此觀之，
　　　古之聖賢，不憤則不作矣。不憤而作，譬如不寒而顫，不病而呻吟
　　　也，雖作何觀乎！《水滸傳》者，發憤之所作也。蓋自宋室不兢，
　　　冠履倒施，大賢處下，不肖處上……施、羅二公……雖生元日，實
　　　憤宋事。是故憤二帝之北狩，則稱大破遼以泄其憤……夫水滸之眾，
　　　何以一一皆忠義也……今夫小德役大德，小賢役大賢，理也。若以
　　　小賢役人，而以大賢役於人，其肯甘心服役而不恥乎？是猶以小力

〔註64〕丁錫根編著，中國歷代小說序跋集（下）〔M〕，北京：人民文學出版社，1996：
　　　　1476。

　　縛人，而使大力縛於人，其肯束手就縛而不辭乎？其勢必至驅天下
　　大力大賢而盡納之水滸矣。〔註65〕

　　　　《水滸傳》一書，世傳出施耐庵手……世人竊聲譽，干名器，
　　避盜之名而有盜之實，與盜不甚相懸……試觀一百八人中，誰是甘
　　心為盜者？必至於途窮勢迫，甚不得已，無可如何，乃出於此。蓋
　　於時，宋室不綱，政以賄成，君子在野，小人在位，賞善罰惡，倒
　　持其柄。賢人才士，困踣流離，至無地以容其身。其上者隱遁以自
　　全，其下者，遂至失身於盜賊。嗚呼！誰使之然？當軸者固不得不
　　任其咎。〔註66〕

李贄認為，《水滸傳》正如同《說難》、《孤憤》，亦是「發憤之所作」。施耐庵、
羅貫中「雖生元日，實憤宋事」，對「宋室不兢，冠履倒施，大賢處下，不肖
處上」的社會政治環境，著書以洩憤。李贄的評點之語，也對政事多有指謫，
認為「小德役大德，小賢役大賢」是合理的，而反其道行之，「小賢役人」、
「大賢役於人」，則為不合理的社會政治秩序。這便能解釋，為何「天下大力
大賢而盡納之水滸」，大德、大力、大賢之英雄恥於受制於小德、小力、小賢
之人，更何況被無德、無力、無賢之小人所欺壓，勢必皆上梁山。宋公明身在
水泊，心在朝廷，背負賊寇之名，臥薪嚐膽，時刻念想依順朝廷，為朝廷出
力，可謂忠心之至，故《水滸傳》是發憤之所為作，抨擊執政者與在野者、役
人者與被役者位置的倒錯，為被壓制的眾英雄及被魚肉的老百姓鳴不平。王
韜不滿於所謂「吳下有識者」對《西廂記》、《水滸傳》「誨淫」、「獎盜」等的
惡評，為施耐庵、金聖歎等做翻案文字，進而指出，現如今，世人詭詐多端，
反不如所謂盜賊義氣深重，世人沽名釣譽，雖無盜名，卻有盜實，與盜其實
無別。此為對社會人情現狀赤裸裸的揭發和審判。王韜又繼而分析，水滸一
百單八將無人甘心為盜，乃不得已而行此下策，實「宋室不綱，政以賄成，君
子在野，小人在位，賞善罰惡，倒持其柄。賢人才士，困踣流離，至無地以容
其身。其上者隱遁以自全，其下者，遂至失身於盜賊」，而這種社會境況的生
成，「當軸者」難辭其咎！此言泄天下賢人才士黎民百姓之共憤可謂淋漓盡

〔註65〕陳曦鐘，侯忠義，魯玉川輯校，水滸傳會評本〔M〕，北京：北京大學出版社，
　　　　1981：28。
〔註66〕丁錫根編著，中國歷代小說序跋集（下）〔M〕，北京：人民文學出版社，1996：
　　　　1501～1502。

致。正如張潮《幽夢影》所言,「《水滸傳》是一部怒書」〔註67〕,《水滸》之怒,乃天下共怒,所泄之憤,乃天下共憤,所抒之鬱,乃天下眾鬱,曹玉珂《過梁山記》即言:「道君用蔡京、高俅之流……擯賢棄才……強毅果敢之夫,不安貧賤,復陷刑辟,相率揭竿,斥其所失,天下眾鬱,亦借一抒。」〔註68〕《水滸傳》此書將「不安貧賤」的「強毅果敢之夫」「相率揭竿」的過程一一結撰而出,作用於讀者及社會民眾的功效亦是疏泄鬱悶、發抒憤慨,亦可謂是「天下眾鬱,亦借一抒」。此外,《水滸後傳》也是洩憤之書,所泄之憤大抵也為此類共憤或稱公憤,即如陳忱《水滸後傳論略》所言:「《後傳》為洩憤之書:憤宋江之忠義……憤六賊之誤國……憤諸貴倖之全身遠害……憤官宦之嚼民飽壑……憤釋道之淫奢誑誕……」〔註69〕作者將此天下共憤之事現於筆端,令天下讀者讀之,心中共存之憤,亦同作書者借其所作之書,一併疏泄而出。

　　除國家政治之共憤外,明清小說評者所揭櫫的憤事還有很多。

　　比如,千古女性貞操之憤,陳獨秀《儒林外史新敘》言:「四十八回裏寫王玉輝的女兒殉夫一事,他的女兒要死的時候,王玉輝說:『我兒,你既如此,這是青史上留名的事,我難道還攔阻你?』女兒死後,他的女人大哭,王玉輝反勸道:『你這個老人家真正是個呆子!三女兒他而今已經成了仙了,你哭他怎的?他這死的好,只怕我將來不能像他這一個好題目死哩!』又大笑道:『死的好!死的好!』入祠那日,王玉輝轉覺傷心。後來到蘇州遊虎邱的時候,看見一個船上有一個少年穿白的婦人,又想起女兒,心裏哽咽,熱淚直滾出來。——這一段文章,很看得出吳敬梓對於貞操問題,覺得是極不自然。」〔註70〕《儒林外史》中塑造了王玉輝及其女兒的經典形象,二人為封建道德綁架而渾然不知。人性扭曲異化,將反人性、非正常的行為看作是高尚的道德標準。吳敬梓塑造此二人的目的便在於揭露封建倫理道德的荒謬可怖。陳

〔註67〕朱一玄編,明清小說資料彙編(上)〔M〕,天津:南開大學出版社,2012:320。

〔註68〕朱一玄編,明清小說資料彙編(上)〔M〕,天津:南開大學出版社,2012:252。

〔註69〕朱一玄編,明清小說資料彙編(上)〔M〕,天津:南開大學出版社,2012:335。

〔註70〕朱一玄編,明清小說資料彙編(上)〔M〕,天津:南開大學出版社,2012:465～467。

獨秀即敏銳地嗅到吳敬梓對於貞操問題之不自然的覺知。女性貞操問題這種違背人性的毒瘤歷經數千年依然蔓延於世，吳敬梓顯然意識到其中極大的不合理性，其對女性的戕害和對人性的扭曲，作為父親的王玉輝面對親生女兒的死亡，竟然大笑「死的好」，封建綱常倫理道德如同腐蝕心靈的濁臭毒液，將人心異化、妖魔化、怪物化，在王玉輝偶而恢復人性意識的間隙，他才想起女兒，滾出熱淚。作者想說的豈不是，那毒液已侵蝕人心幾千年，何時才能實現人性的復歸，治好人間怪症，讓每一個生命，無論男女，都能自由地綻放。

又如，對於人的存在方式之憤或思考。復以陳獨秀《儒林外史新敘》中的批評為例：「二十五回裏倪老爹說：『長兄！告訴不得你！我從二十歲上進學，到而今做了三十七年的秀才，就壞在讀了這幾句書，拿不得輕。負不得重！』又看他在五十五回裏寫荊元的朋友于老者種許多田地過活，何等自由，何等適意！——這兩處又很可以看得出吳敬梓把『工』比『讀』看得重。」〔註71〕正如吳敬梓在《儒林外史》裏所意欲傳達給讀者的以及陳獨秀在其批評文字中所極力揭示的那樣，科舉制度，在一定程度上，是對人性的戕害和異化，當一個人全部的生活重心和主軸都圍繞一種東西運行的時候，生活中其他所有的美好和活力便已然失卻。人異化為讀書機器和考試工具，除此之外，一無所能，即便在今天，這種憤也不無存在，中國教育制度的改革應以之為鑒。

再如，對美好而又受到摧殘的正義之方的弱者的同情之憤。例如哈斯寶《〈新譯紅樓夢〉回批》言：「……襲人這些話畢竟是一斧。前次風雨夜，寶釵差一個婆子送來燕窩……我答：叫送黛玉一瓶，送寶玉兩瓶，這是婆子自作主張麼？我說：這定是寶釵教婆子說的。我說：如確是她教的，這教的還少麼？呵，這又是一斧。兩奸相黨，一對斧頭砍枯林，可憐瀟湘如何受得！」〔註72〕哈斯寶憤而指明襲人和寶釵乃「兩奸相黨」，二人針對黛玉的言行好似兩把利斧，砍向黛玉這「枯林」，其實，此種情形可類比於普天下善良人們對惡人以強凌弱行徑的痛恨和悲憤，美好的事物受到打壓和毀滅，醜陋的東西卻橫行於世，「卑鄙是卑鄙者的通行證，高尚是高尚者的墓誌銘」，令人心寒的世道引人憤激。

〔註71〕朱一玄編，明清小說資料彙編（上）〔M〕，天津：南開大學出版社，2012：465～467。

〔註72〕〔清・內蒙古〕哈斯寶著，亦鄰真譯，《新譯紅樓夢》回批〔M〕，呼和浩特：內蒙古人民出版社，1979：95。

胡適《文學改良芻議》言：「吾謂今日之文學，其足與世界『第一流』文學比較而無愧色者，獨有白話小說（我佛山人、南亭亭長、洪都百鍊生三人而已）一項。此無他故，以此種小說皆不事摹仿古人（三人皆得力於《儒林外史》、《水滸》、《石頭記》，然非摹仿之作也），而惟實寫今日社會之情狀，故能成真正文學……今人猶有鄙夷白話小說為文學小道者，不知施耐庵、曹雪芹、吳趼人，皆文學正宗，而駢文律詩乃真小道耳。」〔註73〕胡適認為，白話小說不僅不是文學小道，恰恰相反，它可稱得上是文學的正宗。之所以這麼說，乃是因為白話小說的重要特質之一是對社會情狀的真實展現和如實描寫，而這，便是胡適所指的具有「文學之價值」的「真正文學」。這便是小說的政治性、社會性之所在。

也正因為小說具有重要的社會政治意義、價值和作用，小說家或小說批評家在進行小說創作或批評的過程中，應盡可能地秉持客觀、公正的寫作或批評態度，減少或避免個人偏激或極端之情感、觀念的帶入。正如黃人《小說小話》對文人之筆的批評：「《青詞宰相傳》，夏貴溪亦佞倖一流……此書則極力醜詆之，無異章惇、蔡京，又未免太過。揚之則登天，抑之則置淵，文人之筆鋒，誠可畏哉！小說猶其小焉者也。」〔註74〕「洩憤」，無論私憤，抑或公憤，都有其合理性、必要性和積極作用，但應避免「太過」，即「揚之則登天，抑之則置淵」，而是要秉持客觀之公義在心中。若能如此，那麼「洩憤」便不是「可畏」的，而是可敬的。

三、立言

「立言」與「立德」、「立功」相提並論，稱為「三不朽」。「三不朽」之說最早見於所載大夫叔孫豹云：「大上有立德，其次有立功，其次有立言。雖久不廢，此之謂不朽。」（《左傳・襄公二十四年》）孔穎達認為「立言，謂言得其要，理足可傳，其身既沒，其言尚存」〔註75〕。「立言」作為「著書立說」這一意涵，還見於東晉葛洪：「擒銳藻以立言……」（《抱朴子・行品》）「立言」從字面意義上而言，還泛指寫文章，如劉勰《文心雕龍・章句》：「夫人之立言，因字

〔註73〕朱一玄編，明清小說資料彙編（上）〔M〕，天津：南開大學出版社，2012：466。

〔註74〕朱一玄編，明清小說資料彙編（上）〔M〕，天津：南開大學出版社，2012：195。

〔註75〕〔唐〕孔穎達，春秋左傳正義〔M〕，北京：北京大學出版社，1999：1003。

而生句……」〔註76〕此外,「立言」還意為立論或提出某種見解或主張。

以上所列「立言」的這三個內涵並非互相獨立,著書立說亦是通過寫文章來立論,表達自身見解或主張。「立言」具有功利性目的,以期「不朽」,即在立言者故去之後,其著作文章裏的思想精髓、見解主張可被後世記取。從此意義而言,「立言」體現了著書者自我思想觀念表達的意願,是主體價值的實現。

(一)「古來至聖大賢,無不以其筆墨為身光耀」

小說評點家在評點中明確提出了小說或小說評點作為「立言」揚名的功利性主體價值。金聖歎《第五才子書施耐庵水滸傳》序文道:「夫文章小道,必有可觀,吾黨斐然,尚須裁奪,古來至聖大賢,無不以其筆墨為身光耀。」〔註77〕正如金聖歎所言,古往今來的聖人賢者,均通過著書立說來顯身揚名。

不只是經書、經典可令其著者知名,經書、經典裏的內容、思想得以延綿於世,在傳名這一點上,小說也有此功用,與經書、經典並無二致。張尚德《三國志通俗演義引》即言:「牛溲馬勃,良醫所珍,孰謂稗官小說,不足為世道重輕哉?」〔註78〕「牛溲馬勃」出自唐代韓愈:「……牛溲馬勃,敗鼓之皮……醫師之良也。」(《進學解》)「牛溲」即牛遺,車前草的別名,「馬勃」,一名屎菰,生於濕地及腐木的菌類,二者都是看起來低賤的東西,卻可作為良藥來使用,李漁《閒情偶寄·居室·房舍》即言:「收牛溲馬勃入藥籠,用之得宜。其價值反在參苓之上。」〔註79〕「牛溲馬勃」即借指卑賤而有用的事物,「牛溲馬勃」雖表面卑下,實質上卻能起到即便是名貴之物也難以起到的功用,由此言之,「牛溲馬勃」是何等貴重。以「牛溲馬勃」喻稗官小說,正說明稗官小說具有至高無上的經典、經書所不具備的重要功能,《隋煬帝豔史凡例》:「稗編小說,蓋欲演正史之文,而家喻戶曉之……故有源有委,可徵可據,不獨膾炙一時,允足傳信千古。」〔註80〕與詰屈聱牙的經典不同,稗編小說家喻戶曉,在社會公眾中的接受度高,受眾廣泛,小說著者也隨著小說的知名度而聲傳名揚,小

〔註76〕〔南朝梁〕劉勰著,范文瀾注,文心雕龍注〔M〕,卷七,北京:人民文學出版社,1962:570。

〔註77〕陳曦鍾,侯忠義,魯玉川輯校,水滸傳會評本〔M〕,北京:北京大學出版社,1981:10。

〔註78〕丁錫根編著,中國歷代小說序跋集(中)〔M〕,北京:人民文學出版社,1996:889。

〔註79〕〔清〕李漁,李漁全集〔M〕,第三卷,杭州:浙江古籍出版社,1991:161。

〔註80〕朱一玄編,明清小說資料彙編(上)〔M〕,天津:南開大學出版社,2012:136。

說著者的思想見解通過小說文本內容流傳開來，其主體價值得到充分顯現和延展，並且有些作品還能經受住時間檢驗，大浪淘沙，流傳不朽。

在小說評點中，不僅能體現出小說著者「立言」的傾向，小說評點家對小說的評點、評論也體現了小說評點者的「立言」意願。但明倫評《聊齋誌異·錦瑟》道：「生於憂患，死於安樂，上下古今，此理不易……天道之常，從未見有動心忍性，增益不能之人，而不降大任者。即不然，只此求生於安樂，而適以速死；求死於憂患，而轉以得生。古人云：『死生亦大矣。』是亦不可以思乎？願後之覽者，有感於斯文。」〔註81〕《聊齋誌異》第十二卷收錄《錦瑟》一篇，講述落魄書生王生因考試名落孫山被夫人逼迫自盡，死後與地府娘娘錦瑟互慕互愛淒美感人的愛情故事。但明倫從《錦瑟》這一故事中，體悟出生於憂患，死於安樂，動心忍性方降大任的道理。但明倫本人透過《錦瑟》表層的愛情故事，得出人生大道理，並將其訴諸於評點文字，通過自己的「立言」，將自己的思想見解表達出來，並且但明倫不只滿足於自我覺悟，而是「願後之覽者，有感於斯文」，即希望後世讀者，能對此文有所感發。

（二）「不得不託之小說」

「立言」不是為人迫使，而是一種強烈的自我需求。吳沃堯《雜說》言：「吾國素無言論自由之說，文字每易賈禍，故憂時憤世之心，不得不託之小說。且託之小說，亦不敢明寫其事也，必委曲譬喻以為寓言，此古人著書之苦況也。」〔註82〕寫作小說是不得已而為之，沒有言論自由，直言直書容易遭受「文字獄」的禍患，所以小說著者不敢明白寫出胸中所想，而是借小說寓言的形式委婉道來。可以說，「立言」的緣由之一是「憂時憤世」，借小說來「委曲」地表達自己對時事的態度和看法。

「立言」的重要動機是立言者的懷才不遇，意欲借小說來寄寓心意。如錢湘《續刻蕩寇志序》所言：「噫！著書立說之未易言也……然而世之懷才不遇者，往往託之稗官野史，以吐其抑塞磊落之氣，兼以寓其委曲不盡之意。」〔註83〕「立言」的啟動之機往往是懷才不遇，立言者借稗官小說寓寄自己的

〔註81〕張友鶴輯校，聊齋誌異會校會注會評本〔M〕，北京：中華書局，1962：1689。
〔註82〕朱一玄編，明清小說資料彙編（上）〔M〕，天津：南開大學出版社，2012：315。
〔註83〕丁錫根編著，中國歷代小說序跋集（下）〔M〕，北京：人民文學出版社，1996：1522。

思想態度，以此「立言」而疏通自己抑塞鬱悶的情感。如張竹坡《金瓶梅》第七十回評點：「甚矣！夫作書者必大不得於時勢，方作寓言以垂世。今止言一家，不及天下國家，何以見怨之深，而不能忘哉！故此回歷敘運良峰之賞，無謂諸姦臣之貪位慕祿，以一發胸中之恨也。」〔註84〕張竹坡亦認為，作書者是懷才不遇，「不得於時勢」，才作寓言以吐心中抑鬱，「立言」以傳世不朽。張竹坡指出，《金瓶梅》之著者便是怨念深重，懷才不遇，為世不憐，借小說以發「胸中之恨」。而張竹坡評點《金瓶梅》，其自身的「立言」動因亦何嘗不如是。張竹坡自幼聰穎好學，六歲能吟詩，八歲進私塾，博聞強識，可謂神童。怎奈天命不予，仕途不順，四次應試，均名落孫山。張竹坡十餘萬字的《金瓶梅》評點正傾注了他懷才不遇、明珠遭棄的抑鬱幽憤。「立言」者的這種「立言」態度和「立言」方式淵源於莊子，莊子並非採用論說文的形式將其哲學思想、主張從正面直接表述、傳達出來，而是利用「謬悠之說，荒唐之言，無端涯之辭」，即借助寓言、故事來傳達其內心所要表達的意思。〔註85〕究其根本，「立言」乃是人的本性使然。「詩者，志之所之也，在心為志，發言為詩，情動於中而形於言，言之不足，故嗟歎之，嗟歎之不足，故詠歌之，詠歌之不足，不知手之舞之足之蹈之也」（《詩大序》），人類創作詩歌，是為了表達內心志向，在心中是志向，將志向用語言表達出來就是詩歌。情感在人類內心被觸動便會用語言表達出來，語言不足以表達，就會嗟歎，嗟歎不足以表達，就會長聲歌詠，長聲歌詠不足以表達，就會情不自禁地手舞足蹈。《詩大序》雖言詩，對於小說或小說評點亦可同理而推之。如同穿衣吃飯等生理需求一般，「立言」出於人本身的情感需要，符合天然本性。

　　平子《小說叢話》言：「《金瓶梅》一書，作者抱無窮冤抑，無限深痛，而又處黑暗之時代，無可與言，無從發洩，不得已藉小說以鳴之。」〔註86〕如平子所言，「立言」是不得已而為之。

　　「立言」的不得已一方面是個人情感上的不得已，如骨鯁在喉，不得不發。張潮《虞初新志總跋》言：「……古人有言，非窮愁不能著書以自見於後

〔註84〕〔明〕蘭陵笑笑生著，〔清〕張道深評，王汝梅、李昭恂、於鳳樹校點，張竹坡批評金瓶梅〔M〕，濟南：齊魯書社，1991：1069。

〔註85〕張梅，《莊子》的語言藝術——卮言——從莊子的立言態度與立言方式談起〔J〕，先秦兩漢文學論集，2006，（6）：440～459。

〔註86〕朱一玄編，明清小說資料彙編（上）〔M〕，天津：南開大學出版社，2012：675。

世。夫人以窮愁而著書,則其書之所蘊,必多抑鬱無聊之意以寓乎其間,讀者亦何樂聞此如怨如慕、如泣如訴之音乎?」〔註87〕《虞初新志》二十卷,為張潮編輯的明末清初文言短篇小說集,其中所收集的不少篇章寫了不平凡的人物故事,頗為感人,引人入勝。作書者多窮苦、愁悶、不得志之人,書中蘊藉的思想情感亦多百無聊賴、抑鬱寡歡。可《虞初新志》並非受到讀者冷落,張潮由此感歎,讀者也為何喜歡看如此哀怨淒悲的故事呢?辛棄疾有云:「歎人生、不如意事,十常八九。」(《賀新郎‧用前韻再賦》)方岳作詩道:「不如意事常八九,可與人言無二三。」(《別才子方令》)歷史長河滾滾向前,人類感情遭際都是相似的,生離死別、悲澀愁苦並未隨時空演進而稍減,讀者與作者心有所同,自然喜看小說中所敘寫的哀苦愁怨的故事。許康甫《螢窗異草三編序》云:「余以為文章根性情而出者也……抒寫抑鬱之氣,成小說家言,則其性情,大抵憂思多而歡樂少,愁苦常而忻愉暫。積其憂思愁苦,以寓言十九而行文之時,又不欲直寫怨憤,必借徑於風華綺麗之詞。」〔註88〕正如許康甫所言,人之「立言」根於性情,而小說家的性情大抵憂思多於歡樂,愁苦大於歡欣,小說家抒寫的是一己抑鬱之氣,以委婉屈曲的筆致敘寫內心的愁怨,且共鳴於心有戚戚的讀者。

「立言」第二個方面的不得已,是心繫世道人心的不得已。如《隋煬帝豔史凡例》所道:「著書立言,無論大小,必有關於人心世道者為貴。」〔註89〕除卻「小我」,著書立言者心中難以割捨的使命感是於人心世道有所裨益。所謂「儒者著書立說,必上觀千古,下觀千古,動有關於世道人心,非徒逞才華於淹博已也」〔註90〕。著說者,不只圖一己才華的舒展和炫耀,而要關乎世道人心,以期對社會有所裨益,此為「立言」的大旨趣。樊於禮《讀西遊原旨跋》言:「《西遊原旨》者,吾師悟元老人之所注也……著書立說,以上衛正道,而下啟後蒙,婆心獨切,故著書最多。」〔註91〕悟元老人「立言」為「上

〔註87〕丁錫根編著,中國歷代小說序跋集(下)〔M〕,北京:人民文學出版社,1996:1807。
〔註88〕朱一玄編,明清小說資料彙編(下)〔M〕,天津:南開大學出版社,2012:1063。
〔註89〕朱一玄編,明清小說資料彙編(上)〔M〕,天津:南開大學出版社,2012:136。
〔註90〕朱一玄編,明清小說資料彙編(下)〔M〕,天津:南開大學出版社,2012:1063。
〔註91〕丁錫根編著,中國歷代小說序跋集(下)〔M〕,北京:人民文學出版社,1996:1370。

衛正道」、「下啟後蒙」，在這種「立言」動機的驅使下，「婆心獨切」、「著書最多」。又如盛時彥所道：「『文以載道』，儒者無不能言……文，其道中之一端也。文之大者為《六經》，固道所寄矣；降而為列朝之史，降而為諸子之書，降而為百氏之集，是又文中之一端，其言皆足以明道；再降而稗官小說，似難無與於道，然《漢書·藝文志》列為一家，歷代書目，亦皆著錄。乃荒誕悖妄，雖非近於正道，於人心世道，亦未嘗無所裨益。」〔註92〕盛時彥認為，「文」乃「道」的一端，《六經》是「文之大者」，自然寄寓了「道」，《六經》以下是列朝史書，史書以下是諸子之書，諸子之書以下是百氏之集，百氏之集以下才輪得上稗官小說出場。《六經》、列朝史書、諸子之書、百氏之集均為「載道」之具。周敦頤云：「文所以載道也。」(《通書·文辭》)「文」乃車，「道」乃車上所載之物，「道」通過「文」的運載，可到達目的地。盛時彥雖鋪墊了一通稗官小說的卑微不足道，與「堂而皇之」的正道不相符合，但其落腳點卻在最後一句，即「於人心世道，亦未嘗無所裨益」。故在某種程度上而言，稗官小說亦未嘗不可為「載道」之具。

所謂樹大根深，無論「立言」有諸多何等的不得已，其可立的重要基礎之一乃是其獨特性和無可替代的自身價值。

譬如就歷史演義小說而言，它自然有與歷史相合或相近之處，蔡奡《東周列國志序》即言：「理不可見，依事而章，而事莫備於史……史者可以翊經以為用，亦可謂兼經以立體者也。稗官固亦史之支流，特更演繹其詞耳。善讀稗官者，亦可進於讀史，故古人不廢。」〔註93〕蔡奡認為，古人不廢小說的原因，是其對於瞭解歷史有益處，小說是歷史的支流輔翊。此或被理解為對小說自身價值的泯滅和否定，而實際更似在位高身尊的正道經史場中為稗官小說爭得一席之地的託詞。歷史演義小說的真正價值，不在於它與歷史相合或相近之處，而是其與史不同的特立之處。正如甄偉《西漢通俗演義序》言：「若謂字字句句與史盡合，則此書又不必作矣。」〔註94〕如果歷史演義小說每字每句都與史書相符合，便沒有寫作歷史演義小說的必要了，即難以見

〔註92〕朱一玄編，明清小說資料彙編（上）〔M〕，天津：南開大學出版社，2012：1064。

〔註93〕丁錫根編著，中國歷代小說序跋集（中）〔M〕，北京：人民文學出版社，1996：868。

〔註94〕丁錫根編著，中國歷代小說序跋集（中）〔M〕，北京：人民文學出版社，1996：879。

出歷史演義小說自身價值之所在了。《缺名筆記》中記載了一則材料：

> 《古城會》一劇，取材於《三國演義》，寫得栩栩有生氣，其實作者想當然耳，關羽未斬蔡陽也。《蜀志·羽傳》：「羽奔先主於袁軍，左右欲追之。曹公曰：『彼各為其主，勿追也。』」惟《先主列傳》有「紹遣先主將本兵之汝南，曹公遣蔡陽擊之，為先主所殺。」亦未明言斬蔡陽者為關羽。即果為羽，則已在先主營中，更無與張飛在古城衝突之事。《演義》附會為羽事，更周內為古城事，小說之善武斷，作如是觀可也。〔註95〕

由此可見，小說戲劇等文學藝術作品，其引人入勝的魅力在於「栩栩有生氣」，卻與歷史事實或實際情境相去甚遠。根據正史所載，並沒有確切依據是關羽斬殺了蔡陽，且絕沒有與張飛在古城起衝突的場景，而在《古城會》中，作者卻杜撰、演繹出精彩萬分的故事：桃園兄弟失散以後，關羽在曹營中深受曹操優待，但得知劉備蹤跡之後，決計辭別曹操尋找劉備。此時曹操故意避而不見。於是關羽掛印封金，留柬告辭，行近古城，忽然聽聞曹將蔡陽率軍追來，要替其外甥秦琪報仇。關羽趕忙命馬童進入古城向劉備、張飛報信，張飛因疑心關羽在曹營中久居，恐其有詐，拒絕收容。其時蔡陽追兵已到，關羽手起刀落，將蔡陽斬殺以自明。張飛疑慮至此才渙然冰釋，迎關羽入城。這裡，筆者只簡述大概便覺情節之波瀾起伏，具體的小說文字、戲劇場面則更為引人入勝。

稗官小說的獨立性和特出的藝術特色不僅有其欣賞和娛樂之用，亦有其重要的利用和參考價值。徐渭《隋唐演義序》言：「自中古而下，事不盡在正史，而多在稗官小說家，故輶軒之紀載，青箱之採掇，所謂求野多獲者矣。」〔註96〕又如鍾惺《混唐後傳序》所道：「……事雖荒唐，然亦非無因，安知冥冥之中不亦有帳簿，登記此類以待銷算也？然則斯集也，殆亦古今大帳簿之外小帳簿之中所不可少之一帙歟！」〔註97〕正如徐渭、鍾惺所言，稗官小說好比古今「大帳簿」之外獨立的「小帳簿」，是不可或少的，多觀此「小帳簿」，

〔註95〕朱一玄編，明清小說資料彙編（上）〔M〕，天津：南開大學出版社，2012：98。

〔註96〕朱一玄編，明清小說資料彙編（上）〔M〕，天津：南開大學出版社，2012：133。

〔註97〕丁錫根編著，中國歷代小說序跋集（中）〔M〕，北京：人民文學出版社，1996：966。

必可「求野多獲」，獲知在正史中所難以取得的故實和信息。

（三）「錦心繡口，絕世妙文」

小說著者或小說評點家通過小說文本或小說評點文字「立言」以疏泄情感、表達見解、傳世不朽。明清小說評點的「立言」，一為小說文本本身立論揚名，二其本身也自有可立之言。

黃叔瑛《第一才子書三國志序》：「院本之有《西廂》，稗官之有《水滸》，其來舊矣。一經聖歎點定，推為『第五才子』、『第六才子』，遂成錦心繡口，絕世妙文，學士家無不交口稱奇，較之從前俗刻，奚翅〔啻〕什佰過之？信乎筆削之能，功倍作者。」〔註98〕小說經過評點家的評點便能身價倍增，成為「錦心繡口，絕世妙文」，為人所推崇不已，勝過從前未經批點者批點的舊書十倍甚至百倍之多，批點者之功比作者還要大。所以小說評點家在小說之「言」得以「立」上功不可沒。

小說評點家甚至現身說法，力贊小說的威力和功用，其評論具有現代廣告性質，如袁于令《西遊記題詞》所言：「至於文章之妙，《西遊》、《水滸》實並馳中原。今日雕空鑿影，畫脂鏤冰，嘔心瀝血，斷數莖髭而不得驚人隻字者，何如此書駕虛遊刃，洋洋灑灑數百萬言，而不復一境，不離本宗；日見聞之，厭飫不起；日誦讀之，穎悟自開也！故閒居之士，不可一日無此書。」〔註99〕文章之絕妙，《西遊記》與《水滸傳》並駕齊驅。他書作者費盡心力、搜肚刮腸、嘔心瀝血、撚斷髭鬚而不得片言隻字，怎及此書汪洋恣肆、縱橫捭闔、洋洋萬言、旨趣鮮明。「日見聞之，厭飫不起」、「日誦讀之，穎悟自開」、「閒居之士，不可一日無此書」均像是具有誘惑力的廣告詞，讀者讀至此，必心嚮往之，搜掘出此書，欣然查看。

此外，也可從小說評論家的「負面」評論中看出小說獨特的藝術性，小說評論家「負面」的批評反會映像出小說所難以撼動的牢固地位。如申涵光《荊園小語》稱：「近時淫穢之書如《金瓶梅》等喪心敗德，果報當不止此。每怪友輩極贊此書，謂其摹畫人情，有似《史記》。果爾，何不直讀《史記》，反悅其似耶？」〔註100〕《金瓶梅》描寫人情世態的筆法有如《史記》，那為何

〔註98〕朱一玄編，明清小說資料彙編（上）〔M〕，天津：南開大學出版社，2012：71。
〔註99〕朱一玄編，明清小說資料彙編（上）〔M〕，天津：南開大學出版社，2012：223。
〔註100〕朱一玄編，明清小說資料彙編（上）〔M〕，天津：南開大學出版社，2012：311。

讀者不去直接讀《史記》，反而去看所謂「喪心敗德」的「淫穢之書」《金瓶梅》呢？由此可見，《金瓶梅》之言可以立，不在於與《史記》的相似之處，而在於其不同於《史記》的獨特文本及其中所包蘊的內容和思想價值。

明清小說評點本身的可立之言可分為兩方面。

一立其思。

小說評點家通過小說評點文字表達自己的思想見解，閃爍著不與人同的睿智、犀利的主觀之光，頗有啟發意義。茲舉幾例如下：

如毛宗崗《三國志演義回評》第十六回評道：「董卓愛婦人，曹操亦愛婦人，乃卓死於布，而操不死於繡。何也？曰：卓之死，為失心腹猛將之心；操之不死，為得心腹猛將之助也。興亡成敗，止在能用人與否耳，豈在好色不好色哉！吳王不用子胥，雖無西施，亦亡。吳王能用子胥，雖有西施，何害？袁中郎先生作《靈巖記》曰：『先齊有好內之桓公，仲父云無害霸。蜀宮無傾國之美人，劉禪竟為俘虜。』此千古風流妙論。」〔註 101〕自古便有紅顏禍水之說，將國朝興亡更替歸咎於美麗女子，「紅顏」之稱最早見於《漢書》：「既激感而心逐兮，包紅顏而弗明。」（《漢書》卷九七上外戚傳第六十七上）「禍水」原指漢成帝所寵信的趙飛燕、趙合德姐妹，按五德終始之說，漢朝為火德，稱趙飛燕為「禍水」是指會給漢朝帶來滅亡厄運。後人甚至歸納總結出古代十大紅顏禍水，即夏代妹喜、商代妲己、周朝褒姒、春秋西施、西漢呂雉、三國貂蟬、晉朝賈南風、唐代楊玉環、明朝客氏、清朝慈禧。但細思確考來，在男權社會的古代，被禍害、凌辱的對象是女性，所謂「紅顏禍水」只不過是敗事的男性拿來一用的擋箭牌。毛宗崗在評點《三國演義》時，便敢於發眾人所不敢言、不能言、不屑言，指出國朝的興亡成敗，在於當政者能否重用賢才，而不在好色不好色。所謂「食、色，性也」，並非是「紅顏禍水」，禍亂朝綱，而是最高統治者昏聵無能，棄賢用佞，最終導致國滅朝替。

又比如世人多有說《金瓶梅》為淫書，《金瓶梅》評點者卻有自己獨到的看法，《金瓶梅》文龍批本第十三回批道：「皆謂此書為淫書，誠然，而又不然也。但觀其事，只『男女苟合』四字而已。此等事處處有之，時時有之。彼花街柳巷中，個個皆潘金蓮也，人人皆西門慶也。不為說破，各人心裏明白……若能高一層著眼，深一層存心，遠一層設想，世果有西門慶其人乎……夫淫

〔註 101〕〔元末明初〕羅貫中原著，〔清〕毛宗崗評點，毛批三國演義〔M〕，天津：天津古籍出版社，2006：111。

生於逸豫，不生於畏戒，是在讀此書者之聰明與糊塗耳。生性淫，不觀此書亦淫；性不淫，觀此書可以止淫。然則書不淫，人自淫也；人不淫，書又何嘗淫乎？」〔註102〕評點者從實際生活立論，指出男女之事為家家戶戶尋常有之，實無可厚非，花街柳巷之中，個個是潘金蓮，個個是西門慶，只是大家心知肚明，不便說破而已。世人喜自欺，亦喜欺人，常指鹿為馬、畫地為牢，不肯眼看高處、心存深處、想往遠處，難以做到入乎其內、出乎其外，跳脫出文本之外，以客觀之冷眼看之。正如文龍高論，如若一個人生性淫亂，不看《金瓶梅》也是淫亂的，如果一個人生性不淫邪，看了《金瓶梅》而有所畏戒，反而可以防止淫慾。故並非《金瓶梅》是淫書，而是視此書為淫書的人是淫人，人若不淫，無知無覺的書又怎可能自淫？

又如陳其泰《紅樓夢》第四十四回所評：「世俗男子，有所愛戀，必欲真個銷魂，方謂情緣暢遂。即不然，亦必偎傍藾澤，以為得趣。真蠢物耳。夫姑蘇臺半生貼肉，不及若耶溪頭之一面。無他，情之所屬，不在狎昵之跡。誠能性情相洽，痛癢相關。我之所好，彼亦好之。我之所惡，彼亦惡之。我見為是，彼則必為，我見為非，彼必不為。我之哀樂，與彼之悲歡，若合符節。我之議論，與彼之心思，如合肺腑。雖莊容靜對，而情意自融。雖廣眾屢見，而神情獨注。雖千里睽隔，而行事可料。雖數年闊別，而片刻不忘。雖有足移我情者，而心不為動。雖有足分我愛者，而心不稍惑，是即終身嫌疑引避，絕無遊詞謔語，而忱愫之通晤言，亦有至樂，是即終身禮防自持，從不憑肩握手，而腹心之孚形骸，自覺不隔，復何必密切私語以為親，履舄交錯以為樂，撫摩懷拘以為愛，朝雲暮雨以為快哉。知此始可與言情，而沺沺孽海中，誰得情之三昧者……寶玉深於情者，而從不著意於警幻所訓之事，其於襲人之流，結歡於此事，正不鍾情於此人也。若其於黛玉，則冰清玉潔，惟求心心相印而已。」〔註103〕陳其泰認為，世俗之中的男子，如若有所愛戀，必定想要真正的銷魂，才能稱得上情緣暢遂。如果不是如此，以為在花街柳巷中與歌舞美女肉體相親便是得趣，才是真正的蠢物。那麼，何謂是真正的銷魂呢？姑蘇臺半輩子的肉體歡愉抵不上若耶溪頭的一面之情緣。其背後的原因便在於，

〔註102〕朱一玄編，金瓶梅資料彙編〔M〕，天津：南開大學出版社，2012：588。

〔註103〕〔清〕陳其泰評，劉操南輯，桐花鳳閣評《紅樓夢》輯錄〔M〕，天津：天津人民出版社，1981：152～153。

情感的交攔，並非在狎昵之時。而在於性情的相洽相合，知冷知熱。真正的愛情，不在床笫之事，肌膚之親，而是心意相通，神靈相合，性情相洽，情感相融，兩相愛戀，好其所好，惡其所惡，樂其所樂，悲其所悲，心有靈犀，無需言語而心照不宣，江海浩大而獨取一瓢飲之，跨越距離而心有戚戚，輕靈的精魂超越拙重的軀體獲得永久的連通和恆常的延續，不移情而別戀，不戲謔而逸樂，不朝雲而暮雨，更不懼歲月的侵蝕，肉身的腐朽，而能與世長存。真正的愛情，正如同《紅樓夢》中的寶黛之戀，寶玉深情所寄，獨在黛玉一人，肌膚之輕薄狎昵之事，只施於無關緊要的襲人之輩，但對其真正鍾情之人黛玉，卻只求心心相印而已。「山無棱，江水為竭，冬雷震震，夏雨雪，天地合，乃敢與君絕」（《樂府詩集‧鼓吹曲辭一》），陳其泰對真正的愛情的詮釋可謂跳出世俗，立出主見，思慮深沉，亦具有此真摯愛情詩般動人心魄的情感力量。

再如哈斯寶《〈新譯紅樓夢〉回批》第三十一回對「相知」及其種類的詮釋：「世上凡是以義相親的，謂之相知。相知又有幾種。話語相投，叫做知音。互致以德，叫做知己。心情相交，叫做知心。」〔註104〕「相知」意為「以義相親」，可分為「知音」、「知己」、「知心」三種，並且互不相同，各有所重。哈斯寶通過批點《紅樓夢》，樹立了自己獨特的觀點和見解，也為讀者撥雲見霧，使讀者有所啟發。

明清小說評點本身可立之言的第二個方面是小說評點文字自身所具有的文學性獨立品格。

何謂「文學性」？「文學性」的概念比較複雜，學者們無法給「文學性」下一個精準定義，只能從某個特定角度描繪其形。簡言之，「文學性」主要指使得文學成為文學的性質，首先體現在形象性上，使用的是生動形象的文學語言，給人以文學的體驗。

明清小說評點本身，很多便是具有文學性的文學作品。

有些鮮明生動，形象犀利。如《儒林外史》第四十五回回評：「俗語云：『吃了自己的清水白米飯，去管別人家的閒事。』如唐三痰輩，日日在縣門口說長論短，究竟與自己穿衣吃飯有何益處，而白首為之而不厭耶？此如溷廁中蛆蟲，翻上翻下，忙忙急急，若似乎有許多事者，然究竟日日如此，何嘗

〔註104〕〔清‧內蒙古〕哈斯寶著，亦鄰真譯，《新譯紅樓夢》回批〔M〕，呼和浩特：
內蒙古人民出版社，1979：108～109。

翻出廁坑之外哉？」〔註105〕此則評論，不僅引用生動形象的俗語，而且不甘平淡，下語犀利，運用了比喻的修辭手法，將唐三痰說長道短、多管閒事之輩比作溷廁中急急忙忙、上下翻動的蛆蟲，看起來似乎有許多事情忙著做，但也只不過是每天白忙活，從沒有走出自己那個污臭的圈子。

有些小說評點文字本身就是以優美的詩文形式展現出來，如脂硯齋等評點《紅樓夢》，第三回戚序回前評：「我為你持戒，我為你吃齋；我為你百行百計不舒懷，我為你淚眼愁眉難解。無人處，自疑猜，生怕那慧性靈心偷改。」〔註106〕《紅樓夢》第五回戚序回前評：「萬種豪華原是幻，何嘗造孽，何是風流。曲終人散有誰留。為甚營求，只愛蠅頭。一番遭遇幾多愁，點水根由，泉湧難酬。」〔註107〕等等。類似之處，舉之不盡。這些文句運用了排比修辭手法，及詩文寫作中的押韻，讀來鏗鏘和諧，音調優美。

除以上所述各方面，作為明清小說評點主體價值範疇之一的「立言」還有諸多方面值得探討，如小說評點中談到的某一部小說的具體的「立言」方式：「《西遊》立言，與禪機頗同。其用意處，盡在言外……千變萬化，神出鬼沒，最難測度。」〔註108〕《西遊記》立言的方式恰似禪機，含蓄不盡之意在言外，包蘊深厚，神出鬼沒，變化多端。又如，談某部小說具體的「立言」態度及不同小說「立言」態度與目的之不同：「蓋《西遊記》為自治之書，邱真人見元門之不競，借釋教以警元門，意在使之明心性、全軀命，本誠正以立言也。《水滸傳》、《金瓶梅》、《紅樓夢》同為治人之書：一則施耐庵見元臣之失臣道，予盜賊以愧朝臣，意在教忠，本平治以立言也。一則王鳳洲痛親之死冤且慘，義圖復仇雪恥，又不得不于仇人而刃之，不獲已影射仇家名姓，設為穢言，投厥所好，更鳩其篇頁，思有以中傷之，其苦心苦於臥薪吞炭，是則意在教孝，本修身以立言也。一則曹雪芹見簪纓巨族、喬木世臣之不知修德載福、承恩衍慶，託假言以談真事，意在教之以禮與義，本齊家以立言也。」〔註109〕《西遊記》是「自治之書」，目的是讓人心性明朗，全身保命，「本誠

〔註105〕〔清〕吳敬梓著，李漢秋輯校，儒林外史匯校匯評〔M〕，上海：上海古籍出版社，2010：496。
〔註106〕朱一玄，紅樓夢脂評校錄〔M〕，濟南：齊魯書社，1986：41。
〔註107〕朱一玄，紅樓夢脂評校錄〔M〕，濟南：齊魯書社，1986：85。
〔註108〕〔清〕劉一明，西遊原旨〔M〕，北京：中國致公出版社，2015：13。
〔註109〕丁錫根編著，中國歷代小說序跋集（下）〔M〕，北京：人民文學出版社，1996：1589。

正以立言」。《水滸傳》、《金瓶梅》、《紅樓夢》三部雖同為「治人之書」，但其「立言」態度與目的亦有所區別：《水滸傳》著者目睹朝綱紊亂，皇帝昏庸，棄賢用佞，而令盜賊「替天行道」，教臣以忠，「本平治以立言」；《金瓶梅》著書目的在報仇雪恨，表面似下語中傷，背後卻藏有苦心，旨在勸誡，倡揚孝道，「本修身以立言」；《紅樓夢》「立言」的目的在於教富貴之家「修德載福」，知榮知恥，兢兢業業，禮義雙持，「本齊家以立言」。以此可見，「立言」所包蘊的內容還有很多，此言不盡意，待後續孜孜以求之。

第二節　明清小說評點客觀價值範疇

一、補史

「補史」是為研究者所論較多的範疇之一。研究文章涉及到「補史」意識、思想、內容和價值等等各個方面。下面作一大致例析和梳理。

如范道濟《明清小說的歷史意識——「補史」論與明清小說系列研究之一》，深入闡釋了明清小說的歷史意識，指出歷史題材小說繁榮發展的原因在於中國自古以來便有對歷史實務的尊崇傳統，歷史題材小說所具有的現實性意義是源於小說作者以創作歷史小說來諷諫當世的創作目的，而歷史題材小說所包蘊的教化倫理功用則是由於小說創作者所秉持的遵循歷史傳統的思維模式。〔註110〕范道濟《求真：實錄原則的移植與揚棄——「補史」論與明清小說研究（二）》，分析了史家「實錄」原則對明清小說多方面的影響，認為大多數明清小說，之所以沒達到較高藝術水準，是由於「補史」、「實錄」等理論的束縛，而喪失了小說作品本身虛構故事的主動能力和獨立品格；而另一方面，對於那些小說名著而言，「補史」、「實錄」則起到正面的影響和作用，為這些優秀小說合法地位的取得提供了理論依據，並且史家「實錄」原則的兩大精髓即「寫實」和「求真」為小說吸收，發展了小說自身獨具特色的現實主義寫作手法和審美方式。〔註111〕曹萌《論中國古代小說審美中的尚補史思想》，指出「尚補史」是中國古代小說審美思想的表現之一，並以時間為線，

〔註110〕范道濟，明清小說的歷史意識——「補史」論與明清小說系列研究之一〔J〕，黃岡師專學報（社會科學版），1996，16（1）：21。

〔註111〕范道濟，求真：實錄原則的移植與揚棄——「補史」論與明清小說研究（二）〔J〕，明清小說研究，1998，（2）：30。

發生具體變化。在小說萌芽期與唐代，具體表現在小說作者為加強小說的史實性，有意識地在正史當中為杜撰的逸聞野史找依據。待發展到通俗小說興盛的時代，則有三種表現：其一，以小說形式來演義正史的創作傾向深受小說家和批評家推崇；其二，作家創作非歷史演義小說的心態是寫史書的心態；其三，小說家和小說批評家認為「補史」是通俗小說的主要價值之一。〔註112〕余丹《論宋代文言小說的補史意識》，考析了宋代文言小說創作的「補史」意識，認為宋代文言小說創作深受史傳文學傳統和史官文化精神的影響，遵循了史家「實錄」原則，但其弊端在於導致小說本身藝術魅力大為降低。〔註113〕何悅玲《「史補」與「情補」──中國古代小說創作意識論略》，認為在中國古代小說創作中，最為突出的兩大類型是為歷史補遺缺、發揚其菁華的「史補」意識和為歷史補情思、為情文補史論的「情補」意識。「史補」意識之所以產生有三個層面的主要原因：其一，小說著者對小說與史傳關係的認識；其二，小說著者對小說功用和價值的思考；其三，小說著者意欲提高小說地位的良苦用心。〔註114〕程麗芳《魏晉南北朝志怪小說的實錄精神與補史意識》，舉例說明了魏晉南北朝志怪小說作者在「創作」志怪小說時卻是「以真誠的實錄精神」將小說中的故事作為在實際生活中確實存在或發生過的真實事件予以記錄。〔註115〕魏晉南北朝志怪小說作者標榜自己的作品具有補史的作用，可以補正史之缺，魏晉南北朝志怪小說多以「傳」、「記」、「錄」等命名，襲用史書名稱和體例，此亦說明魏晉南北朝志怪小說作者的創作態度秉承了「補史」意識和史家「實錄」精神。〔註116〕文章還以事例指出「補史」、「實錄」的意識不僅為小說作者所秉持，小說閱讀者也以此為標準評判小說，批評、指責內容荒誕虛無、扭曲不經的小說作品。〔註117〕

〔註112〕曹萌，論中國古代小說審美中的尚補史思想〔J〕，河南師範大學學報（哲學社會科學版，2001，28（6）：85。

〔註113〕余丹，論宋代文言小說的補史意識〔J〕，甘肅社會科學，2008，（2）：79。

〔註114〕何悅玲，「史補」與「情補」──中國古代小說創作意識論略〔J〕，人文雜誌，2011，（1）：82。

〔註115〕程麗芳，魏晉南北朝志怪小說的實錄精神與補史意識〔J〕，文藝評論，2011，（2）：104。

〔註116〕程麗芳，魏晉南北朝志怪小說的實錄精神與補史意識〔J〕，文藝評論，2011，（2）：105。

〔註117〕程麗芳，魏晉南北朝志怪小說的實錄精神與補史意識〔J〕，文藝評論，2011，（2）：106。

正因為小說與史的關係密不可分，所以也衍伸出其他探討。如王巧玲《唐代小說的史料價值》〔註118〕，從政治、經濟、文化、社會等四個方面對唐代小說的史料價值進行了全面深入的探討。何悅玲《中國古代小說中的「史傳」傳統及其歷史變遷》〔註119〕，認為「史補」意識的發生，淵源於對歷史為尊、小說為卑的文化體認，來自於對史家以「史」存道文化活動的效法，同時意在提升稗官小說的地位。就文言小說而言，始終貫穿著「紀事實、探物理、辨疑惑、示勸誡、采風俗」的「史補」觀。若以時間為線，從魏晉南北朝到唐宋元發展到頂峰，明清時期小說多元化傾向明顯。就白話小說而言，白話短篇小說，「史補」觀主要表現為「佐經書史傳之窮」，輔「史」以達到教化的功用；長篇章回小說，「史補」觀主要體現在歷史題材小說領域，「史補」的核心在於輔「史」以演「義」。王連儒《中國古典小說批評中的「經史之鑒」原則》，則指出「經史之鑒」是古人處理政治倫常問題的一種基本原則。具體到古典小說批評領域，小說批評家會受制於「經史」，在批評和評點小說時容易陷入三個誤區：一是將古典小說，尤其是歷史演義小說與「經史」混同；二是在界定古典小說概念的時候混沌不清；三是使得古典小說審美與識鑒之間的界限趨於模糊。〔註120〕

以上，學者對於「補史」的討論已趨於成熟。筆者這裡又將「補史」拈出，是想將「補史」作為明清小說評點價值論系客觀價值範疇之一標列出來，對之作一爬梳剔抉，並提出一些可資探討的問題。

（一）「無一字無來歷」

「補史」是補充史書中所缺、所無，如若借鑒史書，引自史書，甚或與史雷同，是否可稱為「史之補」或值得商榷。

梁紹壬《兩般秋雨庵隨筆》言：「……其敘唐宮事，則雜採劉餗《隋唐嘉話》、曹鄴《梅妃傳》、鄭處誨《明皇雜錄》、柳珵《常侍言旨》、鄭棨《開天傳信記》、王仁裕《開元天寶遺事》、無名氏《大唐傳載》、李德裕《次柳氏舊聞》、史官樂史之《太真外傳》、陳鴻之《長恨歌傳》，復緯之以《本紀》、《列傳》而

〔註118〕王巧玲，唐代小說的史料價值〔D〕，上海：華東師範大學，碩士學位論文，2005。

〔註119〕何悅玲，中國古代小說中的「史傳」傳統及其歷史變遷〔D〕，西安：陝西師範大學，博士學位論文，2011。

〔註120〕王連儒，中國古典小說批評中的「經史之鑒」原則〔J〕，齊魯學刊，1998，（4）：52。

成者，可謂無一字無來歷矣。」〔註121〕此則材料是對《隋唐演義》的評論，《隋唐演義》為清代小說家褚人獲所著，是一部兼具英雄傳奇和歷史演義雙重性質的小說，以隋末農民起義為故事背景，講述隋朝覆滅與大唐建立的歷史風雲變幻。顯然，梁紹壬對《隋唐演義》的態度是推崇的，推崇緣由是認為《隋唐演義》記敘唐朝宮廷之事，不是憑空捏造，而是有理有據，其根據就在史書，包括正史和野史雜錄，經緯互織而成，沒有一字是無來歷的杜撰。一部小說的價值在於它的原創性、新穎性和精彩度，恰恰並不在於其與別家經史小說、筆記雜錄有多少重合雷同之處，梁紹壬以「經史之鑒」的態度評價小說，結果是在考究「與史之同」，而並非是真正意義上的「於史有補」，且將小說精心獨撰、想像虛構的部分棄之不提，似有買櫝還珠之憾。又如況周頤《餐櫻廡隨筆》：「開歲無俚，兒輩案頭有《東周列國演義》……是書起周幽迄秦政，臚敘事實，與《左》、《國》、《史》、《鑒》十九符合，絕無向壁虛造之言。」〔註122〕《東周列國演義》原名《東周列國志》，作為一部歷史演義小說，講述從西周末周幽王被殺、周平王執政東遷，直至秦始皇統一天下五百多年春秋戰國的歷史。況周頤對《東周列國演義》的肯定也重在它與《左傳》、《國語》、《史記》、《資治通鑒》的相合之處，所謂「絕無向壁虛造之言」。首先，「絕無向壁虛造之言」本身是有問題的，一部小說，其故事情節豐富而生動，不可能沒有想像臆造；其次，將眼光集中在小說與歷史之相合之處，是對小說引人入勝的文學性的輕賤；再次，若以「於史有補」為名抬高小說的地位未免牽強，補在補史所無，而不是抄史已有。

「無一字無來歷」並非體現了小說文學性的價值，也不是補史之缺，而是作為歷史的參照，與史互證，作為相關研究的依據和獲取專門知識的借鑒。如吳曉鈴《金瓶梅作者新考——試解四百年來一個謎》，討論《金瓶梅》的作者蘭陵笑笑生到底是誰，迄今為止，已有十六種說法。文章指出，要尋找《金瓶梅》真正的作者，可資利用的線索有六條。首先即可判定的是，《金瓶梅》的作者是明代嘉靖年間人，判定理由有三點：其一，沈德符、袁宏道等人持此說，且有證據表明沈、袁知道作者為誰，但不願說破；其二，《金瓶梅》借寫宋朝而實用明朝史實，且是嘉靖史實；其三，徵引戲劇、小說、散曲、寶卷

〔註121〕朱一玄編，明清小說資料彙編（上）〔M〕，天津：南開大學出版社，2012：140。
〔註122〕朱一玄編，明清小說資料彙編（上）〔M〕，天津：南開大學出版社，2012：
　　　　10。

等均為嘉靖和嘉靖前的作品。〔註123〕從《金瓶梅》的行文可以看出,《金瓶梅》寫的是明朝嘉靖年間的史實,而只有明朝嘉靖年間的人才會對明朝嘉靖年間的史實有親身感受和深刻體認,故可通過《金瓶梅》有跡可循的歷史性敘事和線索,判定《金瓶梅》作者所生活的年代。

程穆衡《水滸傳注略》,是僅有的早期水滸注本,此本與金聖歎、王望如等夾評、夾批不同,是第一部從實質意義上以經學方法研究通俗小說的著作。清道光二十五年王氏聽香閣刻王開沃補注本,體例為自序正文七十卷加楔子共七十三卷,對金批《水滸》的方言名物以及史料進行注釋。茲引其徵引史料的注釋部分如下:

上清宮《宋史》:政和六年二月,於景龍門對晨暉門,作上清寶籙宮成,密連禁署⋯⋯〔註124〕

與他結果了《宋史·張田傳》:汝州葉驛道,隸囚為送者所虐,多死,俗傳為葉家關,知宋時途中殺囚,乃通弊。〔註125〕

蕤賓節《史記·律書》:五月,律中蕤賓。蕤賓者,言陰氣幼少,故曰蕤;痿陽不用事,故曰賓。〔註126〕

呂太后筵席《史記·齊悼惠王世家》:高后燕飲,令朱虛侯劉章為酒吏。章自請曰:「臣將種也,請得以軍法行酒。」頃之,諸呂有一人醉,亡酒,章追,拔劍斬之而還,報曰:「有亡酒一人,臣謹行法斬之。」此以喻欲去者懼斬也。〔註127〕

摩雲金翅《五代史》:河中絳州之間,有摩雲山,絕高,民保聚其上,寇盜莫能近。李罕之攻拔之,時人謂之李摩雲⋯⋯〔註128〕

〔註123〕朱一玄編,金瓶梅資料彙編〔M〕,天津:南開大學出版社,2012:119。

〔註124〕朱一玄編,明清小說資料彙編(上)〔M〕,天津:南開大學出版社,2012:379。

〔註125〕朱一玄編,明清小說資料彙編(上)〔M〕,天津:南開大學出版社,2012:386。

〔註126〕朱一玄編,明清小說資料彙編(上)〔M〕,天津:南開大學出版社,2012:390。

〔註127〕朱一玄編,明清小說資料彙編(上)〔M〕,天津:南開大學出版社,2012:401。

〔註128〕朱一玄編,明清小說資料彙編(上)〔M〕,天津:南開大學出版社,2012:410。

　　櫺星門《史記・封禪書》令郡國縣立靈星祠，常以歲時祠以牛。
所謂靈星，祀昭靈夫人也⋯⋯後人誤加木旁，相沿至今，遂以廟前
疏楞為櫺星門。〔註129〕

　　袍底下紅錦套索《新唐書》：契丹將李楷固⋯⋯此用其事。〔註130〕

　　步軍分作十隊誘敵《宋史・張威傳》：威患金人用拐子馬，以意
創陣法，名撒星陣。分合不常，聞鼓則聚，聞金則散。騎兵至則聲
金，一軍分為數十簇，金人隨而分兵，是又鼓而聚之⋯⋯作書者亦
暗用其事，令人不得不歎賞其博。〔註131〕

　　諫議大夫趙鼎《宋史》：趙鼎登進士第，為開封市曹。京師失守，
二帝北行，金人議立張邦昌，鼎與胡寅、張浚逃太學中，不書議狀。
高宗幸建康，乃遷殿中侍御史。徽宗朝，無為諫議大夫事。此特寓
言耳。〔註132〕

　　天罡星三十六員地煞星七十二員《隋書・天文志》⋯⋯不知耐
庵特欲異其文耶，抑別有所本也⋯⋯〔註133〕

以上所列，對金批《水滸傳》中徵引史料的注釋詞條「上清宮」、「與他結果
了」、「蕤賓節」、「呂太后筵席」、「摩雲金翅」、「櫺星門」、「袍底下紅錦套索」、
「步軍分作十隊誘敵」、「諫議大夫趙鼎」、「天罡星三十六員地煞星七十二員」
等共計十條，涵蓋了建築物名稱、俗語、節律名、事物名稱、人物名稱，甚或
是一些鮮為人所注意的細節語詞等等，而這些都能在史書中為其找到相應的
依據和解釋。這些語詞雖有史可尋，有史可證，且一一引列出來，可以博人
之識見，增人之知識，但一般讀者在閱讀的時候是不會考慮到名物之來由，
甚至不會注意到這些詞語本身，而主要是醉心於《水滸傳》塑造的栩栩如生、
真切感人的人物形象和妙趣橫生、引人入勝的故事情節。

〔註129〕朱一玄編，明清小說資料彙編（上）〔M〕，天津：南開大學出版社，2012：411。
〔註130〕朱一玄編，明清小說資料彙編（上）〔M〕，天津：南開大學出版社，2012：
　　　　420。
〔註131〕朱一玄編，明清小說資料彙編（上）〔M〕，天津：南開大學出版社，2012：
　　　　421。
〔註132〕朱一玄編，明清小說資料彙編（上）〔M〕，天津：南開大學出版社，2012：
　　　　427。
〔註133〕朱一玄編，明清小說資料彙編（上）〔M〕，天津：南開大學出版社，2012：
　　　　430。

小說的「無一字無來歷」，可資考證，可長見識，可與史互證，可作文史研究之參考，但如果僅就這些方面而言，似不可說小說能補史之所缺遺。

（二）「或於正史之意不無補云」

正史是以帝王傳記為綱領並且由宮廷史官記錄的有別於民間野史的中國史書。正史之名最早見於南朝梁阮孝緒的《正史削繁》。《隋書・經籍志》將《史記》、《漢書》等以帝王傳記為綱的紀傳體史書列為正史，居史部書之首位。《明史・藝文志》又以「紀傳」、「編年」二體，並稱「正史」。馮桂芬言：「史家分紀傳、編年二體，而紀傳為正史。」（《〈明紀〉序》）清朝乾隆年間的《四庫全書》，詔定《史記》至《明史》共二十四部正統紀傳體史書為正史，並明確規定凡不經皇帝批准的不得列入。1921 年北洋軍閥政府又增《新元史》，合稱二十五史。周之標《殘唐五代史傳敘》云：「夫五代，自有五代之史，附於殘唐後者，野史非正史也。正史略略，則論之似難；野史詳詳，則論之反易。何也？略者，猶存缺文之遺，而詳者，特小說而已。」〔註 134〕《殘唐五代史演義》，是《隋唐志傳》的續書，以編年體例，敘自黃巢起義至陳橋兵變的歷史，在創作上傚仿《三國演義》，寫作依據主要是《新唐書》、《舊唐書》、《五代史》和民間傳說中的有關故事。周之標認為，「野史非正史」，歷史演義小說可被視為「野史」。正史之所以缺略，是因為對於已經發生的歷史事件如沒有足夠明瞭、確知便不可隨意敘寫、點綴，而野史小說便可以寫得賅博詳細、血肉豐滿，對於歷史人物、事件進行大肆地渲染和填充。以此而言，「野史」非「史」而為「小說」，為「正史」之補。

袁于令《隋史遺文序》云：「蓋本意原以補史之遺，原不必與史背馳也。竊以潤色附史之文，刪削同史之缺，亦存其作者之初念也。相成豈以相病哉？至其忠藎者亟為褒嘉，奸回者亟為誅擯，悼豪傑之失足，表驕侈之喪□，無往非昭好去惡，提醒顓蒙，原不欲同圖己也。試叩四方俠客，千載才人，得無相視而笑？『英雄所見略同』，或於正史之意不無補云。」〔註 135〕袁于令所言表明，小說本意原是要補史之遺漏缺失，故此不必與歷史相違背。即袁于令認為，判定一部小說為「補史」的必要因素是小說寫作初衷與目的不與史

〔註 134〕丁錫根編著，中國歷代小說序跋集（中）〔M〕，北京：人民文學出版社，1996：971。

〔註 135〕丁錫根編著，中國歷代小說序跋集（中）〔M〕，北京：人民文學出版社，1996：957。

書的賞罰懲勸、揚抑褒貶相左。只要小說與史的「終極目標」一致，即褒賞嘉獎忠臣良將、誅殺懲討姦佞邪徒、悲悼失足之豪人俠士、鄙棄驕奢淫逸之墮落小人、昭彰良善、摒棄醜惡等等以端風氣、以啟後人，至於採取什麼樣的方式達到便不再那麼重要，小說可以潤色文辭、發揮想像、刪削添補、臆造情節，但卻與史異曲同工、殊途同歸，二者兩相呼應，所謂「英雄所見略同」，小說與史意見不左，故袁于令所理解的「補史」實為「補史之意」，即對正史的意思、意見進行補充說明，而不是苟求小說與歷史內容、細節上的雷同。又如甄偉《西漢通俗演義序》言：「然好事者或取予書而讀之，始而愛樂以遣興，既而緣史以求義，終而博物以通志，則資讀適意，較之稗官小說，此書未必無小補也。若謂字字句句與史盡合，則此書又不必作矣。」〔註136〕《西漢通俗演義》的寫作方法為「考史以廣義」，有諸多真實史料。甄偉指出此書對閱讀者有三大作用：其一，娛樂遣興；其二，考史求義；其三，博廣見識。鑒於自己所著之書的作用，甄偉將其與其他所謂「稗官小說」區分開來，認為自己所著之書起到了「小補」的作用，並且其言語中潛藏之意或還有，此書的「小補」作用是甚於他書，甚至是他書所不具備的。甄偉所理解的「補史」至少包含以下幾點：其一，書中包含有真實史料，所敘人事不與正史發生衝突和齟齬；其二，以讀者的立場進行考量，讀者可以根據書中所敘史實，進行文史互證，求取其中所蘊藏的精義、旨趣；其三，書的內容廣博碩大，對讀者的知識、視野起到擴充、增廣作用。此外，書中字句並不是對正史的照搬和拙劣的雷同，如此便會失卻作此書的意義和價值。總之，甄偉認為「補」之所以成其為補，不應忽略對讀者產生的作用和影響。

（三）「勿以稗史而忽之」

可一居士《醒世恒言敘》言：「六經國史而外，凡著述皆小說也。」〔註137〕在此意義上講，小說的概念是很寬泛的，內容也更加龐雜，小說與六經國史的關係不是旁支與嫡系、附庸與正統、歸屬與涵括的關係，而是成為與六經國史相對而立的另一大系。小說並非可有可無，而是有其自身存在價值與不可撼動地位。許寶善《娛目醒心編序》言：「……既可娛目，即以醒心。而

〔註136〕丁錫根編著，中國歷代小說序跋集（中）〔M〕，北京：人民文學出版社，1996：878～879。

〔註137〕丁錫根編著，中國歷代小說序跋集（中）〔M〕，北京：人民文學出版社，1996：779。

因果報應之理，隱寓於驚魂眩魄之內。俾閱者漸入於聖賢之域而不自知。於人心風俗，不無有補焉。余故急為梓之以問世。世之君子，幸勿以稗史而忽之也。」〔註138〕《娛目醒心編》是清代白話短篇擬話本小說集，從此集命名便可窺見編者用心。小說既可娛樂人，又能警醒人，小說通過曲折動人、「驚魂眩魄」的故事宣揚了因果報應不爽的道理，使得閱讀者在潛移默化、不知不覺中受其影響、被其感化，以致漸漸進入道德高尚的聖人賢者之境。所以，許寶善指出小說使人心風俗向善棄惡的「補」的功用，告誡世人萬不可認為此書是「稗史」而予以忽略。

「稗史」最初為史學概念，是中國古代史書分類名目之一，指不同於正史、記錄民間風俗、閭巷舊聞及瑣細事蹟的史籍類型，其中往往夾雜一些傳聞之辭，其內容、體例與地位等與早期的「小說」類似。顏師古注引如淳語說：「細米為稗。街談巷說，其細碎之言也，王者欲知閭巷風俗，故立稗官使稱說之。」（《漢書·藝文志》）故稗官所記的瑣事遺聞或當代見聞便是「稗史」。延至後世，隨著稗官之職位的撤銷，出現了私人撰寫的記載閭巷風俗、逸事瑣聞的作品，也被看作是「稗史」。「稗史」與野史相近，學界或以稗史統野史，或以野史包稗史，或認為二者無實質區別，不一二足。

以「稗史」指稱「小說」，「稗史」之名，遂成為文學概念。「稗史」作為「小說」的代名詞，頻頻出現在早期小說史與文學史著作中，如魯迅《中國小說史略》言：「寓譏彈於稗史者，晉唐已有，而明為盛，尤在人情小說中。」〔註139〕「稗史」從史學概念到文學概念的轉變發生在明清兩朝小說創作的繁榮期，「稗史」概念的轉變本身反映了「以小說為正史之餘」的小說觀念，但其作為「補史」的文獻價值漸向生動感人的文學藝術價值偏移，如吳展成《燕山外史序》云：「自來稗史中求其善言情者，指難一二屈。蘊齋天才豪放，別開生面，於一氣排霧中，迴環起伏，虛實相生，稗史家無此才力，駢儷家無此結構，洵千古言情之傑作也。」〔註140〕《燕山外史》是清代乾隆時浙江嘉興著名詩人陳球所作，是作者駢文才華的秀場，全篇三萬餘字，皆以駢文寫成，

〔註138〕丁錫根編著，中國歷代小說序跋集（中）〔M〕，北京：人民文學出版社，1996：827。

〔註139〕魯迅，中國小說史略〔M〕，合肥：安徽人民出版社，2013：148。

〔註140〕朱一玄編，明清小說資料彙編（下）〔M〕，天津：南開大學出版社，2012：1081。

通篇四六，琳琅滿目，珠璣滿紙。「稗史」的價值天平也從「補史」偏向「言情」。李雨堂《萬花樓楊包狄演義敘》言：「書不詳言者，鑒史也；書悉詳而言者，傳奇也。史乃千百年眼目之書，歷紀帝王事業文墨輩籍，以稽考運會之興衰，緒君相則以扶植綱常準法者，至重至要之書也。然柄筆難詳，大題小作，一言而包盡良相之大功，一筆而揮全英雄之偉績，述史不得不簡而約乎！自上古以來，數千秋以下，千百數帝王，萬機政事，紙短情長，烏能盡博？至傳奇則不然也。揭一朝一段之事，詳一將一相之功，則何患乎紙短情長哉！故史雖天下至重至要，然而筆不詳，則識而聽之者未嘗不覺其枯寂也。惟傳雖無關於稽考扶植之重，如舟中寂寞，伴侶已希，遂覺史約而傳則詳博焉。是故閱史者雖多，而究傳者不少也。」〔註141〕按李雨堂所言，與其稱小說為「稗史」，不如稱小說為「傳奇」。不詳細言之，對不明之處作缺略處理，是與史互鑒，而言語詳博，鋪陳渲染，則是傳奇。正史記載的是千百年之過眼煙雲，歷紀帝王之事業，稽考朝運之興衰，扶植綱常而准定法則，但其記敘卻簡約難詳，將良相大功、英雄偉業簡而括之，因年代跨度久遠，帝王數眾，政事浩大，不可能將所有史事盡攬於紙端。而傳奇則不同，傳奇可揭示一個朝代、一個時段的世事，鋪敘一個將士、一個臣相的功績，盡情揮灑筆墨於紙端。就讀者而言，讀史閱史未免覺其枯燥寥落、索然無味，而觀演傳奇卻倍感妙趣橫生，並且可以與傳奇中鮮活的人物故事為伴而不覺孤寂。正如徐渭《隋唐演義序》所言：「……史故整而裁正如崔珪飭為魏武，雅望非不楚楚，苦無英雄氣，而不衫不履，褐裝而來者，風神自王，故欲簡編上古人一一呵活眼前，無如小說諸書為最優也。」〔註142〕小說寫人敘事生動活潑，人物故事「一一呵活眼前」，可以補史之整裁簡略。

　　小說之「補史」自是補史之所缺，補史之未備，正如熊大木《大宋演義中興英烈傳序》言：「……稗官野史實記正史之未備，若使的以事蹟顯然不泯者得錄，則是書竟難以成野史之餘意矣。」〔註143〕又《隋煬帝豔史凡例》云：「……獨隋煬帝繁華一世，所行皆可驚可喜之事，反未有傳述，殊為缺典。

〔註141〕朱一玄編，明清小說資料彙編（上）〔M〕，天津：南開大學出版社，2012：169。
〔註142〕朱一玄編，明清小說資料彙編（上）〔M〕，天津：南開大學出版社，2012：133。
〔註143〕朱一玄編，明清小說資料彙編（上）〔M〕，天津：南開大學出版社，2012：151。

故爰集其詳，匯成是帙，庶使弔古者得快睹其全云。」〔註144〕正因稗官野史記錄的是正史中所沒有之事，善於考據的評論家才對小說多有指謫。如顧家相《五余讀書廛隨筆》言：「孫、劉雖以全力爭荊州，畢竟未能得襄陽……羅貫中昧於此，故於躍馬檀溪諸事，敘述不明。稗官小說，不足為典要，此其一端也。」〔註145〕顧家相認為稗官小說不足為典要，並指出其緣由之一便是小說不足為考，囿於對相關歷史流傳、地理遷變的模棱，小說對於相關背景的敘述也未為明晰。又如陳鼎《黔遊記》所言：「……《三國演義》，據何稗史，而忽插入索乎？是皆不得而考也。」〔註146〕陳鼎亦是從歷史考據的角度，指謫《三國演義》之「不得而考」。還有梁章鉅《浪跡續談》道：「《唐書·高祖諸子傳》：『高祖二十二子……』按今小說家所言元霸勇力事，正史俱無之。」〔註147〕以上考據家、歷史學家、經學大家等以客觀求實的科學態度對小說進行的指謫批評，正從側面說明了小說乃「傳奇」、「補奇」，小說正是補正史中所未有之奇。

除此之外，小說之「補史」，還補正史在讀者群中影響力之不足。張尚德《三國志通俗演義引》言：「客問於余曰：『劉先生、曹操、孫權各據漢地為三國，史已志其顛末，傳世久矣。復有所謂《三國志通俗演義》者，不幾近於贅乎？』余曰：『否，史氏所志，事詳而文古，義微而旨深，非通儒夙學，展卷間，鮮不便思困睡。故好事者，以俗近語，櫽括成編，欲天下之人，入耳而通其事，因事而悟其義，因義而興乎感，不得研精覃思，知正統必當扶，竊位必當誅，忠孝節義必當師，奸貪諛佞必當去；是是非非，了然於心目之下，稗益風教，廣且大焉，何病其贅耶？』」〔註148〕劉備、曹操、孫權各據漢地為三國之事，正史中已有記載，並且也已傳世久遠。既然如此，緣何小說《三國志通俗演義》不可謂為多餘的「贅書」？正是因為正史所記，古奧艱深，如果不是

通儒夙學，讀者閱之很少有不厭棄困倦的。基於此原因，便有熱心此事者，將相關歷史事件，用通俗易懂的淺近俗語，修飾改進，重新結構、編造舊有史書，意欲使得天下人喜聞樂見，對歷史上發生的事情有所瞭解。稗官小說淺俗好懂，讀者眾夥，加之如前所述，小說與史均懲惡揚善，裨益風教，可謂異曲同工、殊途同歸，故曰小說乃正史之補。補史之義，補史之無，補史之不足。

二、勸誡

「勸誡」亦作「勸戒」，意為告誡勸導、敦勉教育使人避免犯錯。

「勸誡」作為明清小說的一項功能，廣為學者所探討。研究者從小說的教化意識、尚勸誡的審美思想、小說的勸誡功能、勸懲論、小說的寓勸誡、道德勸誡以及勸誡文學等各個角度對「勸誡」進行考察。

如陳美林、李忠明《中國古代小說的教化意識》，認為中國古代小說幾乎沒有一部不蘊涵著說教勸誡意識，此意識貫穿整個中國小說發展史。並從作家、作品和接受者三個方面對此論斷作了深入說明。〔註149〕嚴萍《論中國古代小說尚勸誡的審美思想》，認為尚勸誡作為一種小說審美觀念淵源於中國古代傳統文學教化思想，這種思想在明代末年廣為流行。〔註150〕石麟《古代小說的史鑒功能和勸誡功能——中國古代小說評點派研究二題》，對小說的勸誡功能進行了深入細緻的探討，拈出了戒酒、戒色、戒賭、勸孝、勸女子從一而終、勸人改過、勸人向善等等勸誡的諸多方面。〔註151〕康國章《小說勸懲論與明末擬話本小說》，追溯小說「勸誡」功能的源頭和承傳。認為小說「勸誡」功用從唐傳奇始肇其端。勸懲功用的加強發生在明中期以後。在明末擬話本小說那裡，小說勸懲作用發展至高峰。〔註152〕程國賦、蔡亞平《論〈四庫全書總目〉小說家類的著錄標準及著錄特點》，分析了《四庫全書總目》子部小說家類共五卷，著錄小說三百一十九部，並總結出「寓勸誡、廣見聞……」等

〔註149〕陳美林，李忠明，中國古代小說的教化意識〔J〕，明清小說研究，1993，（3）：50～60。

〔註150〕嚴萍，論中國古代小說尚勸誡的審美思想〔J〕，鄭州大學學報（哲學社會科學版），2001，34（5）：25。

〔註151〕石麟，古代小說的史鑒功能和勸誡功能——中國古代小說評點派研究二題〔J〕，湖北師範學院學報（哲學社會科學版），2004，24（1）：16～21。

〔註152〕康國章，小說勸懲論與明末擬話本小說〔J〕，殷都學刊，2007，（4）：107。

著錄標準。〔註153〕李明軍《大眾娛樂、道德勸誡到社會批判——清中葉通俗小說諷世形態的變化》，指出通俗小說自問世以來，就徘徊於娛樂百姓與道德勸誡二者之間。清中葉，通俗小說打上了文人色彩，將道德勸誡提升到對社會進行政治批判。〔註154〕曲成鼹、王樹海《明代勸誡文學新探》，指出「勸誡」主題在明末擬話本小說創作中異常鮮明，可視為文學史上廣為關注的文學現象。〔註155〕

（一）「雖布演傳奇，必寓勸善懲惡之旨」

蔣大器《三國志通俗演義序》言：「夫史非獨紀歷代之事，蓋欲昭往昔之盛衰，鑒君臣之善惡，載政事之得失，觀人才之吉凶，知邦家之休戚，以至寒暑、災祥、褒貶、予奪，無一而不筆之者，有義存焉。」〔註156〕蔣大器認為，史書並非只是對歷代史實的記載，其對歷史事件的記錄有著深層意義包藏其中。目的是要明晰朝代盛衰之變化，鑒照君臣之善惡，通透政事的得失，辨識人才的吉凶，觀知家國的安危。事無鉅細，史書一一載之於冊，正是欲將之作為鑒照，以勸誡當世。而稗官小說作為正史之補，其「鑒君臣之善惡」的「勸誡」之意與史家異曲同工。

無名氏《五虎平西前傳序》：「春秋之筆，無非褒善貶惡，而立萬世君臣之則。小說傳奇，不外悲歡離合，而娛一時觀鑒之心。然必以忠臣報國為主，勸善懲惡為先……書必削佞鋤奸，褒善貶惡，植綱常以為勸懲者，方可刊行於世。至若竊玉偷香諸小說，非不領異標新，觀者豔羨，然其用意不軌於正，終屬有傷風化之書……雖布演傳奇，必寓勸善懲惡之旨。俾閱者好善惡惡之念，油然而生，是傳奇亦足以導善而戒奸也。」〔註157〕小說傳奇與史書相比，其娛樂功能雖頗為明顯，但重要前提條件之一是勸善戒惡，此主旨與史家之書殊途同歸。故無名氏認為，選取小說進行刊行的重要標準便是小說揚善抑

〔註153〕程國賦，蔡亞平，論《四庫全書總目》小說家類的著錄標準及著錄特點〔J〕，明清小說研究，2008，（2）：41。

〔註154〕李明軍，大眾娛樂、道德勸誡到社會批判——清中葉通俗小說諷世形態的變化〔J〕，臨沂師範學院學報，2009，31（2）：48。

〔註155〕曲成鼹，王樹海，明代勸誡文學新探〔J〕，華夏文化論壇·第七輯，2012，（1）：73～78。

〔註156〕丁錫根編著，中國歷代小說序跋集（中）〔M〕，北京：人民文學出版社，1996：886～887。

〔註157〕丁錫根編著，中國歷代小說序跋集（中）〔M〕，北京：人民文學出版社，1996：997。

惡、罰鋤姦佞、有裨綱常。《五虎平西前傳》便符合這一標準。《五虎平西前傳》是楊家將系統小說之一。楊家將系統小說，包括《楊家府演義》、《說呼全傳》、《五虎平西前傳》、《五虎平南後傳》、《萬花樓楊包狄演義》等。這些小說均從楊家將故事派生演繹而來，其所選取的題材都是北宋時期邊境戰爭，所敘皆為忠臣良將除暴安良、精忠報國之事。而那些所謂「竊玉偷香」、「有傷風化」的小說，雖新穎別致，令讀者沉湎於其中，卻用意不軌，教人淫亂，故不屬於被推崇而應廣為刊行的小說範圍之列。著作小說者，應肩擔「維持名教」之責任，將「勸誡」旨趣貫注在小說的字裏行間，使小說閱者在閱讀小說的過程中，受到小說潛移默化的影響，升騰起對善的喜好、對惡的厭棄之感，以此言之，傳奇小說的「勸誡」即勸善戒奸的功能便得以完成。又如楊家將系統小說《說呼全傳》、《五虎平南後傳》評點家的批評，亦同具「勸誡」觀點。滋林老人《說呼全傳序》言：「……然必有關懲勸扶植綱常者，方可刊而行之。一切偷香竊玉之說，敗俗傷風，辭雖工直，當付之左龍耳。」〔註158〕小琅環主人《五虎平南後傳序》云：「……寓旌別，示懲勸，麟炳古今，囊括人物。」〔註159〕等等。滋林老人與小琅環主人的評論言語一致，均倡揚有裨風化、扶植綱常、勸善懲惡的小說，而對所謂竊玉偷香、傷風敗俗之作嗤之以鼻。

除以上所言歷史演義小說、英雄傳奇小說等，所謂「竊玉偷香」之類的小說亦以「勸誡」進行自我標榜。

如風月盟主《賽花鈴後序》：「勸善懲淫，隱陽秋於皮底；駕空設幻，揣世故於筆端。」〔註160〕《賽花鈴》為清代白雲道人所著，所敘為紅粉贈與佳人，寶劍傳與烈士的雙一才子配佳人的傳奇故事。其旨亦在勸善懲淫。故「竊玉偷香」之作，也不忘以「勸誡」為自我標榜。又如《隋煬帝豔史凡例》：「歷代明君賢相，與夫昏主佞臣，皆有小史。或揚其芳，或播其穢，以勸懲後世。」〔註161〕《隋煬帝豔史》為齊東野人所著，小說主線便是隋煬帝荒淫侈靡的一

〔註158〕丁錫根編著，中國歷代小說序跋集（中）〔M〕，北京：人民文學出版社，1996：993。

〔註159〕丁錫根編著，中國歷代小說序跋集（中）〔M〕，北京：人民文學出版社，1996：999。

〔註160〕丁錫根編著，中國歷代小說序跋集（下）〔M〕，北京：人民文學出版社，1996：1272。

〔註161〕丁錫根編著，中國歷代小說序跋集（中）〔M〕，北京：人民文學出版社，1996：953。

生，並以此揭橥了短命之隋的覆滅過程。隋煬帝不問朝政，日日尋歡作樂，荒淫無恥，中或有淫詞豔語，但其旨在播昏主佞臣之穢以勸懲後世，表明荒淫滅國、勤政興邦的道理。故《隋煬帝豔史》也以「勸誡」進行自我標榜。許寶善《南史演義序》即云：「閱者即其事以究其故，由其故以究其心。則凡正心、修身、齊家、治國、平天下之道，胥於是乎在，寧可執金粉兩字概之耶！且聖人刪詩，不廢鄭衛，亦以示勸懲之意。」〔註162〕正如許寶善所指出，若其意旨在「正心、修身、齊家、治國、平天下」，則不避麗詞豔語，並以孔子編定《詩經》而不刪鄭衛之詩來為此辯言，意以此來勸誡世人，宣淫以止淫。再比如《海上花列傳》是清末韓邦慶描寫中國上海十里洋場中妓院生活的小說，自然少不了對床第之事的敘述，作者韓邦慶則在《海上花列傳例言》中道：「此書為勸誡而作，其形容盡致處，如見其人，如聞其聲。閱者深味其言，更返觀風月場中，自當厭棄嫉惡之不暇矣。」〔註163〕作者雖敘寫了妓院中風花雪月之事，但其目的是在「勸誡」，即令讀者讀到其中所描寫的污穢之事而覺不堪，遂厭棄嫉惡之，如此方能潔身自好。

（二）「其或從之也，其或改之也，是在觀之者矣」

「飲食男女，人之大欲存焉；死亡貧苦，人之大惡存焉。」（《禮記·禮運》）「勸誡」的緣起是由於人們的本性是貪圖食色享樂，厭棄勤苦勞作。適當的娛情適性無可厚非，但人之貪欲無限，意志力薄弱，若淫慾過度，便不足為取，需要及時「勸誡」。所謂「萬惡淫為首，百行孝當先」（《古今賢文》），戒淫勸孝的小說評點文字在小說評點「勸誡」內容中佔有舉足輕重的位置。

《金瓶梅》即被稱之為「戒淫書」、「苦孝書」，可作勸孝戒淫的典型之例。

張竹坡批點《金瓶梅》，提出「苦孝說」：「夫人之有身，吾親與之也。則吾之身，視親之身為生死矣。若夫親之血氣衰老，歸於大造，孝子有痛於中，是凡為人子者所同，而非一人獨具之奇冤也。至於生也不幸，其親為仇所算，則此時此際，以至千百萬年，不忍一注目，不敢一存想，一息有知，一息之痛為無已，嗚呼痛哉……故作《金瓶梅》者，一曰含酸，再曰抱阮，結曰幻化，且必曰幻化孝哥兒，作者之心，其有餘痛乎！則《金瓶梅》當名之曰『奇酸

〔註162〕丁錫根編著，中國歷代小說序跋集（中）〔M〕，北京：人民文學出版社，1996：944。
〔註163〕丁錫根編著，中國歷代小說序跋集（下）〔M〕，北京：人民文學出版社，1996：1227。

志』、『苦孝說』。嗚呼？孝子孝子，有苦如是！」〔註164〕人之身是父母所給予的。至親衰老直至死去，作為孝子，心存萬般哀痛。這是人子所共有的心理體驗。面對親人之死，便已傷痛萬分，而如果是親人遭仇人所暗算，心中的苦痛便更是之前的千萬倍。《金瓶梅》著者心中便懷有千萬倍的苦痛，無處排解，唯有在書籍之中，明其心志。在張竹坡看來，《金瓶梅》實為勸孝之書。

欣欣子《金瓶梅詞話序》言：「竊謂蘭陵笑笑生作《金瓶梅傳》，寄意於時俗……吾友笑笑生為此，爰罄平日所蘊者，著斯傳……無非明人倫，戒淫奔，分淑慝，化善惡……」〔註165〕欣欣子認為，蘭陵笑笑生作《金瓶梅》是為排遣心中抑鬱，而此抑鬱來源於對世風日下、荒淫當道的不滿。《金瓶梅》所作是為「明人倫，戒淫奔，分淑慝，化善惡」，以期扭轉淫慾肆虐、物慾橫流的社會風氣。在欣欣子看來，《金瓶梅》乃戒淫之書。《滿文譯本金瓶梅序》即云：「西門慶心滿意足……然終不免貪欲喪命……西門慶尋歡作樂莫逾五六年，其諂媚、鑽營、作惡之徒亦可為非二十年，而其惡行竟可致萬世鑒戒。」〔註166〕《金瓶梅》中善弄手段的西門慶，終究是由於自身貪欲枉送性命。西門慶尋歡作樂的極樂生活不過五六年的時間，而那些阿諛奉承、為非作歹之輩也就能猖狂二十年。但西門慶窮奢極欲，日日荒淫，尋歡作樂，終落得精盡人亡的淒慘下場，而那些諂媚之徒也不得不樹倒猢猻散，此類惡人的報應則可作萬世的一面鏡子，令世人有所戒心。《金瓶梅》中貪嗜淫慾的女性如三位主要人物潘金蓮、李瓶兒、龐春梅，下場也同樣淒慘，如《金瓶梅》文龍批本第九十七回回評：「故金之淫以蕩，瓶之淫以柔，梅之淫以縱……此三人故淫婦中之翹楚也。李瓶兒死於色昏，潘金蓮死於色殺，龐春梅死於色脫。好色者其鑒諸！貪淫者其鑒諸！」〔註167〕潘金蓮淫蕩，李瓶兒淫柔，龐春梅淫縱。此三人稱得上是所謂淫婦中的佼佼者。而潘金蓮、李瓶兒、龐春梅三人最終因淫慾好色而死，為好色之徒敲響了警鐘。《金瓶梅》中的主要人物，西門慶、潘金蓮、李瓶兒、龐春梅等人都死於好色貪淫，故評點者提醒讀者，尤其是嗜淫好色之人當戒之者三。

〔註164〕〔明〕蘭陵笑笑生著，〔清〕張道深評，王汝梅、李昭徇、於鳳樹校點，張竹坡批評金瓶梅〔M〕，濟南：齊魯書社，1991：19。

〔註165〕丁錫根編著，中國歷代小說序跋集（中）〔M〕，北京：人民文學出版社，1996：1077～1078。

〔註166〕朱一玄編，金瓶梅資料彙編〔M〕，天津：南開大學出版社，2012：559。

〔註167〕朱一玄編，金瓶梅資料彙編〔M〕，天津：南開大學出版社，2012：654。

「一千個讀者眼中，就會有一千個哈姆雷特」，同理，一千個讀者眼中，也會有一千個《金瓶梅》。學界有諸多關於《金瓶梅》是否為淫書的討論，正說明學人讀者仁者見仁、智者見智，對於同一部小說作品秉持的意見有所不同。

如《金瓶梅》文龍批本第一回回評：「《金瓶梅》淫書也，亦戒淫書也。觀其筆墨，無非淫語淫事，開手第一回，便先寫出第一個淫人來，一見武松，使出許多淫態，露出許多淫情，說出許多淫話。設非正直如武松，剛強如武松，其不為金蓮之所淫也蓋罕……吾故曰淫書也……究其根源，實戒淫書也。武松一失足，便不得為英雄，且不如西門慶，並不可以為子為弟，直不得呼為人。人皆當以武松為法，而以西門慶為戒。人鬼關頭，人禽交界，讀者若不省悟，豈不負作者苦心乎？是是在會看不會看而已。」〔註168〕《金瓶梅》開頭第一回，先寫出第一個淫人潘金蓮，一見到武松，便淫態盡顯，淫情畢露，淫話連篇。如果不是像武松那樣正直、剛強的人，早被潘金蓮所引誘了。以此看來，《金瓶梅》是淫書無疑了。但如果究其根源，《金瓶梅》非但不是淫書，反而是戒淫書。如果《金瓶梅》著者設計安排武松失足，那麼武松便稱不上是英雄了，非但稱不上英雄，而且連西門慶都不如，成了無人倫、無廉恥、忘八端的畜生。但《金瓶梅》著者將武松塑造成一個正直、剛強、頂天立地的男子漢大丈夫的英雄形象，便是讓讀者都以武松為榜樣，以西門慶為鑒戒。文龍說《金瓶梅》既是淫書，又是戒淫書，看似矛盾的一句評語，卻道出了個中玄機。表面看《金瓶梅》所寫，不外乎諸般淫語、淫事，淫婦之淫態、淫情、淫話，但實卻以淫人之死，以戒眾生，此需讀者自己省悟，方不辜負作書者苦心。所以《金瓶梅》一書是淫書或是戒淫書在於讀者的取捨，在於讀者是否會看書。第十八回回批又有：「一個喪心病狂、任情縱慾匹夫，遇見一群寡廉鮮恥、賣俏迎姦婦女；又有邪財以濟其惡，宵小以成其惡，於是無所不為，無所不至，膽愈放而愈大，心益迷而益昏，勢愈盛而愈張，罪益積而益重。聞之者切齒，見之者怒發。乃竟有羨之慕之，輒思尤而傚之，是果人情也耶？不內自省而欲思齊焉，不能改而思從之焉，吾恐其求生不得，求死亦不得也。」〔註169〕《金瓶梅》描寫了喪心病狂、任情縱慾的西門慶和一群寡廉鮮恥、賣色爭寵的女人狼狽為奸、日日行淫之事。以及西門慶斂財無度，積惡成山，

〔註168〕朱一玄編，金瓶梅資料彙編〔M〕，天津：南開大學出版社，2012：580。
〔註169〕朱一玄編，金瓶梅資料彙編〔M〕，天津：南開大學出版社，2012：591。

至於後來無所不用其極，膽大妄為，財色迷亂了心智，罪孽罄竹難書。見此等事者，理應怒髮衝冠，恨之入骨，然而竟然有羨慕西門慶的人，意欲效尤。文龍認為，此類人真乃禽獸不如，不得好死。同樣是看到喪心病狂、肆情縱性、恬不知恥、迎奸賣俏之人行惡貫滿盈、罄竹難書、無法無天、罪不可赦之事，有的人怒髮衝冠、恨之入骨，有的人卻羨慕不已、意欲效法，非但不自省慎獨，反而思忖仿照，這正也說明人的性情差距之大。故第七十二回回評言：「聖人云：見賢思齊焉，見不賢而內自省焉。又云：擇其善者而從之，其不善者而改之。若西門慶者，固不賢不善者也。其或思齊焉，其或自省焉，其或從之也，其或改之也，是在觀之者矣。」〔註170〕西門慶自然是不賢不善之人，儘管《金瓶梅》本身蘊藉有「勸誡」之意，但讀者是「見惡思齊」，抑或是「見惡自省」，「擇惡而從」，抑或是「知惡而改」，最終取決於讀者自己。第四十二回回評有云：「人生世上，數十年寒暑耳。去其稚幼衰老，疾病奔走，僅十餘載春秋耳。此十數年中，歡娛快活與彼困苦憂煩者，究竟有別，一旦同歸於盡，果孰失孰得乎？若能披髮入山，銷聲滅跡，無與於人事，此則世外之人，亦在可有可無之列。否則日憂憂於名利之場，時攘攘於風塵之內，而顧寂寂寞寞也，果何為哉？或不覺悖然曰：然則子以西門慶為是乎？對曰：非然也。竊嘗有言曰：人生作一件好事，十年後思之，猶覺欣慰；作一件壞事，十年後思之，猶切慚惶。不必對得閻羅王過，要先使主人翁安。天地即生我為人，人事卻不可不盡，與其身安逸而心中負疚，終不若身勞苦而心內無慚。負疚者享福非福，無慚者求壽得壽，此中消息，可為知者道，難與俗子言也。」〔註171〕批者慨歎人生在世，幾十年而已，減掉年幼無知、色衰老朽、病痛疾患、四處奔忙的時間，也剩下就十幾年的光陰，到底是選擇像西門慶那樣縱情恣性、歡娛快活幾年，還是兢兢業業、勤苦憂心為活呢？人不免一死，這兩種死法孰優孰劣、孰得孰失呢？那種銷聲匿跡、隱居山林的世外之人與奔走紅塵、沽名釣譽的仕進之輩，應選擇兩者的哪一種人生道路呢？批者的拷問道出了世人心中的疑惑，他不能幫世人做出選擇，卻給出了一個為人處世的標準：做一件好事，時過十年之久，反顧而思之，尚覺欣慰；做一件壞事，十年之後而思之，猶感愧恨。做事應求心安理得，身安逸而心負疚遠比不上身勞苦而心無慚，若心中有疚，身體所享之福分豈是真正的福分，這樣的道理，

〔註170〕朱一玄編，金瓶梅資料彙編〔M〕，天津：南開大學出版社，2012：634。
〔註171〕朱一玄編，金瓶梅資料彙編〔M〕，天津：南開大學出版社，2012：612。

也只可與有知之人共話，不可與一意追逐身體安逸的俗子言說。

　　讀者對書中之義的取捨，除了取決於自身性情，還受諸多其他因素的影響和制約。金和《儒林外史跋》：「……然讀者太半……未必盡得先生警世之苦心……讀先生是書而不愧且悔，讀紀文達公《閱微草堂筆記》而不懼且戒者，與不讀書同……」〔註172〕讀者由於知識背景、發展環境等的不同，對同一部書的看法和理解力有別，有的讀者不能揣摩作書者的苦志，得不到書中所意欲傳達的「勸誠」之意。

　　正因為對小說讀者鑒別、判斷、接受能力的憂心，小說評點者在小說的「勸」與「戒」二題上放心不下，左右猶疑。如金聖歎《水滸傳序二》：「故夫以忠義予水滸者，斯人必有戕其君父之心，不可以不察也。且亦不思宋江等一百八人，則何為而至於水滸者乎？其幼，皆豺狼虎豹之姿也；其壯，皆殺人奪貨之行也，其後，皆敲樸劓刖之餘也；其卒，皆揭竿斬木之賊也……彼一百八人而得幸免於宋朝者，惡知不將有若干百千萬人思得復試於後世者乎？耐庵有憂之，於是奮筆作傳，題曰《水滸》……妄以忠義予之，是則將為戒者，而反將為勸耶？」〔註173〕金聖歎針對他人視《水滸傳》為忠義之書的觀點提出了反對意見。金聖歎認為，所謂一百單八將英雄好漢，幼年之時便顯露豺狼虎豹之形，長至壯年便幹起了殺人越貨的勾當，之後受了朝廷的刑罰，最終揭竿而起造反。而正是這樣的叛變作亂之人反而沒有被宋朝誅戮而死，卻被招安到朝廷內部做起了官將，如果將這種事例載之於小說，播之於大眾，起到的並不是「戒」的功用，反是會「勸」惡人起事，教良民不良。

（三）「讀之者無論是何人品，無不可取以自鏡」

　　閒齋老人《儒林外史序》：「……其書以功名富貴為一篇之骨，有心豔功名富貴而媚人下人者，有倚仗功名富貴而驕人傲人者，有假託無意功名富貴自以為高，被人看破恥笑者，終乃以辭卻功名富貴，品地最上一層，為中流砥柱。篇中所載之人，不可枚舉，而其人性情心術，一一活現紙上。讀之者無論是何人品，無不可取以自鏡……『善者，感發人之善心，惡者，懲創人之逸

〔註172〕〔清〕吳敬梓著，李漢秋輯校，儒林外史匯校匯評〔M〕，上海：上海古籍出版社，2010：12。

〔註173〕陳曦鍾，侯忠義，魯玉川輯校，水滸傳會評本〔M〕，北京：北京大學出版社，1981：7。

志。』是書有焉。」〔註174〕吳敬梓所作《儒林外史》以寫實主義的筆觸描摹了社會各類人士對於「功名富貴」的不同表現，如閒齋老人所言，對於「功名富貴」，書中人物有趨之若鶩、阿諛奉承之人，有恃名而驕、頤指氣使之人，有心口不一、裝模作樣之人，而人品最高者，當屬真正不以功名富貴為意、淡泊名利之人。讀此書，以此書為鏡，看到書中形形色色的人，便可進行自我歸屬，自我定位，照見自身的行為舉止，品行作風。觀書中良善之人行良善之事可感發自身之善心，觀書中醜惡之人行醜惡之事可懲戒自身之逸志。

　　《儒林外史》中主要用以自鏡的是以八股舉業為大，以名利權勢為尊的扭曲價值觀，以及在此社會大環境下人性的變態，得此中之義的觀者可發現世情人心的虛偽醜陋，洞照還原心靈的真相，生發起對真善人性的渴念。

　　如齊省堂增訂本《儒林外史》第五十四回回評：「……陳思阮棄妻削髮，有四大皆空之意。乃獨於名士不名士斤斤較論。甚矣，名之中人者深也。」〔註175〕妻可棄，髮可削，看似堪破一切，超絕紅塵，但卻斤斤計較於名士不名士，可見人之於「名」中毒已深。

　　又如張文虎《儒林外史評》第十五回：

> 人生世上除了這事，就沒有第二件可以出頭。
>
> 評　與前面蘧公孫語相映。
>
> 而今什麼是書？就是我們的文章選本了。
>
> 評　《三墳》、《五典》、《八索》、《九丘》皆不及此！
>
> 那害病的父親睡在床上，沒有東西吃，果然聽見你念文章的聲
>
> 氣，他心花開了，分明難過也好過，分明那裡疼也不疼了。
>
> 評　不意時文八股有許多妙用！〔註176〕

原文語中帶諷，評語亦語中含諷，均說如今世道只有時文八股才是出頭的正道，八股文寄寓的是讀書人乃至其全家畢生的希望，死摳八股，一朝得中，便是封官拜爵，一人得道，雞犬昇天，與之而來的是民脂民膏所堆砌而成的金山銀山，做官之人全家族的吃喝用度、富貴榮華均寄託在八股之上。以此

〔註174〕〔清〕吳敬梓著，李漢秋輯校，儒林外史匯校匯評〔M〕，上海：上海古籍出版社，2010：9。

〔註175〕〔清〕吳敬梓著，李漢秋輯校，儒林外史匯校匯評〔M〕，上海：上海古籍出版社，2010：585。

〔註176〕〔清〕吳敬梓著，李漢秋輯校，儒林外史匯校匯評〔M〕，上海：上海古籍出版社，2010：189～190。

照見社會人心的變態。

又如張文虎《儒林外史評》第四十八回：

> 又在老朋友靈柩前辭行，又大哭了一場，含淚上船。
>
> 評　王玉輝非無性情，只是呆耳。然天下不呆者，其性情必薄。
>
> 究竟老友何姓何名，至今杳然。〔註177〕

王玉輝並非是鐵石心腸、無情無性之人，只不過是被吃人禮教遮蔽了正常心智，不能進行合乎人性的自然思考和判斷，而是受到扭曲變形的社會強大黑暗合力的牽制，他的真性情也只能在此吃人勢力範圍之外情不能禁地顯露。

不獨《儒林外史》，其他小說評點文字及其揭櫫的小說作品亦可用以自鏡，照見社會人心，亦照見自身形神。

如李贄《西遊記評》第四十八回：

> 利重本輕，所以人不顧死生而去。
>
> 側　世情如此，真是可憐。
>
> 三藏道：「世間事，惟名利最重。」
>
> 側　著眼！〔註178〕

《史記·貨殖列傳》有言：「……『天下熙熙，皆為利來；天下攘攘，皆為利往。』夫千乘之王，萬家之侯，百室之君，尚猶患貧，而況匹夫編戶之民乎！」〔註179〕世間之事，名利最重，世人對名利趨之若鶩，得之者受人敬重，失之者受人鄙夷。譬若戰國著名策士蘇秦，未得志之時，妻嫂父母態度冷淡，待其發奮讀書，成名之後，身佩六國相印，傲視天下，前往游說楚王，途經洛陽，父母妻嫂態度大變，蘇秦問嫂為何前倨而後卑，嫂言緣其地位尊貴錢財眾多，蘇秦以此歎曰：「貧窮則父母不子，富貴則親戚畏懼。人生世上，勢位富貴，蓋可忽乎哉！」（《戰國策·秦策一》）

「勸誡」作為明清小說評點價值論系客觀價值範疇之一，對社會人心風俗的棄惡向善具有一定促進作用。正如靜恬主人《金石緣序》所言：「小說何為而作也？曰以勸善也，以懲惡也。夫書之足以勸懲者，莫過於經史，而義理艱深，難令家喻而戶曉，反不若稗官野乘福善禍淫之理悉備，忠佞貞邪之

〔註177〕〔清〕吳敬梓著，李漢秋輯校，儒林外史匯校匯評〔M〕，上海：上海古籍出版社，2010：525。

〔註178〕〔明〕吳承恩原著，〔明〕李卓吾評點，李卓吾先生批點西遊記〔M〕，天津：天津古籍出版社，2006：373。

〔註179〕〔漢〕司馬遷著，史記〔M〕，北京：中華書局，2006：752。

報昭然，能使人觸目儆心，如聽晨鐘，如聞因果，其於世道人心不為無補也。」
〔註180〕靜恬主人認為，小說之作，旨在勸善懲惡。經書史籍雖有意勸懲，但
義理艱深，難通於俗，反而不如小說淺顯易懂，影響深遠。小說勸善懲惡之
功大於經史，以其明白曉暢，生動感人，流行之廣也。

三、快

「快」，從心，從夬，夬亦聲。「心」指「感覺」，「夬」指「豁口」，「心」
與「夬」聯合起來表示感覺噴湧而出。「快」本義心情爽暢，如「快，喜也」
〔註181〕，「公子行數里，心不快」〔註182〕等等，其中的「快」均指人的心情
爽暢而言。

明清小說評點中有關小說價值的論述，若從主觀作書者而言，則有自娛
的成分，若論對讀者的作用，則是「快」。「快」不僅包含有小說對讀者產生的
娛人之意，它的範圍更加廣泛，樂亦快，痛亦快，「快」是讀者從書中獲取的
各式各樣的獨特的快感。

（一）「快一時之耳目」

「快一時之耳目」便是就小說對讀者產生的客觀「快」的價值而言。《新
刻續編三國志引》：「夫小說者……無過消遣於長夜永晝，或解悶於煩劇憂態，
以豁一時之情懷耳。今世所刻通俗列傳，並梓《西遊》、《水滸》等書，皆不過
快一時之耳目。及觀《三國演義》……雖建國不永，亦快人心。今是書之編，
無過欲洩憤一時，取快千載，以顯後關、趙諸位忠良也。其思欲顯耀奇忠，非
借劉漢則不能以顯揚後世……」〔註183〕評者指出，小說與經史不同，通於流
俗，其主要作用無非是用來打發時光，度過漫漫長夜，或者在人煩惱憂愁之
時，用以消解不良情緒，開闊心胸。並舉出《西遊記》、《水滸傳》諸書，說其
不過是「快一時之耳目」，而歷史演義小說《三國演義》，則當另眼相看，因其
敘國朝正統，「雖建國不永，亦快人心」，又表彰關羽、趙雲等諸位忠良之功，
「顯耀奇忠」，「顯揚後世」，這等忠臣良將，家國棟樑，於千秋萬世可作典範，

〔註180〕丁錫根編著，中國歷代小說序跋集（下）〔M〕，北京：人民文學出版社，1996：
　　　　1291。
〔註181〕〔漢〕許慎撰，說文解字〔M〕，北京：中華書局，1963：217。
〔註182〕〔漢〕司馬遷著，史記〔M〕，北京：中華書局，2006：469。
〔註183〕丁錫根編著，中國歷代小說序跋集（中）〔M〕，北京：人民文學出版社，1996：
　　　　935〜936。

故《三國演義》可謂「取快千載」,與《西遊記》、《水滸傳》等「快一時之耳目」之書不可同日而語。「快一時之耳目」是「快」,「取快千載」亦是「快」,二者不同在於「一時」與「千載」,但《西遊記》、《水滸傳》傳至今日以至後世之無窮,亦不只是「快一時之耳目」,而快了數世數代人之耳目,與《三國演義》之「取快千載」並無不同。究其根源,評者所想表達的還是小說對社會人心治亂的不同之功,《三國演義》敘賢臣,表忠心,讀者閱之或思效法,自然對國朝統治有利,而《西遊記》、《水滸傳》或敘妖魔,或演叛亂,不利於人心思定。從此意義而言,「快一時之耳目」之「快」與「取快千載」之「快」,不是同等意義之「快」,而前者,則更貼合「快」之本義。

小說的主要作用或目的之一便是使觀看者開懷解憂,心情暢快。對小說「快」人的本旨,明清小說評者多有揭櫫。如袁無涯《〈出像評點忠義水滸全傳〉發凡》:「惟周勸懲,兼善戲謔,要使覽者動心解頤,不乏詠歎深長之致耳。」〔註184〕袁無涯即認為,小說應使讀者「動心解頤」,暢快心志,起到娛人的作用。又如《五虎平西前傳序》:「小說傳奇,不外悲歡離合,而娛一時觀鑒之心。」〔註185〕小說傳奇,所敘乃悲歡離合,百姓之酸甜苦辣,所娛的是觀者讀書時的心境。再如《三國後傳石珠演義序》:「歷觀古今傳奇樂府,未有不從死生榮辱悲歡離合中脫出者也。或為忠孝所感,或為風月所牽,或為炎涼所發,或為聲氣所生,皆翰墨遊戲,隨興所之,使讀者既喜既憐而欲歌欲哭者比比然矣。」〔註186〕傳奇小說因其娛人感人之目的,故內容不離人之七情六欲,所敘不離人之生活百味,生死榮辱,離合悲歡。讀者在閱讀小說之時,或被書中所敘忠孝之事感動,或被蕩人心魄的愛情故事牽動心弦,或喟歎於書中之世態炎涼、人情淡薄而較之於當下,或被書中的言語辭藻所感染浸潤而有所生發。觀者閱諸書,或喜或憐,或恨或嗔,或拍案叫絕,或欲歌欲哭,快意恩仇,實快人心。

傳奇小說通過精彩絕倫的描事寫人,將欣賞的快感傳給讀者,讀者中鑒賞力突出的小說批點家將自身感觸見諸筆端,既回應了作書者摹人敘事的

〔註184〕陳曦鍾,侯忠義,魯玉川輯校,水滸傳會評本〔M〕,北京:北京大學出版社,1981:32。

〔註185〕丁錫根編著,中國歷代小說序跋集(中)〔M〕,北京:人民文學出版社,1996:997。

〔註186〕丁錫根編著,中國歷代小說序跋集(中)〔M〕,北京:人民文學出版社,1996:937。

苦志和偉力，又替大眾讀者發聲達意，還對領悟力不夠的讀者具有提醒啟發之功，而評點者的評點文字本身亦連通原著，而又自成一格，令人觀之暢快淋漓。

如李贄《水滸傳回評》第九回評言：「施耐庵、羅貫中，真神手也！摹寫魯智深處，便是個烈丈夫模樣；摹寫洪教頭處，便是忌嫉小人底身份。至差撥處，一怒一喜，倏忽轉移。咄咄逼真，令人絕倒。異哉！」〔註187〕《水滸傳》著者摹人寫物具有出神入化的本事，不論是水滸英雄還是鄙陋小人，抑或沒有明顯特色的尋常百姓，在其筆下都幻化出不同的色彩，成為獨一無二的「那一個」，令讀者觀之，直至「絕倒」。「絕倒」，意為前仰後合地大笑，李贄用「絕倒」，則誇張地表出了觀看《水滸傳》的暢快淋漓的心理狀態。

又如金聖歎《水滸傳》第十二回回評：「……其安得不謂之畫火畫潮第一絕筆也……而殊不知作者滔滔浩浩，莽莽蒼蒼之才，殊未肯已也……先寫梁中書著楊志好生披掛……讀者至此，其心頭眼底，胡得不又為之驚魂動魄，閃心搖膽……不惟書裏梁中書呆了，連書外看書的人也呆了……如此行文，真是畫火畫潮，天生絕筆。自有筆墨，未有此文；自有此文，未有此評。嗚呼！天下之樂，第一莫若讀書，讀書之樂，第一莫若讀《水滸》，即又何忍不公諸天下後世之酒邊燈下之快人恨人也。」〔註188〕此段回批，金聖歎大贊《水滸傳》著者摹寫對戰的本領。金聖歎贊《水滸》之筆為「畫火畫潮第一絕筆」，《水滸》著者之才為「滔滔浩浩，莽莽蒼蒼之才」。讀者讀至此段精彩描寫，不知不覺為之驚心動魄，膽顫心搖，如坐過山車般在高空中忽上忽下，翻騰變幻，痛快淋漓，歡暢不已。《水滸傳》著者通過小說文本暢快的描寫敘事，令書中人物的觀戰者與書外現實中的讀者融為一體，共同感受小說文本所帶來的暢快之感。《水滸傳》摹畫戰事不同他書，不下敗筆，千回百轉，妙趣橫生，以至金聖歎不禁讚歎，不只書中之人梁中書看呆了，書外看書的人也看呆了，評書之人也看呆了，推讀《水滸》乃天下第一之樂，故金聖歎不忍此書埋沒，批之贊之，公之於天下後世之酒邊燈下之快人恨人。

不同時代的讀者會秉持帶有時代色彩的心境去解讀小說，譬如後世讀

〔註187〕〔明〕施耐庵集撰，〔明〕羅貫中纂修，〔明〕李贄批評，《古本小說集成》編委會編，李卓吾批評忠義水滸傳〔M〕，上海：上海古籍出版社，1992：301。

〔註188〕陳曦鐘，侯忠義，魯玉川輯校，水滸傳會評本〔M〕，北京：北京大學出版社，1981：245。

者秦風作《題水滸》曰：「一讀《水滸傳》，令人拍案起。我得而名之：強權之原理。維強盜主義，侵略為天職。即今英法美，多藉以立國。」〔註189〕面對列強侵略，有志之士義憤填膺，讀《水滸傳》之國朝羸弱，民不聊生，自然心有戚戚，此拍案而起，並非感動於書中精彩的情節故事，而是觸碰到敏感的愛國神經，快意恩仇，油然而生，由此看來，讀者感受具有一定的時代性。王國維《人間詞話》言：「讀《會真記》者，惡張生之薄倖，而恕其奸非；讀《水滸傳》者，恕宋江之橫暴，而責其深險。此人人之所同也。」〔註190〕讀《會真記》之人，所厭惡的乃張生薄倖，卻寬宥其奸非；讀《水滸傳》之人，所寬容的是宋江的橫暴，而責怪其陰險狡詐。王國維認為，面對不同小說中各具特色的人物形象，讀者所關注的往往是其性格的主要方面，及其對於人物行事立世的決定作用，這是讀者共同的心理感受，如此言之，讀者對一部書的接受可超越時代、地域、年齡、性別等等諸多因素，而顯示出某種共通指向，這是小說將快意傳達給不同讀者的穩定基礎和重要依據之一。

（二）「使人可以悅目賞心，便是絕妙好辭」

「快」是明清小說帶與讀者的重要作用，是小說價值的重要體現。「快」還可作為判斷小說好壞的標準之一，即判定一部小說優秀與否，便是看這部小說能否起到「快」人的作用。

問竹主人《忠烈俠義傳序》：「是書本名《龍圖公案》，又曰《包公案》……能以日用尋常之言，發揮驚天動地之事……諸多豪傑之所行，誠是驚心動魄，有人不敢為而為，人不能作而作……善人必獲福報，惡人總有禍臨，邪者定遭凶殃，正者終逢吉庇。昭彰不爽，報應分明，使讀者有拍案稱快之樂，無廢書長歎之時。無論此事有無，但能情理兼盡，使人可以悅目賞心，便是絕妙好辭。」〔註191〕《龍圖公案》是明代短篇公案小說集，所敘故事大多為宋代包拯審案斷獄之事，故事情節生動曲折，扣人心弦。問竹主人指出小說敘述事件、刻畫人物，均能切中肯綮、淋漓盡致，故事轉折、情節轉換，均能神思

〔註189〕朱一玄編，明清小說資料彙編（上）〔M〕，天津：南開大學出版社，2012：
　　　　372。
〔註190〕王國維著，徐調孚校注，人間詞話〔M〕，卷下，北京：中華書局，1955：
　　　　375。
〔註191〕丁錫根編著，中國歷代小說序跋集（下）〔M〕，北京：人民文學出版社，1996：
　　　　1542。

巧妙、不露痕跡。並能用尋常百姓生活之語，活畫出驚天動地不尋常之事，三俠、五義諸位豪傑之行事，驚心動魄，非同尋常。再者，小說所表現出來的價值取向是好善好義，邪不壓正，善良之人必獲得福報，醜惡之人總是會有禍事降臨，姦邪小人定遭凶殃，正義之士終逢吉庇。問竹主人認為善有善報、惡有惡報、義之所在、報應不爽，方使得讀者有拍案稱快之樂，書中所敘故事是真是假可擱置不論，只要合情合理，迎合讀者的情感需求，使讀者可以賞心悅目，便體現了傳奇小說「快」人的客觀價值。

一部小說若要「快」人，需要讀者主觀能動性的充分發揮，將小說中的人物、事件作細膩獨到、栩栩若活、充分大膽、淋漓盡致的描摹。即只有做到小說作者本身暢意快情的恣意疏泄、放肆抒懷，讀者讀來才會大呼過癮。

謝肇淛《金瓶梅跋》言：「……其中朝野之政務，官私之晉接，閨闥之媟語，市里之猥談，與夫勢交利合之態，心輸背笑之局，桑中濮上之期，尊罍枕席之語，驅儈之機械意智，粉黛之自媚爭妍，狎客之從臾逢迎，奴怡之稽唇淬語，窮極境象，駴意快心。」〔註192〕謝肇淛認為，《金瓶梅》對朝野之政務、官私之交接、婦人之淫語輕薄、男女之縱慾無度、市井之猥褻雜談、小人之趨炎附勢、人心之奸詐叵測、世態之物慾橫流、人情之淡薄冷熱、吃喝嫖賭之事、酒桌枕席之語、粉黛之爭麗鬥妍、狎客之阿諛奉迎、奴僕之瑣言碎語、各色人等、複雜萬象、世情百態等等諸多現實生活中的原態，均將之搬移到小說中來，一絲不紊，從容點綴，將複雜眾多的人情世故描摹得活極像極，可謂萬境皆生，使人如臨其境，如見其人，如聽其語，如歷其事，適意快心，酣暢淋漓。故謝肇淛認為小說「快」人的價值高低取決於作者對人情世態描摹本領的強弱高下。

描摹世情、遵循現實主義寫作原則的小說可使人「快」。超脫於現實之上，敘鬼描神的非現實主義小說，亦具有「快」人的魔力。

如黃越《第九才子書平鬼傳序》即言：「且夫傳奇之作也，騷人韻士以錦繡之心，風雷之筆，涵天地於掌中，舒造化於指下，無者造之而使有，有者化之而使無。不惟不必有其事，亦竟不必有其人，所謂空中之樓閣，海外之三山，倏有倏無，令閱者驚風雲之變態而已耳，安所規規於或有或無而始措筆而擒詞耶！故九才子書鍾可封而封之，鬼可斬則斬之，淬舌劍於筆端，吐辭

〔註192〕丁錫根編著，中國歷代小說序跋集（中）〔M〕，北京：人民文學出版社，1996：1080。

鋒於紙上。」〔註193〕傳奇小說之作者，乃是錦心繡口之騷人韻士，蘊才於胸，施之於筆，將天地萬物擺弄於股掌之中，舒展造化之功在寸指之端，可將無有之事頓使之有，亦可使存在之事消失不見。不只是書中所敘事情可在現實生活中不真實存在，就連書中人物也可以是窮極想像、主觀臆造，書中之人、書中之事恰似那空中樓閣、海外仙山，虛無縹緲、時顯時藏，讀者觀此等小說，方拍案叫絕，驚歎其風雲變幻之奇妙，故小說欲使讀者大快，不必墨守成規，拘泥於世間常態，而應大膽措辭，放肆想像，方可下筆琳琅，炫人耳目。

又如太平客人《何典序》對寫「鬼」「專著」《何典》的評論：「……吾聞諸天有鬼星；地有鬼國……今過路人務以街談巷語，記其道聽途說，名之曰《何典》。其言則鬼話也，其人則鬼名也，其事實則不離乎開鬼心，扮鬼臉，懷鬼胎，釣鬼火，搶鬼飯，釘鬼門，做鬼戲，搭鬼棚，上鬼黨，登鬼籙，真可稱一步一個鬼矣。此不典而典者也……」〔註194〕《何典》，又名《十一才子書·鬼話連篇錄》。共十回，虛構了諸多鬼話連篇的鬼世間的鬼故事，通過鬼故事來諷刺人間現實。《何典》塑造了活鬼、死鬼、老鬼、酒鬼、色鬼、臭鬼等等四十多個形形色色的鬼形象。這些鬼形象是人間各色人等的生動寫照，作者快人快語，寓諷刺於嬉笑怒罵之中，憤世嫉俗的同時摹盡人情世態，筆墨恣肆，信手拈來，窮形盡相，令讀者讀之捧腹。由此可見，使人「快」者，不拘有典無典，而在痛快發揮，將人物故事敘寫得生動活潑、有血有肉、鞭闢入裏、顛倒眾生。

（三）「痛快人心之筆」

「快」人之文以「痛快人心之筆」寫就，何謂「痛快人心之筆」？

《金瓶梅》文龍批本第八十七回回評對「痛快人心之筆」有一段評述：「蓋潘金蓮非殺之不可，亦非武松不能殺之也。西門慶容易死，潘金蓮非殺不死。若使其入張二官之門，又當為二官作傳；若使其入周守備之室，又將敘守備遭殃。天生此一種尤物，最足以殺人，而人決不能殺之，且決不忍殺之，不肯殺之也……必武松之英雄，乃可以殺潘金蓮，非但為報仇一層也。茲並王婆子而亦殺之，乃所以痛快人心之筆……第一回至此回，已隔八十六

〔註193〕丁錫根編著，中國歷代小說序跋集（下）〔M〕，北京：人民文學出版社，1996：1677。

〔註194〕丁錫根編著，中國歷代小說序跋集（下）〔M〕，北京：人民文學出版社，1996：1705。

回，殺之不已晚乎？不知愈晚人心乃愈快。譬如旋陰旋晴，忽病忽愈，人轉忘陰雨連綿之苦惱，輾轉床褥之煩難；屈久而伸，鬱極而散，豁然於一旦，手舞足蹈，有發於不自覺者。金蓮被殺不為晚，亦如西門慶之死不為遲矣。」〔註195〕潘金蓮是《金瓶梅》中毒殺丈夫的惡人，讀者在感情上大多對其深惡痛絕，恨不能對她千刀萬剮。只有將惡人潘金蓮置於死地，讀者之心才會暢快。文龍指出，潘金蓮的美色是惑人、殺人的兇器，人見美色而不能自控，不忍下手殺之，而只有武松這樣正直、剛強的蓋世英雄方能殺掉潘金蓮此「害人之物」。武松將潘金蓮並挑唆者王婆子一起殺掉，此足足是痛快人心的筆墨。此外，潘金蓮該死，但非死於武松之手不可，除卻武松乃英雄之一義，自古還講求「解鈴還須繫鈴人」，報仇要尋有仇家，死於他人之手，便是死得不得其所，令人心不快，殺潘金蓮之時，連其同黨一併殺之，做事做徹，痛快淋漓，故大快人心。評者還指出，殺人愈晚人心愈快，並形象地譬喻為天氣如陰晴不定，病情若時好時壞，人們便會忘記陰雨連綿之苦，床上臥病之痛，而長期被壓抑，一朝得發抒，便更覺暢快不已，故事情若陳香老酒，需要有充分的時間積聚發酵，到達某個臨界點和極限，噴薄而出，「厚積而薄發」，才能取得出人意料的奇特藝術效果。

「痛快人心之筆」不只停留在使人捧腹的淺層，還應包括將事理講明說徹的醍醐灌頂的頓悟感和暢快感，將觀書人心中有之而不能發之於口、現之於筆的感受傳達出來，亦將觀書人之前沒感悟到、沒覺察到的真義表出，使讀者如沐春風、暢意快心。茲舉哈斯寶《〈新譯紅樓夢〉序》之例，全文錄之如下：

> 凡生在世上的生靈都有一知。知，是天賦的，所以無偽。人說大知凌雲瞰世，小知臥井觀天。凌雲瞰世與臥井觀天，都是一個知，雖有大小之分，卻都是無偽的。所以，總不妨憑一己之知，來議論述說一番。
>
> 綜觀人世間事，我要放聲痛哭的有一樁，情不自禁而落淚的有一樁，為之喟然長歎的有兩樁，羨慕嚮往的又有兩樁。
>
> 古書上說，天生人。如果天使人降生，也就罷了，理應使人長生。可是不僅不使人長生，還要讓他像過客一樣逝去。既然有如過客之逝，就讓他瞬間逝去好了，偏又不，還要讓他暫短地活下去。

〔註195〕朱一玄編，金瓶梅資料彙編〔M〕，天津：南開大學出版社，2012：599。

讓他暫短地活下去，又不讓他安寧，使他嘗盡各種苦難。好不容易熬出個苦盡甘來，過客之逝的期限便到來了。為此我想放聲痛哭。

如今我觀察，人人都知道這個。既然人人都知道，也就罷了，理應養冶身心。可是不去養冶身心，反像蜜蜂一般奔忙，既然奔忙如蜂，就理應自己享用吧？偏偏又不，還要遺留後代。遺留給後代，又嫌留得太少，非要多多益善而後已。大積大攢，好不容易心滿意足，眼看家財安如泰山了，不料後代卻在一剎那間耗個精光，有如雪融一般。為此我情不自禁潸然淚下。

有的人也不盡如此，說要以養身來消遣一生，辛辛苦苦，購置良田，掙掙繁繁，廣蓄奴僕，恣意受用美食華服，精選粉脂香豔。這也算一種消遣一生之道。在眾人面前炫耀德行，顯赫一時，侍從載道，入仕為國家操勞，喜則慨頒賞賚，怒則刑罰加人。這也是一種消遣一生之道。這裡，我為這兩種人長歎息。

還有一等人超脫塵世，專以養心修性為務，用清泉之水漱口洗手，在深山密林悟道參禪，整日一餐麥飯，終夜一枕袈裟。這也是一種修心之道。案上擺列墨硯，兩邊堆起筆紙，有興則信手賦詩，厭倦則翻閱典籍，口誦心怡。這也是一種修心之道。為這緣故，我驚羨嚮往這兩種人。〔註196〕

之所以拈出哈斯寶這段話，是由於其挑明了幾點人生道理，讀之使人毛髮盡舒，意暢神遂。其一，哈斯寶言及世上的生靈都有一知，大知凌雲瞰世，小知臥井觀天，雖有大小之分，但都是從心發出的，不摻雜各種雜質，不是虛偽的。大知與小知都不應該受到嘲笑和鄙夷，鴻鵠有鴻鵠的境界，燕雀有燕雀的生活，不應以二者的追求不同，道路有別，而妄議優劣，妄斷是非，而應對懷有不同夢想和執念的人，持有寬容態度，這種多元並存的思維意識值得每個時代的人們反思和借鑒。其二，哈斯寶想放聲痛哭的是人生短暫，寄存於天地之間，卻又不能時時喜樂，總飽嘗各種苦難，或許會有苦盡甘來之時，但那時，卻也往往是大限之期。存在主義哲學創始人海德格爾認為，個體就是世界的存在。在所有的哺乳動物中，只有人類具有意識到其存在的能力。他們不作為與外部世界相關的自我而存在，也不作為與世界上其他事物相互

〔註196〕〔清·內蒙古〕哈斯寶著，亦鄰真譯，《新譯紅樓夢》回批〔M〕，呼和浩特：內蒙古人民出版社，1979：19～20。

作用的本體而存在。人類通過世界的存在而存在，世界亦是由於人類的存在而存在。但人類存在於矛盾之中，因為人類意識到了死亡的不可避免，死亡所導致的痛苦和恐怖的經驗。人類不得不承認死亡的不可避免，死亡所帶來的世間一切的灰飛煙滅。我們的存在具有「被拋性」，不是我們能夠自由選擇的，也不是我們自身造就的。我們的存在是強加給我們的，這種強加性貫穿於我們存在於世間的短暫而又漫長的始終，直至我們逝去。這種悲劇性的存在，加之存在於世的悲劇，哈斯寶在序文中言明，它直抵讀者內心最脆弱的一隅，讀者亦想隨其痛快一哭。其三，讓哈斯寶情不自禁而潸然淚下的事是，人人知道人生苦短，卻不去調養身心，反而像蜜蜂一樣奔忙，追名逐利，趨炎附勢，為權勢利欲，不惜犧牲溫情道義，閑暇適意，不斷努力積聚財富。可積攢了財富，又不捨得自己受用，反而要留給子孫後代享用，人心不足蛇吞象，有一又想有二，多多益善，不嫌財多。家財世代累積，可悲的是，敗家之子轉瞬之間揮霍殆盡，前輩們努力掙來的錢財付諸東流，這種徒勞之功讓人不禁心傷落淚。人人都欲求安心，世間偏有風波起。人生世上，惟有無常方是常態，所以有以不變應萬變之說。世間一切均稍縱即逝，沒有永恆不變的事物。佛家認為，有為法是無常之法，「一切有為法，如夢幻泡影，如露亦如電，應作如是觀」（《金剛經》），明瞭此意，便可放下煩惱，既知有此，便不必執著，享受釋然的暢快。其四，有的人既知人生苦短，選擇了及時行樂的生活方式，先苦苦積聚財富，後購買良田，置辦家用，奴僕成群，錦衣玉食，美女如雲；或者有的人為了出人頭地，有所炫耀，而甘為牛馬，匍匐侍人，仕途沉浮，跌跌撞撞，一路攀爬，直至到達權力頂峰，坐穩了老爺大官，對上畢恭畢敬，卑顏屈膝，對下頤指氣使，呼五喝六。這兩種人看似光鮮，實則為物所役使，為名所脅迫，身適不若心安，心勞苦過體累。而超脫塵俗之人，卻能修養身心，不問世事，於深山密林之地參禪悟道，整日粗茶淡飯，清水洗身，心靜如水，忘卻榮辱，亦或有醉心文藝者，筆墨紙硯，書香漫溢，詩詞歌賦，經史典籍，陶情冶性，心曠神怡，此二類人實令人豔羨，精神實超脫於純物質之上。在物慾橫流的時代，金錢物質像一場急速傳染的瘟疫，人們拖著肉體的重荷如行屍走肉般飄蕩在紙醉金迷的紅塵鬧市，靈魂的純淨和精神的富有已成為「窮奢極欲」。正因如此，哈斯寶此般言說，愈加字字入骨，如甘霖潤田，快觀者心。

此外，哈斯寶對「才子」、「佳人」的評論也切中肯綮，給人以一馬平川、

毫無阻隔之快意感受。如其在《〈新譯紅樓夢〉回批》第三十二回所言：「……讀書人放蕩荒唐，恣意沾惹野草閒花，醉心風花雪月，傷春悲秋，這能叫才子麼？紅粉女兒不安閨閣，寄情於路邊蓬蒿，置意於柳枝鶯啼，恨春怨秋，這能叫佳人麼？我說不能。雖生纏綿之意，必如寶玉，寸地不亂的，才可謂之才子。雖有傷感之情，必如瀟湘，毫髮不違禮教，方可謂之佳人……非才子不知才子之苦，非才子不知佳人的苦衷。」〔註197〕讀書人如果自恃其才，毫無顧忌，放蕩邪僻，荒唐無行，每日無所節制地沉溺於美色之中，流連於青樓妓館、舞榭歌臺，寄情於風花雪月，傷感於春華秋實，格局狹小，用情不專，眼界低迷，此類人，便斷然算不得才子。尊貴的女子生於詩禮之家，卻情性不寧，不能靜修其心，欲念無度，鍾情於玩樂，怨念叢生，恨良辰之易逝，此種女子亦算不得真正的佳人。真正的才子，是如《紅樓夢》中的賈寶玉那樣，不荒淫邪侈。真正的佳人，是如林黛玉那樣，尊貴高雅，品性清幽。哈斯寶對於「才子」、「佳人」的評論使人如沐春風，讀者受到心靈的滋潤和精神的感召，思想情懷暢快不已。正如哈斯寶所言，醉心於沾花惹草、柳巷煙粉者稱不得真正的才子，寄情於路邊蓬蒿、輕浮媚冶者算不上真正的佳人，才子當鍾情專一、不屬意於浪語淫行，佳人應尊貴持重、不輕賤卑下，情之所鍾，心之所繫，只有真才子、真佳人能明瞭此中真諦。讀哈斯寶對於「才子」、「佳人」的論說，令人心嚮往之，可謂快意清神。

且以天花藏主人《平山冷燕序》之語作結：

> 有時色香援引兒女相憐，有時針芥關投友朋愛敬，有時影動龍蛇而大臣變色，有時氣沖牛斗而天子改容。凡紙上之可喜可驚，皆胸中之欲歌欲哭。〔註198〕

著書者將胸中欲歌欲哭之事，幻化作紙上之可喜可驚之語，評書者見紙上之可喜可驚之語，復感於懷，生發出更多欲歌欲哭之詞。彼書，彼評，讀者讀之，均暢快人也，亦痛快人也。

〔註197〕〔清・內蒙古〕哈斯寶著，亦鄰真譯，《新譯紅樓夢》回批〔M〕，呼和浩特：內蒙古人民出版社，1979：112。

〔註198〕丁錫根編著，中國歷代小說序跋集（下）〔M〕，北京：人民文學出版社，1996：1245。

第五章　明清小說評點範疇形象論系

第一節　斷語

　　所謂「斷語」，意為作結論的話、斷定的話。明清小說評點對明清小說中的人物形象喜好下斷語，這是中國小說人物評點的突出特點之一，「斷語」亦可視為明清小說評點形象論系列的重要範疇之一。

一、「一百八人中，定考武松上上」

　　明清小說中對人物的評點，突出特點之一是劃定人物品第。所謂「品第」，指評定並分列次第。東漢班固以九品論人，在《漢書・古今人表》中對歷史人物進行分類，將人分為九等，分別是：上上、上中、上下、中上、中中、中下、下上、下中、下下，上上為聖人，上中為仁人，上下為智人，下下為愚人，並列有詳表。此後曹魏也採取「九品中正制」選拔人才。曹操之後，曹丕延續前制，立「九品官人之法」作為選官制度。鍾嶸《詩品》即仿照漢代「九品論人」的著作先例，劃分五言詩的品第，品評兩漢至梁代的詩人一百二十二人，計上品十一人，中品三十九人，下品七十二人。以品第論人者，還有如唐朝著作郎孔至，孔至對士族門第頗為熟稔，撰寫了《百家類例》，對海內族姓進行一一品評。「定品第」，是對人物進行批評的方式之一，郭紹虞即言：「……給以一定的評價，這就是所謂品第，而品第就更是批評了。」（《中國文學批評史》）

　　劃分人物品第作為一種明顯的人物斷語，也被小說批評家所運用。如金

聖歎《讀第五才子書法》對《水滸傳》人物進行品第劃分，茲錄如下：

一百八人中，定考武松上上。時遷宋江是一流人，定考下下。

魯達自然是上上人物。寫得心地厚實，體格闊大。論粗鹵處，他也有些粗鹵；論精細處，他亦甚是精細。然不知何故，看來便有不及武松處？想魯達已是人中絕頂，若武松直是天神，有大段及不得處。

李逵是上上人物，寫得真是一片天真爛漫到底。看他意思，便是山泊中一百七人，無一個入得他眼。《孟子》「富貴不能淫，貧賤不能移，威武不能屈」，正是他好批語。

林沖自然是上上人物，寫得只是太狠。看他算得到，熬得住，把得牢，做得徹，都使人怕。這般人在世上，定做得事業來，然琢削元氣也不少。

吳用定然是上上人物。他姦猾便與宋江一般。只是比宋江，卻心地端正。

花榮自然是上上人物，寫得恁地文秀。

阮小七是上上人物，寫得另是一樣氣色。一百八人中，真要算做第一個快人。心快口快，使人對之，齷齪都銷盡。

楊志關勝是上上人物。楊志寫來是舊家子弟，關勝寫來全是雲長變相。

秦明索超是上中人物。

史進只算上中人物，為他後半寫得不好。

呼延灼卻是出力寫得來的，然只是上中人物。

盧俊義柴進只是上中人物。盧俊義傳，也算極力將英雄員外寫出來了，然終不免帶些呆氣。譬如畫駱駝，雖是龐然大物，卻到底看來，覺道不俊。柴進無他長，只有好客一節。

朱仝與雷橫，是朱仝寫得好。然兩人都是上中人物。

楊雄與石秀，是石秀寫得好。然石秀便是中上人物，楊雄竟是中下人物。

公孫勝便是中上人物，備員而已。

李應只是中上人物。然也是體面上定得來，寫處全不見得。

阮小二阮小五張橫張順，都是中上人物。燕青是中上人物。劉

　　唐是中上人物。徐寧董平是中上人物。

　　　戴宗是中下人物。除卻神行，一件不足取。〔註1〕

金聖歎為《水滸傳》中人物下斷語，考定人物品第。斷武松為上上人物，時
遷、宋江為下下人物，魯達為上上人物，李逵為上上人物，林沖為上上人物，
吳用為上上人物，花榮為上上人物，阮小七為上上人物，楊志、關勝為上上
人物，秦明、索超為上中人物，史進為上中人物，呼延灼為上中人物，盧俊
義、柴進為上中人物，朱仝、雷橫為上中人物，石秀為中上人物，楊雄為中下
人物，公孫勝為中上人物，李應為中上人物，阮小二、阮小五、張橫、張順為
中上人物，燕青為中上人物，劉唐為中上人物，徐寧、董平為中上人物，戴宗
為中下人物。金聖歎對《水滸傳》人物品第的劃分，並沒有一定的標準，而是
根據人物不同的特點，對人物進行主觀評定。同一品第的人物，其特點可以
是不同的，並且也有高下之別。如金聖歎認為，同樣是屬於上上人物，魯達
心地厚實，體型魁梧，有粗魯之處，也有精細之處；武松直若天神，在他身上
找不出一點瑕疵，同屬於上上人物的魯達自然比不上武松；李逵童心一片，
天真爛漫，是富貴不淫、貧賤不移、威武不屈的頂天立地的大丈夫；林沖具
有十足的狠勁，頑強的意志力，驚人的忍耐力，宏大的爆發力，在世上可立
一番偉業，但缺點在於銷磨人的元氣；吳用雖然姦猾，但也屬於上上人物，
只因其心地端正，本性純良；花榮文秀，有此特點，即屬於上上人物；阮小
七，頗具個性，心快口快，快人快語，無所保留；楊志乃舊家子弟，有禮有
節；關勝有關羽之風，英勇忠義。金聖歎對上中人物的劃分，也沒有固定標
準，大致是沒有多少突出特點或有稍許瑕疵的人物。如秦明、索超、呼延灼
等等均沒有什麼令人眼前一亮、記憶深刻的特別之處。而盧俊義，作者將其
塑造為一個英雄員外的形象，但失之在呆。柴進只是好客，朱仝、雷橫亦資
質平平。中上人物與中下人物的劃定，亦是金聖歎根據自己對人物的理解所
釐定。時遷、宋江，金聖歎定其為下下人物，是就人物的品行而言，時遷偷雞
摸狗、品行不端，宋江奸詐狡猾，心地不純。

　　除金聖歎《讀第五才子書法》對《水滸傳》人物進行品第劃分之外，昭
琴也為《蕩寇志》、《花月痕》等小說裏的人物劃定品第：「《蕩寇志》書中，上

〔註1〕陳曦鍾，侯忠義，魯玉川輯校，水滸傳會評本〔M〕，北京：北京大學出版社，
　　　　1981：17～20。

上人物為陳麗卿，《花月痕》書中上上人物為薛瑤華。」〔註2〕昭琴斷《蕩寇志》中上上人物為陳麗卿，《花月痕》中上上人物為薛瑤華。為小說人物劃定品第的批評方法雖有一定的執行標準，但標準不明晰、不統一，帶有強烈的評者主觀色彩。

等級森嚴的奴隸社會、封建社會將人分為三六九等。「三六九等」，語出曹雪芹《紅樓夢》第七十五回，邢夫人胞弟邢德全賭博輸了錢，罵兩個孿童只巴結贏家不理輸家道：「……誰的恩你們不沾，只不過我這一會子輸了幾兩銀子，你們就三六九等了……」〔註3〕唐代科舉考試，由京兆府考試後，選送前十名升入禮部再試，稱為「等第」。元朝將人分「三教九流」。明清科舉制度，亦是分定等級的考試。分為鄉試、會試和殿試，鄉試為省一級考試，考試合格者為舉人，第一名為解元；會試是舉人在京城參加的全國統一考試，考試合格者為進士，第一名為會元；殿試是由皇帝親自主持的進士考試，第一名狀元，第二名榜眼，第三名探花。

而在明清小說評語中，除將人物劃分品第，推舉「第一」、「之最」或「無雙」也是為人物下斷語常用的評點方式。

如《梁山泊一百單八人優劣》：「李逵者，梁山泊第一尊活佛也，為善為惡，彼俱無意。宋江用之便知有宋江而已，無成心也，無執念也。」〔註4〕李逵「無成心」、「無執念」，葆有一片童心與真心，無名氏斷李逵為梁山泊第一尊活佛。在評者對李逵的斷語中便是採用了「第一」這一顯示等級的詞彙。又如張竹坡《金瓶梅》第八十回所評：「寫月娘燒瓶兒之靈，分其人而吞其財，將平素一段奸險隱忍之心，一齊發出，真是千古第一惡婦人。」〔註5〕張竹坡因吳月娘用心險惡，姦猾狡詐，遂斷吳月娘為千古第一惡婦人。在張竹坡對吳月娘的斷語中亦使用了「第一」的評斷語。再如姚燮《紅樓夢總評》：「賈母第一會尋樂人，亦第一不解事人。」〔註6〕姚燮斷賈母為第一會尋樂人和第一

〔註2〕朱一玄編，明清小說資料彙編（上）〔M〕，天津：南開大學出版社，2012：354。
〔註3〕〔清〕曹雪芹著，紅樓夢〔M〕，北京：中國文史出版社，2004：460。
〔註4〕陳曦鍾，侯忠義，魯玉川輯校，水滸傳會評本〔M〕，北京：北京大學出版社，1981：26。
〔註5〕〔明〕蘭陵笑笑生著，〔清〕張道深評，王汝梅、李昭恂、於鳳樹校點，張竹坡批評金瓶梅〔M〕，濟南：齊魯書社，1991：1297。
〔註6〕馮其庸纂校訂定，陳其欣助纂，八家評批紅樓夢〔M〕，北京：文化藝術出版社，1991：9。

不解事人，一連用了兩個「第一」。還如觚庵在《觚庵漫筆》中所言：「《紅樓夢》中人物伶俐即溜，以賈芸為最。」〔註7〕觚庵推賈芸為《紅樓夢》人物當中最伶俐即溜之人，使用了「最」這一顯示品級的語詞。還有如王十朋作《樓桑先主廟》詩云：「阿瞞奸黠世無雙，昭烈雄才肯見容……」〔註8〕王十朋推曹操為世間奸黠無雙，使用了「無雙」一詞。

以上所舉，這樣主觀性強的評斷方法，與其說是對小說人物的評定，不如說是顯示了評點者對小說人物的愛憎態度和喜惡程度，並且將自身愛憎喜惡以誇張式的語言表達出來。若以客觀的眼光檢視，則評點者的此類「斷語」是有失科學準穩的，不合乎現實中的實際情況。這也體現了中國式評點的重要特色之一，即情大於理的中國式的審美批評。審美批評往往附屬於倫理批評，甚至也附屬於社會批評。評點者對小說人物的評價，是一種情感性的評價，這種情感性的評價往往著眼於小說中人物所引起的讀者心靈的激蕩和情感的波動，它體現的是批點者的直覺觀察和情感好惡。

評者不僅熱衷於為小說人物劃定等第，也將小說分為三六九等。如解弢為小說劃定等第：「……欲聯合海內小說名家，組織一小說審定會，甄選五部之善本，次第其高下，各匯為叢書，俾後之閱者，知所注意，不致為無價值之作，枉耗其心目之力，而後之作者，亦有所矜式，是固有功於世之舉業。惟以人微言輕，不克荷此號召之任，茲就一隅之瞽論，假定其等第，以請教於高明。甲等三種：第一《紅樓夢》，第二《水滸傳》，第三《儒林外史》。乙等八種：《西遊記》、《封神演義》、《金瓶梅》、《品花寶鑒》、《隋唐演義》、《七俠五義》、《兒女英雄傳》、《鏡花緣》。丙等二種：《花月痕》、《蕩寇志》。」〔註9〕解弢將小說分類為甲等、乙等、丙等三個等級，第一等級甲等中又推為第一、第二、第三等三個名次，第二等級乙等共八種、第三等級丙等共二種未分名次。為小說劃定等第，也因人而異，難以確定出一個特定的標準，統一眾人的意見。解弢自謙人微言輕，所定小說等第，不足為據。又有聯合海內小說名家，組織小說審定會的想法，但若真正實施起來，恐怕也存在一定難度。

〔註7〕朱一玄編，明清小說資料彙編（下）〔M〕，天津：南開大學出版社，2012：
　　　　617。
〔註8〕朱一玄編，明清小說資料彙編（上）〔M〕，天津：南開大學出版社，2012：
　　　　116。
〔註9〕朱一玄編，明清小說資料彙編（上）〔M〕，天津：南開大學出版社，2012：
　　　　368。

但不可否認的是，為小說劃定等第，意義深遠，可有功於後世，以令後世讀者將精力投注於經典的一流之作，受到滋養和浸潤。

二、「曹操之為奸，關、張、孔明之為忠」

顧家相《五余讀書廛隨筆》云：「……婦人孺子，牧豎販夫，無不知曹操之為奸，關、張、孔明之為忠……」〔註10〕世人一想到曹操，便與「奸」相聯繫，一想到「奸」，也會浮現出曹操的影像。又如邱煒萲所作《集聽雨樓詠古分得二首·曹操疑冢》道：「……一任奸雄好心計，雀臺鴛瓦又何存？」〔註11〕詩中「奸雄」便指代曹操。相應地，關羽、張飛、孔明等也成為了忠義的代名詞。將某個詞附加到小說中某個或某些人物身上，是典型的為小說人物形象下斷語的批評方式。這種方式得以實行的依據是小說人物的臉譜化特徵明顯或小說人物身上的某個特點頗為突出。此類似於中國傳統戲曲演員在舞臺演出時進行的「臉譜」化妝造型藝術，人物性格特徵通過在面部勾畫一定的彩色圖案一看便知。如紅臉關羽忠義、耿直、有血性；黑臉既有性格嚴肅、不苟言笑、代表猛智的包拯，又有粗魯豪爽、威武有力的張飛、李逵；白臉如曹操，象徵奸猾多疑、狡詐多端；黃臉如典韋勇猛、暴躁等等。

在明清小說評點中，這種為人物下「臉譜化」斷語的簡明扼要的評點語言俯拾即是。茲舉數例，析證如下。

如繆尊素《三國志演義序》言：「呂布一無賴匹夫……曹瞞即奸雄……」〔註12〕繆尊素即以「無賴匹夫」斷之呂布，「奸雄」加於曹操。

又如李贄《三國志敘》道：「乃吾所喜三國人物，則高雅若孔北海，狂肆若禰正平，清隱若龐德公，以至卓行之崔州平，心漢之徐元直，玄鑒之司馬德操，皆未效盡才於時。」〔註13〕李贄為三國人物孔融、禰衡、龐統、崔鈞、徐庶、司馬徽等下「臉譜化」的斷語，稱孔融「高雅」、禰衡「狂肆」、龐統「清隱」、崔鈞「卓行」、徐庶「心漢」、司馬徽「玄鑒」。

〔註10〕朱一玄編，明清小說資料彙編（上）〔M〕，天津：南開大學出版社，2012：81。

〔註11〕朱一玄編，明清小說資料彙編（下）〔M〕，天津：南開大學出版社，2012：545。

〔註12〕丁錫根編著，中國歷代小說序跋集（中）〔M〕，北京：人民文學出版社，1996：895。

〔註13〕丁錫根編著，中國歷代小說序跋集（中）〔M〕，北京：人民文學出版社，1996：894。

　　再如毛宗崗《三國志演義凡例》：「……武侯夫人之才，康成侍兒之慧……」〔註14〕毛宗崗斷武侯夫人「才」、康成侍兒「慧」等。毛宗崗又在《三國演義》第四十四回評道：「……本是玄德求助於孫權，卻能使孫權反求助於玄德；本是孔明求助於周瑜，卻能使周瑜反求助於孔明：孔明之智，真妙絕千古。」〔註15〕毛宗崗通過對《三國演義》中具體事例的分析，下定諸葛亮之智乃妙絕千古之智的結論。

　　還有如《金瓶梅》文龍批本第七十七回評言：「作者於有意無意之間，描寫諸人言談舉止、體態性情，各還他一個本來面目。初不加一字褒貶，而其人自躍躍於字裏行間，如或見其貌，如或聞其聲，是在明眼人之識之而已……金之薄，瓶之柔，梅之傲……」〔註16〕文龍指出《金瓶梅》著者通過描寫小說人物的語言動作、表情態度、行為舉止、心理性情等等，賦予了不同人物各自特有的「面目」。可令讀者，讀書中文字，便能如見其貌、如聞其聲，斷出說此言、做此事者是誰。如潘金蓮之「薄」、李瓶兒之「柔」、龐春梅之「傲」等便是此三人各有的「臉譜」。

　　斷語式評點之所以能實行，是由於明清小說中的人物大抵二元化程式居多，人物的圓整性、複雜性、多面性沒有得到充分發掘。小說著者以大筆墨表現的往往是人物的突出特色，這就好比強烈的聚光燈一打，便在一定程度上影響到觀者觀及小說人物身上其他部位的視線。所以，明清小說中典型人物居多，如爽閣主人《禪真逸史凡例》所言：「史中聖主賢臣，庸君媚子，義夫節婦，惡棍淫娼，清廉婞直，貪鄙姦邪，蓋世英雄，麼麼小丑……」〔註17〕小說中所描寫的人物形象，大抵是「聖主賢臣」、「庸君媚子」、「義夫節婦」、「惡棍淫娼」、「清廉婞直」、「貪鄙姦邪」、「蓋世英雄」、「麼麼小丑」等一些特定而單一的摹人模具裏所製造出來的人物形象。

　　為小說人物形象下斷語，對小說評點者的鑒賞力、用詞準確度、概括能力等要求頗高。明清小說評點中人物形象的「斷語」具有簡明、準確、形象等

〔註14〕〔元末明初〕羅貫中原著，〔清〕毛宗崗評點，毛批三國演義〔M〕，天津：天津古籍出版社，2006。
〔註15〕〔元末明初〕羅貫中原著，〔清〕毛宗崗評點，毛批三國演義〔M〕，天津：天津古籍出版社，2006：326。
〔註16〕朱一玄編，金瓶梅資料彙編〔M〕，天津：南開大學出版社，2012：639。
〔註17〕朱一玄編，明清小說資料彙編（上）〔M〕，天津：南開大學出版社，2012：356。

特點。如李贄《西遊記評》：

　　　　第四十二回　大聖殷勤拜南海　觀音慈善縛紅孩

　　　　且等老孫變作牛魔王，哄他一哄。

　　　　側　猴！

　　　　這行者昂昂烈烈，挺著胸脯，把身子抖了一抖。

　　　　側　猴！

　　　　好猴王也十分乖巧，巍巍端坐中間，也無一些兒懼色，面上反

喜盈盈的。

　　　　側　賊猴！〔註18〕

　　　　第五十一回　心猿空用千般計　水火無功難煉魔

　　　　抓眼的抓眼，搆毛的搆毛。

　　　　側　妙猴！〔註19〕

李贄對孫悟空及其他猴精形象、動作、表情、心理等的評點只用了簡單、精練、概括性強的「猴」、「賊猴」、「妙猴」等一字一詞，卻包含了鬼靈精怪、活潑有趣、惹人喜愛、靈動逗趣等等意涵在內。讀者看到這些精簡的批點，可意會批點者所要表達的意趣。

　　又如《新刻繡像批評金瓶梅評語》：

　　　　第三回

　　　　便把頭低了。

　　　　崇夾　媚致。〔註20〕

　　　　第十八回

　　　　（金蓮）戴著一頭鮮花。

　　　　崇夾　媚甚。〔註21〕

　　　　第二十九回

　　　　髮濃鬢重，光斜視以多淫。

〔註18〕〔明〕吳承恩原著，〔明〕李卓吾評點，李卓吾先生批點西遊記〔M〕，天津：天津古籍出版社，2006：321。

〔註19〕〔明〕吳承恩原著，〔明〕李卓吾評點，李卓吾先生批點西遊記〔M〕，天津：天津古籍出版社，2006：397。

〔註20〕秦修容整理，金瓶梅：會評會校本〔M〕，北京：中華書局，1998：64。

〔註21〕秦修容整理，金瓶梅：會評會校本〔M〕，北京：中華書局，1998：256。

崇夾　嫣甚，媚甚。〔註22〕

第四十八回

（潘金蓮）手中拈著一枝桃花兒。

崇眉　意致便別，韻甚，媚甚。〔註23〕

第六十八回

不一時吳銀兒來到，頭上戴著白縐紗鬏髻，珠子箍兒翠雲鈿兒，周圍撇一溜小簪兒。上穿白綾對襟襖兒……

崇眉　描來素服倩妝，眉目生動。〔註24〕

第九十八回

船上有兩個婦人，一個中年婦人，長挑身材，紫膛色；一個年小婦人，搽脂抹粉生的白淨標緻，約有二十多歲。

崇眉　看來好生面善。〔註25〕

評點者用語簡省，生動準確，用「媚致」、「媚甚」、「嫣甚」、「韻甚」、「眉目生動」、「看來好生面善」等等簡短的詞句，便勾畫出女性婀娜多姿、惹人憐愛、勾魂攝魄、美貌動人、風韻標緻、容顏俏麗、春風和善等各自的形象特色。

再如齊省堂增訂本《儒林外史回評》：

第二十一回　冒姓氏小子求名　念親戚老夫臥病

如今主親也是我，媒人也是我，只費得你兩個帖子。我那裡把庚帖送過來，你請先生擇一個好日子，就把這事完成了。

評　兩老真誠直爽，快人，快人！

說道：「這一門親，蒙老哥親家相愛，我做兄弟的知感不盡！卻是窮人家，不能備個好席面，只得這一杯水酒，又還要屈了二位舅爺的坐。凡事總是海涵了罷！」說罷，深深作下揖去。

評　兩老真誠樸實，儉而有禮，可愛可敬。〔註26〕

批點者簡明準穩地斷出了小說中人物「真誠直爽」、「快人快語」、「真誠樸實」、

〔註22〕秦修容整理，金瓶梅：會評會校本〔M〕，北京：中華書局，1998：407。
〔註23〕秦修容整理，金瓶梅：會評會校本〔M〕，北京：中華書局，1998：638～639。
〔註24〕秦修容整理，金瓶梅：會評會校本〔M〕，北京：中華書局，1998：946。
〔註25〕秦修容整理，金瓶梅：會評會校本〔M〕，北京：中華書局，1998：1428。
〔註26〕〔清〕吳敬梓著，李漢秋輯校，儒林外史匯校匯評〔M〕，上海：上海古籍出版社，2010：245。

「儉而有禮」、「可愛可敬」等性格特徵，語言簡省而又不失恰當。

再如《紅樓夢》評點：

第二回　賈夫人仙逝揚州城　冷子興演說榮國府

卻面上全無一點怨色，仍是嘻笑自若。

甲戌側　此亦奸雄必有之態。〔註27〕

便在下也和他家來往非止一日了。

甲戌側　說大話之走狗，畢真。〔註28〕

第五回　遊幻境指迷十二釵　飲仙醪曲演紅樓夢

戚序回後　將一部全盤點出幾個，以陪襯寶玉，使寶玉從此倍偏，倍癡，倍聰明，倍瀟灑，亦非突如其來。作者真妙心妙口，妙筆妙人！〔註29〕

第七十四回　惑奸讒抄檢大觀園　矢孤介杜絕寧國府

有一個水蛇腰。

庚辰夾　妙妙，好腰。〔註30〕

削肩膀。

庚辰夾　妙妙，好肩。

並沒十分妝飾，自為無礙。

庚辰夾　好！〔註31〕

評點者根據小說中人物的面部表情、行為舉止、形容體貌、衣著特徵等等，斷定人物或「奸雄」，或「說大話之走狗」，或「偏」、「癡」、「聰明」、「瀟灑」等性格特徵，以及人物的「好腰」、「好肩」等局部體格特色，有的斷語直接表達了評點者對人物形象歎為觀止、擊節讚賞的情感心理狀態，如「妙妙」、「好」等等。這種表達評點者情感傾向的斷語，不只用於對小說中人物形象的判斷，還用於對小說中傳達作者觀點的語句、事節的認同、讚歎、稱賞與評論等。如：

李贄《西遊記評》

〔註27〕朱一玄，紅樓夢脂評校錄〔M〕，濟南：齊魯書社，1986：29。

〔註28〕朱一玄，紅樓夢脂評校錄〔M〕，濟南：齊魯書社，1986：37。

〔註29〕朱一玄，紅樓夢脂評校錄〔M〕，濟南：齊魯書社，1986：103。

〔註30〕朱一玄，紅樓夢脂評校錄〔M〕，濟南：齊魯書社，1986：535～536。

〔註31〕朱一玄，紅樓夢脂評校錄〔M〕，濟南：齊魯書社，1986：536。

第六十回　牛魔王罷戰赴華筵　孫行者二調芭蕉扇
男子無婦財無主，女子無夫身無主。

側　逼真！〔註32〕

第九十三回　給孤園問古談因　天竺國朝王偶遇
起念斷然有愛，留情必定生災。

側　著眼！〔註33〕

第九十八回　猿熟馬馴方脫殼　功成行滿見真如
你那東土，乃南贍部洲，只因天高地厚，物廣人稠，多貪多殺，
多淫多誑，多欺多詐……

側　真！真！〔註34〕

齊省堂增訂本《儒林外史回評》
第三十回　愛少俊訪友神樂觀　逞風流高會莫愁湖
我最惱人讚美男子，動不動說像個女人。

評　賊！

天下原另有一種美男，只是人不知道。

評　賊！〔註35〕

「逼真」、「著眼」、「真」、「賊」等評點語或表達了對小說作者觀點的贊同、激
賞，或是評點者饒有興味地打趣、玩味，都傳達了評點者與小說作者對話交
流的一種特別的心理狀態和情感體驗。

明清小說評點者不只熱衷於對小說人物形象進行斷語式批評，而且喜好
用簡單明瞭又不失準穩恰適的語彙對小說的整體風貌進行概括性地總體把握
和形容。如《林蘭香序》：「……有《三國》之計謀，而未鄰於譎詭；有《水
滸》之放浪，而未流於猖狂；有《西遊》之鬼神，而未出於荒誕；有《金瓶》
之粉膩，而未及於妖淫……《三國》以利奇，而人奇之；《水滸》以怪奇，而

〔註32〕〔明〕吳承恩原著，〔明〕李卓吾評點，李卓吾先生批點西遊記〔M〕，天津：
　　　　天津古籍出版社，2006：457。
〔註33〕〔明〕吳承恩原著，〔明〕李卓吾評點，李卓吾先生批點西遊記〔M〕，天津：
　　　　天津古籍出版社，2006：684。
〔註34〕〔明〕吳承恩原著，〔明〕李卓吾評點，李卓吾先生批點西遊記〔M〕，天津：
　　　　天津古籍出版社，2006：719。
〔註35〕〔清〕吳敬梓著，李漢秋輯校，儒林外史匯校匯評〔M〕，上海：上海古籍出
　　　　版社，2010：337。

人奇之;《西遊》以神奇,而人奇之;《金瓶》以亂奇,而人奇之。」〔註36〕《三國演義》計謀而不譎詭,《水滸傳》放浪而不猖狂,《西遊記》鬼神而不荒誕,《金瓶梅》粉膩而不妖淫。《三國演義》、《水滸傳》、《西遊記》、《金瓶梅》同樣是奇,卻各不相同,《三國演義》「利奇」、《水滸傳》「怪奇」、《西遊記》「神奇」、《金瓶梅》「亂奇」。

三、「君輩名士都是活老鼠」

元代薛昂夫有元曲《朝天曲》一首:「董卓,巨饕,為惡天須報……」〔註37〕在這首曲詞中,薛昂夫將《三國演義》中董卓的形象斷之為「巨饕」,即傳說中一種兇惡貪食的野獸,活畫出董卓這一兇惡貪婪的人物形象。明清小說評點家對小說人物形象所下的斷語有時亦表現為比喻句的形式。這顯示了追求形象性、生動性、情感性的中國式批評特色。如齊省堂增訂本《儒林外史回評》第十八回原文云:「死知府不如一個活老鼠。」評點道:「然則君輩名士都是活老鼠。」〔註38〕《儒林外史》評點者用明喻的修辭方式為君輩名士們下斷語,突出、深化了君輩名士們齷齪不堪的人物形象。

比喻式斷語批評形式在明清小說評點中有許多。此中之例,不勝枚舉。

如毛宗崗《三國志演義回評》第二十六回評曰:「曹操一生姦偽,如鬼如蜮,忽然遇著……皎若青天,明若白日之一人,亦自有珠玉在前,覺吾形穢之愧,遂不覺愛之敬之,不忍殺之。」〔註39〕毛宗崗將曹操喻為鬼蜮,蜮是傳說中在水裏暗中害人的怪物,鬼與蜮都是暗中害人之物。「鬼蜮」入木三分地將曹操用心險惡、暗中傷人的人物形象特徵表現出來。毛宗崗又將關羽比為「青天」、「白日」,與曹操形成鮮明對照。毛宗崗又在《三國志演義回評》第三十五回評道:「水鏡述襄陽童謠曰:『泥中蟠龍向天飛。』是以玄德比龍也。前蔡瑁捏造玄德反詩曰:『龍豈池中物?』亦以玄德比龍也。」〔註40〕毛宗崗指出,將劉玄

〔註36〕 朱一玄編,明清小說資料彙編(下)〔M〕,天津:南開大學出版社,2012:715。
〔註37〕 朱一玄,劉毓忱編,三國演義資料彙編〔M〕,天津:南開大學出版社,2012:158。
〔註38〕 〔清〕吳敬梓著,李漢秋輯校,儒林外史匯校匯評〔M〕,上海:上海古籍出版社,2010:213。
〔註39〕 〔元末明初〕羅貫中原著,〔清〕毛宗崗評點,毛批三國演義〔M〕,天津:天津古籍出版社,2006:187。
〔註40〕 〔元末明初〕羅貫中原著,〔清〕毛宗崗評點,毛批三國演義〔M〕,天津:天津古籍出版社,2006:257。

德喻龍。在中國傳統文化中，龍蘊涵著天人合一的宇宙觀，人們將龍當作聖物或神靈來崇拜，把龍視為主宰雨水之神。統治階級利用人們普遍崇拜龍的心理，把帝王說成是龍神的化身，是神聖不可侵犯的，用以維護統治。神通廣大的龍可呼風喚雨，澆灌良田，造福百姓。將劉備喻龍，正中此意。

又如《金瓶梅》文龍批本第二十五回回評：「宋蕙蓮，蟹也，一釋手便橫行無忌。潘金蓮，蠍也，一挨手便掉尾螫人。西門慶，蛆也，無頭無尾，翻上翻下，只知一味亂鑽，仍是毫無知覺，此刻直如傀儡，任人撮弄。」〔註41〕評者將《金瓶梅》中的人物宋蕙蓮比作橫行霸道的螃蟹，將潘金蓮比作毒物害人的蠍子，將西門慶比為「無頭無尾，翻上翻下，只知一味亂鑽」的蛆蟲和任人擺弄的傀儡，靈魂缺失，寡廉鮮恥，令人作嘔。讀者閱之，便將各色人等的人物形象對應於批點者所譬喻的動物，腦海中浮現出生動的影像，獲得更鮮明深刻的情感認知。文龍又在《金瓶梅》第二十八回評道：「潘金蓮者，專於吸人骨髓之妖精也……西門慶如此飽喂，暢其所欲，尚無饜足之意。」〔註42〕文禹門將潘金蓮比喻為專門吸食人骨髓的妖精，淫行無度，使得西門慶精盡人亡。

譬喻式斷語的評點方法，不僅用於對明清小說中人物形象的批點，而且被小說評者用來評論小說作品本身，使得小說閱者對小說的整體面貌和獨特神髓有生動形象的感知。如解弢便說：「《兩般秋雨》如骨董肆主，炫其多珍；《西遊記》如江湖眩人，且弄且諢；《兒女英雄傳》如受恩老奴，話主舊事；《蕩寇志》如失盜秀才，跳踉罵賊。」〔註43〕解弢用幾個巧妙有趣的比喻，將小說《兩般秋雨》、《西遊記》、《兒女英雄傳》、《蕩寇志》等不同的面貌和特色傳達出來，使得讀者對這些小說的風格樣式有了更為直觀、感性的瞭解。

斷語是對小說中的人物形象下定論的評點方式，其得以實行的基礎是明清小說中典型人物居多，評點者可易於選取恰適的語詞為在某方面具有突出特點的人物形象貼上頗為適宜的「標籤」，讀者能夠通過「標籤」，將人物形象一一對號入座。這種評點方法恰也顯示了中國古典小說人物形象的欠圓整性、欠多面性、欠複雜性與欠細膩性等等。而蓋棺定論性的先入為主的人物評點方式有時也影響讀者主觀能動性的發揮，難以發掘和體察到人物其他方面的細微特質。

〔註41〕朱一玄編，金瓶梅資料彙編〔M〕，天津：南開大學出版社，2012：598。
〔註42〕朱一玄編，金瓶梅資料彙編〔M〕，天津：南開大學出版社，2012：601。
〔註43〕朱一玄，劉毓忱編，西遊記資料彙編〔M〕，天津：南開大學出版社，2002：369。

第二節　性格

「性格」指的是人的性情品格，人在自身態度和行為上所表現出來的心理特徵。「性格」猶如「脾氣」，「性格」又可稱作「性質」，如無名氏在《讀水滸傳書後》中言：「……及細繹耐庵筆意，其寫一百七人也，自有一百七人之性質……」〔註44〕其中的「性質」，便是指「性格」而言。性格表現了人們對現實和周圍世界的態度，並表現在行為舉止中。

研究者對明清小說中人物的性格多有探討。有些文章具有強烈的問題意識和可資借鑒的意義。如楊仲義《幾種應當唾棄的章回小說性格論》，文章指出，章回小說性格美學研究人云亦云，因循守舊，並提出了六點應當摒棄的觀點：其一，認為小說具有整體上的演進規律，前期章回小說是故事小說，後期章回小說是性格小說；其二，套用西方文論「性格化」、「類型化」等概念，給我國一些章回小說名著貼上「簡單化」、「絕對化」、「類型化」等標籤；其三，章回小說性格塑造的傳統格局是人物性格單一化，而《紅樓夢》則是打破此傳統格局的特例；其四，性格突出、個性鮮明成為談及人物性格的多頻詞彙，認為人物性格天生就是鮮明的，小說人物只有性格鮮明才是成功的、美的；其五，將性格之美與智慧之美、道義之美等相混同，而不懂得人物性格的哲學構成乃性格美學的核心問題；其六，簡單挪用西方文論中「圓形人物」與「扁平人物」概念，用此批評我國古代章回小說中性格頗為複雜的人物形象。〔註45〕楊仲義在其文章中提出的這六個方面的問題均值得對人物性格研究進行重新考量。研究者對金聖歎的小說人物性格批評關注較多。如齊魯青《金聖歎小說人物性格批評論》，認為小說成熟的標誌是塑造了成功的人物性格，而小說理論成熟的標誌是生成了系統的人物性格理論。金聖歎的小說人物性格批評見解獨到，認為「性格」是《水滸傳》令人百讀不厭的美感力量之源。〔註46〕繆小雲《金聖歎小說人物性格理論探微》〔註47〕，分析了金聖歎小說人物性格理論，認為金聖歎認識到人物性格的典型性、豐富性、複

〔註44〕朱一玄編，明清小說資料彙編（上）〔M〕，天津：南開大學出版社，2012：353。

〔註45〕楊仲義，幾種應當唾棄的章回小說性格論〔J〕，湘潭大學學報（哲學社會科學版），1998，22（4）：119～121。

〔註46〕齊魯青，金聖歎小說人物性格批評論〔J〕，內蒙古大學學報（人文社會科學版），2000，32（4）：1。

〔註47〕繆小雲，金聖歎小說人物性格理論探微〔D〕，揚州：揚州大學，碩士學位論文，2003。

雜性、穩定性、辯證統一、真實性等，並總結出系統的人物性格藝術方法、藝術規律。此外，研究者還關注到古代小說人物性格塑造中現代手法的運用。如李瑞《〈儒林外史〉性格小說型形態的近代現實主義特色》，認為吳敬梓進展到以性格小說型形態塑造人物形象的更高層次。《儒林外史》中的人物以真實形態示人，不再臉譜化，故事情節成為了人物性格的載體，人物心理趨向複雜，人物性格不斷變動。〔註48〕

　　「性格」是明清小說評點人物形象論系重要範疇之一。通過對明清小說評點中有關人物性格品評的揭櫫，不僅可對小說中人物形象有反觀檢視的作用，更主要的是能夠查找明清小說評點人物性格評論的蛛絲馬蹟而獲得對明清小說性格評點理論水平相對合理有效的定位和認知，以免落入籠統的概念性評判和人云亦云。

一、「諸人自諸人，武松自武松，未嘗相犯」

　　金聖歎是中國古代小說理論史上第一個提出「性格」一詞的小說理論家。

　　金聖歎《讀第五才子書法》言：「《水滸傳》寫一百八個人性格，真是一百八樣。若別一部書，任他寫一千個人，也只是一樣。便只寫得兩個人，也只是一樣。」〔註49〕金聖歎認為《水滸傳》塑造人物成功，在於寫出了每個人不同的人物性格。即《水滸傳》著者將《水滸傳》中一百單八將各不相同的人物性格一一寫出。而人物性格塑造得不成功，便在一定程度上，宣布了一部作品的失敗。金聖歎又進一步舉例說：「《水滸傳》只是寫人粗鹵處，便有許多寫法：如魯達粗鹵是性急，史進粗鹵是少年任氣，李逵粗鹵是蠻，武松粗鹵是豪傑不受羈靮，阮小七粗鹵是悲憤無說處，焦挺粗鹵是氣質不好。」〔註50〕世間有文雅之人，有粗魯之人，二者自然迥然有別。而《水滸傳》的高妙在於能將同樣具有粗魯性格的人寫得各有不同。如金聖歎所例析的那樣，魯達的粗魯表現在性急，史進的粗魯是少年任氣所致，李逵的粗魯表現為野蠻，武松的粗魯在於英雄豪傑的灑脫不羈，阮小七的粗魯是由於悲憤滿懷、有苦

〔註48〕李瑞，〈儒林外史〉性格小說型形態的近代現實主義特色〔J〕，凱里學院學報，2012，30（2）：88。

〔註49〕陳曦鐘，侯忠義，魯玉川輯校，水滸傳會評本〔M〕，北京：北京大學出版社，1981：17。

〔註50〕陳曦鐘，侯忠義，魯玉川輯校，水滸傳會評本〔M〕，北京：北京大學出版社，1981：18。

難言，焦挺的粗魯在於面貌不佳有損氣質。由此可見，同樣具備粗魯性格的人，卻也有不同方面的差別，故性格難以歸納出統一的劃分標準，而是人各不同。

關於小說人物性格各不相同的言說，還有如李贄《水滸傳回評》第三回所言：「……且《水滸傳》文字，妙絕千古，全在同而不同處有辨。如魯智深、李逵、武松、阮小七、石秀、呼延灼、劉唐等眾人，都是急性的，渠形容刻畫來，各有派頭，各有光景，各有家數，各有身份，一毫不差，半些不混，讀去自有分辨，不必見其姓名，一睹事實，就知某人某人也。」〔註51〕李贄亦指出，《水滸傳》之所以妙絕千古，在於小說人物性格塑造的成功。《水滸傳》著者明明塑造的是具有相似性格的人物，卻又存在各自不同的差別，這種差別便見出作者功力。如魯智深、李逵、武松、阮小七、石秀、呼延灼、劉唐等諸人在急性的性格上都是相同的，但相同之中又有不同，正是這些不同之處將同樣具有急性性格的諸多人物區分開來，使讀者讀去自有分辨。正如侗生《小說叢話》所言：「……施耐庵所著《水滸》，相類處亦夥。即以武松論，性質似魯智深，殺嫂似石秀，打虎似李逵，被誣似林沖，然諸人自諸人，武松自武松，未嘗相犯。」〔註52〕《水滸傳》中人物有著相似的經歷或行為，比如武松似石秀殺嫂，似李逵打虎，但卻各有不同，在類似的行為事件裏有著不同的做事細節，並各自顯示著自身不同的性格特徵。

侗生《小說叢話》所說的「諸人自諸人，武松自武松，未嘗相犯」之語，是說小說中人物或許與其他人物在性格、行事、遭遇等等方面存在這樣或那樣的相似，但卻絲毫不存在人物的混同或雷同現象，人物與人物之間的界限依然鮮明。這種相似之中，人物依然毫無雷同跡象的根源，即根基於人物性格的絕有差別。而突出人物性格差別的最為有利的表現手法便是「犯」法。

金聖歎《讀第五才子書法》總結了「犯」法：「有正犯法：如武松打虎後，又寫李逵殺虎，又寫二解爭虎；潘金蓮偷漢後，又寫潘巧雲偷漢；江州城劫法場後，又寫大名府劫法場；何濤捕盜後，又寫黃安捕盜；林沖起解後，又寫盧俊義起解；朱仝雷橫放晁蓋後，又寫朱仝雷橫放宋江等：正是要故意把題

〔註51〕〔明〕施耐庵集撰，〔明〕羅貫中纂修，〔明〕李贄批評，《古本小說集成》編委會編，李卓吾批評忠義水滸傳〔M〕，上海：上海古籍出版社，1992：107。

〔註52〕朱一玄編，明清小說資料彙編（上）〔M〕，天津：南開大學出版社，2012：331。

目犯了，卻有本事出落得無一點一面相借，以為快樂是也。」〔註53〕「有略犯法：如林沖買刀與楊志賣刀，唐牛兒與鄆哥，鄭屠肉鋪與蔣門神快活林，瓦官寺試禪杖與蜈蚣嶺試戒刀等是也。」〔註54〕金聖歎所言的「正犯法」，是指同樣的事件，讓不同的人物去經歷。如同樣是遭遇老虎，《水滸傳》著者令武松去打虎，李逵去殺虎，又讓二解去爭虎，在與老虎遭遇的同類事件中，武松、李逵、二解等人的表現是迥然相別的，人物的不同性格正是在同樣的事件當中凸顯出來。又如同樣是偷漢，潘金蓮與潘巧雲又有不同的表現，兩人性格方面的差異都得到了不同程度的刻畫。同理亦可推及其他。而金聖歎所言的「略犯法」，顧名思義，是指稍有相犯，即《水滸傳》著者並沒有安排不同的人物經歷相同的事件，而是為不同的人物營造相似的情節場景，這也給人物性格的對比提供了契機。如在買刀與賣刀的相似故事場景中，對林沖與楊志二人性格差異的表現。還有如在肉鋪與快活林具有同質性因素的不同場設下，對鄭屠與蔣門神二人性格不同的勾畫與烘托等等。採用「犯」法的目的是使得小說中人物性格各不相犯。

毛宗崗《讀三國志法》對避犯之法又作了進一步分析例釋：

> 《三國》一書，有同樹異枝、同枝異葉、同葉異花、同花異果之妙。作文者以善避為能，又以善犯為能。不犯之而求避之，無所見其避也。惟犯之而後避之，乃見其能避也。如紀宮掖，則寫一何太后，又寫一董太后；寫一伏皇后，又寫一曹皇后……而其間亦無一字相同……求其一字之相犯而不可得，妙哉，文乎！譬如樹同是樹，枝同是枝，葉同是葉，花同是花，而其植根、安蒂、吐芳、結子，五色紛披，各成異彩。讀者於此，可悟文章有避之一法，又有犯之一法也。〔註55〕

毛宗崗用譬喻的方式指出了《三國演義》「同樹異枝、同枝異葉、同葉異花、同花異果」的善避犯之妙，讚歎《三國演義》中的文字沒有一個字是雷同的。同樣是樹、枝、葉、花，但是植根、安蒂、吐芳、結子千差萬別，五彩繽紛，

〔註53〕陳曦鍾，侯忠義，魯玉川輯校，水滸傳會評本〔M〕，北京：北京大學出版社，1981：21。
〔註54〕陳曦鍾，侯忠義，魯玉川輯校，水滸傳會評本〔M〕，北京：北京大學出版社，1981：21。
〔註55〕〔元末明初〕羅貫中原著，〔清〕毛宗崗評點，毛批三國演義〔M〕，天津：天津古籍出版社，2006。

各有洞天。小說著者將小說中的人物放置在不同事體當中，自然是不同的，而當人物做類似或相同的事情時，則更顯出人物的性格特色和個性風貌。

不同的人物做不同的事構不成對比，不同的人物處在同樣的文本情境中做不同的事或做同樣的事卻表現出不同的行事方式才構成對比，正是對比方可明顯照見小說人物的性格差異和各自的性格特點。毛宗崗將之形象地稱作「奇峰對插，錦屏對峙」，並細緻地區分出「正對」、「反對」，以及「卷中對」和「隔卷對」：

> 《三國》一書，有奇峰對插，錦屏對峙之妙。其對之法，有正對者，有反對者，有一卷之中自為對者，有隔數十卷而遙為對者。如昭烈則自幼便大，曹操則自幼便奸。張飛則一味性急，何進則一味性慢……諸如此類，或正對，或反對，皆一回之中而自為對者也……李肅說呂布，則以智濟其惡；王允說呂布，則以巧行其忠……諸如此類，或正對，或反對，皆不在一回之中，而遙相為對者也。
> 〔註56〕

正如毛宗崗所評，昭烈自幼的「大」，曹操自幼的「奸」；張飛的一味「性急」，何進的一味「性慢」；李肅的「以智濟惡」，王允的「以巧行忠」，等等，這種兩相對比的手法運用到小說人物形象的摹寫當中，會使人物性格之不同變得更為明顯，這是從讀者接受角度所作的考量，這種「對」法的使用能令讀者通過對小說中不同人物迥異性格的識別而獲得對人物形象鮮明生動的感性認識和深刻印象。

二、「非常人所能及」

明清小說人物評點除揭示出不同人物性格之不同以顯示人物的各具特色和突出形象之外，還發掘出眾多不同人物中更為迥別特例之典型，並對之進一步闡釋。在此類更為迥別的人物身上體現出的是常態中的異化，穩定中的突變，讀者對此類人物關注度的提升也相應地增加了此類特異人物的解釋價值。

明清小說評點家對更為迥別的人物多有關照，並認為此類人物具有不同人物綜合起來的特徵，即兼性特徵。

〔註56〕〔元末明初〕羅貫中原著，〔清〕毛宗崗評點，毛批三國演義〔M〕，天津：天津古籍出版社，2006。

如曹操，張冥飛《古今小說評林》言：「綜觀全書，倒是寫曹操寫的最好。蓋奸雄之為物，實在是曠世而不一見者。劉先主奸而不雄，孫伯符雄而不奸，兼之者獨一曹操耳。雖作者未嘗為之出力，而平鋪直敘寫來，已使人不能不注意也。」〔註57〕張冥飛認為，《三國演義》著者寫曹操寫得最好。「奸雄」之人，曠世而難得一見。劉先主只具備「奸雄」之「奸」，孫伯符只具備「奸雄」之「雄」，而惟獨曹操「奸」與「雄」兼而有之。曹操的與眾不同更多的在於其具有常人所不具備的非常之質，「曹操之機警處、狠毒處、變詐處，均有過人者；即其豪邁處，風雅處，亦有非常人所能及者。蓋煮酒論英雄及橫槊賦詩等事，皆其獨有千古者也」。〔註58〕具有兼性性格的人物，在其性格的某一點上也是力壓眾人，出類拔萃。如曹操既「機警」、「狠毒」、「變詐」，又「豪邁」、「風雅」，而這些性格特質中每一點小的成分，又是常人所難以企及的。由其「豪邁」、「風雅」、「變詐」等性格特質所引致的「煮酒論英雄」、「橫槊賦詩」等行為，亦獨步千古，無人能模仿。

同樣具有兼性特徵的，還有《水滸傳》中的武松。如金聖歎《水滸傳回評》第二十五回所評：

　　……魯達何如人也？曰：闊人也。宋江何如人也？曰：狹人也。曰：林沖何如人也？曰：毒人也。宋江何如人也？曰：甘人也。曰：楊志何如人也？曰：正人也。宋江何如人也？曰：駁人也。曰：柴進何如人也？曰：良人也。宋江何如人也？曰：歹人也。曰：阮七何如人也？曰：快人也。宋江何如人也？曰：厭人也。曰：李逵何如人也？曰：真人也。宋江何如人也。曰：假人也。曰：吳用何如人也？曰：捷人也。宋江何如人也？曰：呆人也。曰：花榮何如人也？曰：雅人也。宋江何如人也？曰：俗人也。曰：盧俊義何如人也？曰：大人也。宋江何如人也？曰：小人也。曰：石秀何如人也？曰：警人也。宋江何如人也？曰：鈍人也。然則《水滸》之一百六人，殆莫不勝於宋江。然而此一百六人也者，固獨人人未若武松之絕倫超群。然則武松何如人也？曰：武松天人也。武松天人者，固

〔註57〕朱一玄編，明清小說資料彙編（上）〔M〕，天津：南開大學出版社，2012：112。

〔註58〕朱一玄編，明清小說資料彙編（上）〔M〕，天津：南開大學出版社，2012：113。

> 具有魯達之闊，林沖之毒，楊志之正，柴進之良，阮七之快，李逵
> 之真，吳用之捷，花榮之雅，盧俊義之大，石秀之警者也。斷曰第
> 一人，不亦宜乎？〔註59〕

在以上所引評語中，金聖歎用「闊」、「毒」、「正」、「良」、「快」、「真」、「捷」、「雅」、「大」、「警」等詞分別概括了《水滸傳》中魯智深、林沖、楊志、柴進、阮小七、李逵、吳用、花榮、盧俊義、石秀等人的性格特點，而武松的超群絕倫之處，正在於他集合了這諸多人身上的特質，而成為超出一般人的「天人」，武松作為兼性性格的非常人所能及之人，受到評者稱揚。相反地，如果一個人物的性格特徵處處與其他人相反或相對，那此人則被金聖歎視為反面的典型，例如宋江的性格正好處在魯智深、林沖、楊志、柴進、阮小七、李逵、吳用、花榮、盧俊義、石秀等人性格的對立面，而表現出「狹」、「甘」、「駁」、「歹」、「厭」、「假」、「呆」、「俗」、「小」、「鈍」等性格特點，金聖歎從這一點判斷，《水滸傳》中有一百六人均勝過宋江。這種從人物性格特點出發來品斷人物高下的批評方法顯示了明清小說評點情感和倫理兩大機制的導向性地位和作用。

敘小說人物，最見出作者功力，小說人物的不同，在很大程度上，取決於人物性格的區分。小說人物的性格通過人物的語言、動作、行為舉止、心理狀態等表現出來，這些方面，應是樣樣不同、件件有別，稍落窠臼，便陷入雷同而無所取的境地。如解弢《小說話》所言：「描寫人物，一人有一人之口吻，絕不相混，舊推《水滸》、《紅樓》，吾謂《綠野仙蹤》頗擅此長。」〔註60〕《綠野仙蹤》為清朝李百川所著，鄭振鐸先生將之和《紅樓夢》、《儒林外史》並列為清中葉三大小說。《綠野仙蹤》的獨到之處，既體現在其集神魔小說、世情小說、歷史小說於一體的雜融性，更為特出的是其對人物的塑造，即特別能通過人物的語言，惟妙惟肖，繪聲繪色，反映出人物獨特的性格特點。「萬事開頭難」，突出描摹小說人物性格，關鍵要把握住小說人物的出場，好的小說，往往在人物一出場就給人留下深刻難忘的印象，而一般小說則庸庸常常，收效甚微，故敘小說人物登場，是小說人物描寫的重頭戲，有一定的

〔註59〕陳曦鐘，侯忠義，魯玉川輯校，水滸傳會評本〔M〕，北京：北京大學出版社，1981：485～486。

〔註60〕朱一玄編，明清小說資料彙編（下）〔M〕，天津：南開大學出版社，2012：628。

技術性難度。「小說敘人物登場，極難見長，不失之平庸，即失之笨拙。施耐庵深得斯中三昧，出魯達、林沖、李逵、石秀，不費力而不平庸；出史進、石勇、劉唐、張橫，突兀而不笨拙。若《紅樓》之出賈赦、賈政、賈璉、賈珍，又為一種神筆，只於冷子興口中遙遙一點，至黛玉入賈府之後，方歷落登場，使閱者如久識其人，渾忘其於何時何因何事而出者。是乃文章之化工，不易法效者也」〔註61〕。《水滸傳》所敘魯達、林沖、李逵、石秀、史進、石勇、劉唐、張橫等人的出場均未落入平庸與笨拙的境地，給人留下了深刻印象。更為傳神之筆，是《紅樓夢》出賈赦、賈政、賈璉、賈珍等，先從冷子興口中早早點到為止，再直至林黛玉入賈府之後，才陸續出現在讀者眼前，這樣行文的效果，便是使得讀者與書中之人物仿若是舊相識，但卻不知如何識得該人，這種如夢如幻的似曾相識之感使人如癡如醉。而這種突出描摹人物，人物性格活現，辨識度較強，令讀者拍案稱絕的敘寫方式實屬「文章之化工」，也最難效法。

性格是人物的氣質所現、精魂所在。人物的不同通過性格的各異區分開來，明清小說的多彩亦由五花八門的不同人物構成。大千世界，芸芸眾物，性質各別，異彩紛呈。而一部小說也有它特有的「性格」，如解弢《小說話》所言：「《水滸》如燕市屠狗，慷慨悲歌；《封神》如倚劍高峰，海天長嘯；《紅樓》如紅燈綠酒，女郎談禪；《聊齋》如梧桐疏雨，蟋蟀吟秋；《桃花扇》如流水高山，漁樵閒話；《七俠五義》如五陵裘馬，馳騁康莊；《儒林外史》如板橋霜跡，茅店雞聲；《茶花女》如巫峽哀猿，三聲淚下；《品花寶鑒》如玉壺春醉，曉院鶯歌；《新齊諧》如劇場三花，插科打諢。」〔註62〕小說的「性格」，主要由小說中不同人物綜合而成的性格所決定，即小說人物的總體風貌。故水滸好漢，成就悲歌慷慨；封神之士，演繹雄奇淵渺；紅樓才女，交織溫柔嫻雅；聊齋神怪，抒寫幽境寂寥；桃花舊人，唱弄淒然心曲；俠義之輩，鑄就光輝偉業；儒林學士，裝點炎涼世態；茶花一女，哀慟人世滄桑；品花中人，醉溺春光美景；奇諧逗趣，烘染人生百樣。

〔註61〕朱一玄編，明清小說資料彙編（下）〔M〕，天津：南開大學出版社，2012：630。

〔註62〕朱一玄編，明清小說資料彙編（下）〔M〕，天津：南開大學出版社，2012：632。

三、「只一句兩句，正不知包卻幾許事情」

　　小說著者應善於通過簡短的語句，包囊人物性格多方面的豐富性和複雜性。如但明倫評《聊齋誌異・胡四娘》言：「寫銀臺之卓識，寫孝思之力學，寫四娘之端默……諸子之鄙薄，僕婢之揶揄，神巫之風鑒，婢媼之嘲呼，桂兒之忿恚……若網在綱，如衣挈領，如陣步燕……人第賞其後半之工，殊不知其得力全在此等處。」〔註63〕小說評點者但明倫指出，《聊齋誌異・胡四娘》中銀臺的卓識、孝思的力學、四娘的端默、諸子的鄙薄、僕婢的揶揄、婢媼的嘲呼、桂兒的忿恚等等各具性格的人物形象紛至沓來，顯示了小說著者擅於提綱挈領的高超敘寫手法。這種提綱挈領的寫作，將人物性格的多面性包藏在內。又如惺園退士《儒林外史序》言：「《儒林外史》一書，摹繪世故人情，真如鑄鼎象物，魑魅魍魎，畢現尺幅……其寫君子也，如睹道貌，如聞格言；其寫小人也，窺其肺肝，描其聲態，畫圖所不能到者，筆乃足以達之。」〔註64〕惺園退士指出，《儒林外史》著者寫人道物，勝如鑄鼎畫圖，小小尺幅，包藏無限，君子小人，窮形盡相，畢現紙端。小說作手的高妙正是在於通過各種各樣的手法，透過包蘊萬千的語言文字，將小說人物各自相異的性格特徵表現出來。

　　毛宗崗《讀三國志法》講了「近山濃抹，遠樹輕描」的方法，茲錄如下：

　　　　《三國》一書，有近山濃抹，遠樹輕描之妙。畫家之法，於山於樹之近者，則濃之重之，於山與樹之遠者，則輕之淡之。不然，林麓迢遙，峰嵐層疊，豈能於尺幅之中一一而詳繪之乎？作文亦猶是已。如皇甫嵩破黃巾，只在朱儁一邊打聽得來；袁紹殺公孫瓚，只在曹操一邊打聽得來……至若曹丕三路伐吳而皆敗，一路用實寫，兩路用虛寫；武侯退曹丕五路之兵，惟遣使入吳用實寫，其四路皆虛寫。諸如此類，又指不勝屈。只一句兩句，正不知包卻幾許事情，省卻幾許筆墨。〔註65〕

以上，毛宗崗所說的《三國演義》中「近山濃抹，遠樹輕描」的寫作方法原本所指的是一種畫法，即將近處的山與樹施之濃墨重彩，遠處的山與樹則塗以

〔註63〕張友鶴輯校，聊齋誌異會校會注會評本〔M〕，北京：中華書局，1962：967。
〔註64〕丁錫根編著，中國歷代小說序跋集（下）〔M〕，北京：人民文學出版社，1996：1684。
〔註65〕〔元末明初〕羅貫中原著，〔清〕毛宗崗評點，毛批三國演義〔M〕，天津：天津古籍出版社，2006。

淡墨，如此既可凸顯層次，更重要的是節省紙頭。將「近山濃抹，遠樹輕描」之法借鑒到小說行文當中，如《三國演義》敘皇甫嵩破黃巾，是在朱雋一邊打聽得來；袁紹殺公孫瓚，是曹操一邊打聽得來等等。多用虛寫，少用實寫。這種「旁敲側擊」方法的運用，可用簡單一句話、兩句話涵蓋千言萬語，在有限的文字中囊括許多事情，省卻許多筆墨。這種方法也可用到寫人當中，即從他人眼中、口中、耳中，側面勾勒人物性格。這是一種旁觀者冷靜關照的寫作手法，所謂「當局者迷，旁觀者清」，具有一定的客觀性。

　　明清小說評者對小說人物性格的品評，多抱持一種冷眼旁觀者的批評態度，對小說人物性格進行相對客觀地評判和分析。

　　如燕南尚生《水滸傳新或問》對魯智深「才大心細」性格的評析：

　　　　……魯達是才大心細之人。試觀其救金老父女也，恐有阻之者，則親發遣之；恐有追之者，坐於板凳，切肉臊子，以俄延時間，使之泰然出脫耳。其於村酒店也，恐店小二不容，則曰我是遊方僧人。其於桃花村也，恐劉太公不容，則曰我是五臺山來的。其於林沖刺配也，見人做手做腳，則秘密保護之；野豬林則示公人以威，迨近滄州，無僻淨處，然後示公人以恩，又再三叮囑而後行：何一非才大心細乎？問：人有言魯達鹵莽者，蓋以其殺人放火，不避艱險也。此說然否？曰：魯何嘗不避艱險乎？試觀其於瓦官寺也，力不敵則避之，於寶珠寺也亦然，何嘗不避艱險乎？至於以平天下之不平為己任，專一捨身救人，則仁也，而非鹵莽也。神禹於一夫饑猶己饑之，一夫溺猶己溺之，孔則席不暇暖，墨則突不及黔，耶教言我不入地獄，誰入地獄，釋教言眾生未度，誓不成佛：皆此義也。鹵莽云乎哉？若以捨身救人為鹵莽，則自命不鹵莽者，其存心處世，可以知其梗概矣。〔註66〕

以上引文中，「試觀」二字便顯示了評者仔細觀摩的旁觀者視角，跳脫出眾人所言魯智深性格魯莽的窠臼，從小說文本中仔細尋找答案。評者指出，魯智深恐怕有人阻擋金老父女，而親自發遣他們；恐怕有人追趕，而坐在板凳上，看切肉臊子，故意拖延時間，使得金老父女有足夠的時間得以脫身。魯智深在村中酒店，恐怕店小二容不得他，便說自己是「遊方僧人」；在桃花村，恐

〔註66〕朱一玄，劉毓忱編，水滸傳資料彙編〔M〕，天津：南開大學出版社，2002：
　　　　345。

怕劉太公不容，便自稱自己是從五臺山而來。魯智深見林沖刺配，押送林沖的公人對林沖做手腳，便在暗中秘密保護林沖；在野豬林之地，魯智深對押送林沖的公人實行威逼，等到靠近滄州，人煙眾多之地，不便施威，便對押送林沖的公人相待以恩，又叮囑再三才可放心。小說對魯智深這眾多的描述，無一不表明魯智深是一才大心細之人。評者指出，如果仔細閱讀文本，便會發現以往所認為的魯智深魯莽的性格是不能成立的。魯智深並非「不避艱險」，而是「見機行事」。魯智深凡力所不能敵者，便思退避。至於其捨身救人之事，並非是魯莽的表現，而是仁之所在，義所不能辭。燕南尚生通過對魯智深的行事、語言、動作、所作所為等等的辨析，判定魯智深並非魯莽，實乃仁義心細、才大思精之人。

明清小說評點家通過小說中對人物語言、動作、心理等的描寫，來考察、揣測、甚至斷定人物的性格特點。茲拈出《西遊記》、《金瓶梅》、《紅樓夢》中幾例，析證如下：

西遊記評（明）李贄

第十六回　觀音院僧謀寶貝　黑風山怪竊袈裟

卻說那和尚把袈裟騙到手，拿在後房燈下，對袈裟號啕痛哭。

側　畫盡世上老貪之態。〔註67〕

《西遊記》中通過和尚的一系列動作，描畫了其貪婪的性格，正如李贄所評，由此也照見世上老貪之相。

新刻繡像批評金瓶梅評語（明）佚名

第二回

便脫了油靴，換了一雙襪子，穿了暖鞋，掇條凳子，自近火盆邊坐地。

崇夾　此人意致太冷。〔註68〕

第二十六回

吃潘金蓮向前，把馬鞭子奪了。

崇夾　金蓮頗有膽氣。〔註69〕

〔註67〕〔明〕吳承恩原著，〔明〕李卓吾評點，李卓吾先生批點西遊記〔M〕，天津：天津古籍出版社，2006：123。

〔註68〕秦修容整理，金瓶梅：會評會校本〔M〕，北京：中華書局，1998：41。

〔註69〕秦修容整理，金瓶梅：會評會校本〔M〕，北京：中華書局，1998：372。

第六十三回

又早被潘金蓮在簾內冷眼看見。

崇夾　活賊。〔註70〕

他若唱的我淚出來，我才算他好戲子。

崇眉　金蓮狠心無情，自家說出。〔註71〕

第六十七回

月娘道：「好，好。他恁大年紀也才見這個孩子，應二嫂不知怎的喜歡哩！……」

崇眉　以己度人，月娘心好，此其一斑。〔註72〕

第一則，評點者通過《金瓶梅》中對武松「脫油靴」、「換襪子」、「穿暖鞋」、「掇凳子」、「近火盆邊坐地」等一系列動作描寫，見出武松性格冷淡；第二、三、四則，評點者通過《金瓶梅》中對潘金蓮「奪馬鞭子」、「簾內冷眼看」等動作以及語言的描寫，見出潘金蓮膽氣盛、多疑、賊氣、狠心無情等性格特點；第五則，評點者通過《金瓶梅》中對吳月娘的語言描寫，見出吳月娘心好的性格特點。

紅樓夢評（清）脂硯齋等

第一回　甄士隱夢幻識通靈　賈雨村風塵懷閨秀

雨村不覺看的呆了。

甲戌側　今古窮酸色心最重。〔註73〕

第三回　賈雨村夤緣復舊職　林黛玉拋父進京都

惟恐被人恥笑了他去。

甲戌側　寫黛玉自幼之心機。〔註74〕

第十一回　慶壽辰寧府排家宴　見熙鳳賈瑞起淫心

見兩三個婆子慌慌張張的走來，見了鳳姐兒，笑說道：「我們奶奶見二奶奶只是不來，急的了不得，叫奴才們又來請奶奶來了。」

蒙府　別者必將遇賈瑞的（事）聲張一番，以表清節。此文偏若

〔註70〕秦修容整理，金瓶梅：會評會校本〔M〕，北京：中華書局，1998：875。

〔註71〕秦修容整理，金瓶梅：會評會校本〔M〕，北京：中華書局，1998：876。

〔註72〕秦修容整理，金瓶梅：會評會校本〔M〕，北京：中華書局，1998：936。

〔註73〕朱一玄，紅樓夢脂評校錄〔M〕，濟南：齊魯書社，1986：17。

〔註74〕朱一玄，紅樓夢脂評校錄〔M〕，濟南：齊魯書社，1986：44。

無事，一則可以見熙鳳非凡，一則可以見熙鳳包含廣大。〔註75〕

第二十一回 賢襲人嬌嗔箴寶玉 俏平兒軟語救賈璉

湘雲道：「如今我忘了。」

庚辰眉 「忘了」二字在嬌憨。〔註76〕

第八十回 美香菱屈受貪夫棒 王道士胡謅妒婦方

話說金桂聽了，將脖項一扭，嘴唇一撇。

庚辰夾 畫出一個悍婦來。〔註77〕

列藏本後人評語

第二十九回

黛玉冷笑道：「他在別的上頭心還有限。」

眉 尖刻。〔註78〕

第一則，評點者通過《紅樓夢》中對賈雨村「看呆」的動作描寫，看出賈雨村好色的本性；第二則，評點者通過《紅樓夢》中對林黛玉「恐被人恥笑」的心理描寫，見出林黛玉心機重的性格特點；第三則，評點者通過《紅樓夢》中對兩三個婆子一系列動作、行為、語言等的描寫，從側面看出王熙鳳非凡絕倫、包含廣大的性格特徵；第四則，評點者通過《紅樓夢》中對史湘雲的語言描寫，看出史湘雲可愛嬌憨的特質；第五則，評點者通過《紅樓夢》中對夏金桂「扭脖子」、「撇嘴唇」等表情、動作的描寫，見出夏金桂悍婦的本性；第六則，評點者通過《紅樓夢》中對林黛玉「冷笑」的動作及其語言的刻畫描摹，體會出林黛玉尖刻的性格特徵。

此外，小說人物的性格不在「高大全」，而在真性情，正如臥閒草堂本《儒林外史回評》第三十三回所言：「衡山之迂，少卿之狂，皆如玉之有瑕。美玉以無瑕為貴，而有瑕正見其為真玉。夫子謂古之民有三疾，又以愚魯辟喭目四子，可見人不患其有毛病，但問其有何如之毛病。」〔註79〕衡山的「迂」，少卿的「狂」，正如同玉之有瑕疵。有瑕疵的玉，更說明玉乃真玉。小說中的

〔註75〕朱一玄，紅樓夢脂評校錄〔M〕，濟南：齊魯書社，1986：170。
〔註76〕朱一玄，紅樓夢脂評校錄〔M〕，濟南：齊魯書社，1986：308。
〔註77〕朱一玄，紅樓夢脂評校錄〔M〕，濟南：齊魯書社，1986：561。
〔註78〕朱一玄，紅樓夢脂評校錄〔M〕，濟南：齊魯書社，1986：601。
〔註79〕〔清〕吳敬梓著，李漢秋輯校，儒林外史匯校匯評〔M〕，上海：上海古籍出版社，2010：376～377。

人物，不在於具有多麼完美的品質，而在於寫出其性格中的真，有真性情的人，才是具有獨特性格和現實真實性的小說人物形象。又如脂硯齋等《紅樓夢評》第四十八回原文：「你本來呆頭呆腦的，再添上這個，越發弄成個呆子了。」庚辰夾評道：「『呆頭呆腦的』，有趣之至！最恨野史有一百個女子皆曰聰敏伶俐，究竟看來他行為也只平平。今以「呆」字為香菱定評，何等嫵媚之至也！」〔註80〕評點者認為，用「聰敏伶俐」統蓋女子的人物性格是野史寫人的一大弊病，而《紅樓夢》著者則跳脫出此一窠臼，將小說中的人物寫得各具情致。比如香菱的「呆頭呆腦」，「真」得有趣，嫵媚動人。總之，只有真實的，才是感人的，文如此，人亦如是。寫出人物真實的性格，便成功了一半。

第三節　情理

　　「情理」從字面意義上考察，指人情與道理，如李漁《閒情偶寄·詞曲上·音律》：「……以金索掛樹，是情理所有之事也。」〔註81〕其中之「情理」即指人情與道理而言。

　　在文學批評領域，「情」與「理」是重要的批評範疇。「情」與「理」在唐宋時期逐漸出現，到明清之際開始廣泛運用到小說批評當中。〔註82〕在小說批評中，一般「情」主要指人的主觀情感，而且偏重於情感中的男女愛情，「理」則多用來指事理。〔註83〕

　　關於「情理」範疇的研究文章頗多。細緻地對「情」、「理」、「情理」作一分析的如王路成《明清小說批評中的「情理論」研究》〔註84〕，舉例說明了「情」、「理」以及「情理」在明清小說批評中具體而豐富的意涵，歸納出八種「情」的含義，四種「理」的意涵。指出「情理」連綴成詞後的涵義與單獨使用「情」或「理」不同，並給「情理」下了一個簡單的定義，即人們的普遍感情以及事物的道理、規律。

〔註80〕朱一玄，紅樓夢脂評校錄〔M〕，濟南：齊魯書社，1986：482～483。
〔註81〕〔清〕李漁，李漁全集〔M〕，杭州：浙江古籍出版社，1991：33。
〔註82〕楊帆，析明清小說批評中的情理觀念〔J〕，語文學刊，2012，（1）：119。
〔註83〕金海濤，明清小說儒家情理觀的介入與朝鮮朝後期漢文小說創作研究〔D〕，延吉：延邊大學，碩士學位論文，2014：6。
〔註84〕王路成，明清小說批評中的「情理論」研究〔D〕，黃石：湖北師範學院，碩士學位論文，2011。

　　學界對於「情理」的涉及和討論是多方面的，包括對小說主題「情理性」的考索，對小說批評中「情理」觀念的探析，對古代文論「情理」範疇研究的述評，對「情理觀」流變的闡解等。具體如田同旭《〈西遊記〉是部情理小說——〈西遊記〉主題新論》，認為《西遊記》整部書貫穿情理之爭，是一部情理小說，豬八戒是人慾的代表，孫悟空是反理學鬥士，而唐僧則意味著理學的徹底破產。〔註85〕崔曉西《張竹坡在〈金瓶梅〉評點中的「情理」範疇及其在小說批評史上的地位》，辨析了張竹坡「情理」範疇的內涵，評價了其理論價值。〔註86〕孟昭連《明清小說批評中的情理觀念》，指出情理是評價作品、臧否人物的重要甚至是唯一標準。〔註87〕蔡群《明清小說批評中人物性格「情理說」的歷史演變》，分析了葉晝、金聖歎、張竹坡、脂硯齋等明清小說評家對小說人物理論中的「情理說」的見解，梳理了「情理說」的歷史演變。〔註88〕趙海霞《李漁短篇小說中的情理觀》，分析了明清以來情理觀的流變，認為李漁「情理兼顧」。〔註89〕何世劍《新時期以來古代文論「情理」範疇研究述評》，評述了新時期古代文論「情理」範疇研究的歷史進程、維面展開，以及「情理」範疇研究的四大空白。〔註90〕賀根民《晚清民初小說情理的把握方式與觀念變遷》，認為文化轉型帶來的陣痛加之對感性的超越和對理性的強化，形成了晚清民初小說情理統一的趨勢。〔註91〕王路成、張媛《明清小說批評中「情理」觀的流變分析》，以時間為線索，指出明代初期，瞿祐等批評家們「理」字為先，明代中晚期，湯顯祖、馮夢龍等認為「情」至高無上，明末清初，「情理」觀念多元化，清代前中期，脂硯齋等批評家們的「情理」觀

〔註85〕田同旭，《西遊記》是部情理小說——《西遊記》主題新論〔J〕，山西大學學報（哲學社會科學版），1994，（2）：67。

〔註86〕崔曉西，張竹坡在《金瓶梅》評點中的「情理」範疇及其在小說批評史上的地位〔J〕，浙江師大學報（社會科學版），1996，（3）：6～10，26。

〔註87〕孟昭連，明清小說批評中的情理觀念〔J〕，南京師大學報（社會科學版），2002，（1）：134～140。

〔註88〕蔡群，明清小說批評中人物性格「情理說」的歷史演變〔J〕，湖北師範學院學報（哲學社會科學版），2002，22（1）：111。

〔註89〕趙海霞，李漁短篇小說中的情理觀〔J〕，咸陽師範學院學報，2007，22（3）：97～99。

〔註90〕何世劍，新時期以來古代文論「情理」範疇研究述評〔J〕，蘭州學刊，2007，（6）：104，128～130。

〔註91〕賀根民，晚清民初小說情理的把握方式與觀念變遷〔J〕，東南大學學報哲學社會科學版，2010，12（1）：103。

更符合小說創作藝術規律。〔註 92〕王楠《論張竹坡〈金瓶梅〉評點中的「情理」》，區分了李贄、金聖歎和張竹坡「情理論」的相似與不同，同在對小說創作中真情實感的強調，異在李贄和金聖歎認為只要合乎「人情物理」，虛構之文亦能表現真實情感，而張竹坡則推重如《金瓶梅》中對人情世景的如實描寫。〔註 93〕

　　「情理」範疇雖廣泛運用於文學批評，包括小說批評的各個方面，但就小說人物形象論而言，其地位更加不容忽視，具有更深廣的功用和價值。由以上所舉研究文章可見出前人不論在宏觀構架，還是在微觀考索層面，都已對「情理」範疇做了頗為詳盡的整理和探討，筆者此處將「情理」作為形象論系重要範疇之一再度拈出，旨在提供另一種檢視思路，以及突出「情理」範疇在小說人物形象論中的重要位置。

一、「人情物理，即之在耳目之前，而不必盡究其變」

　　明清小說以塑造人物為其主要任務之一，小說所表達的乃人的情感，有情理的小說方能感人，而有情理的小說人物方能成就有情理的小說。李維楨《吳射陽先生選集序》言：「汝忠於七子中所謂徐子與者最善，還往倡和最稔。而按其集，獨不類七子友，率自胸臆出之，而不染於色澤，舒徐不迫，而亦不至促弦而窘幅。人情物理，即之在耳目之前，而不必盡究其變。」〔註 94〕李維楨所說「人情物理」，泛指一切人情事理。李維楨認為吳承恩的詩文選集與七子大不相同，不同之處便在於吳承恩的詩文不加粉飾，率自胸臆流出，這樣的詩文方可盡道出人情物理，即可謂為有情理。小說與詩文雖體裁有別，但本質無差，均是人之情感的表達。明清小說，人物塑造占其主要，所以，有情理的小說中，必有有情理的小說人物。

　　有情理的小說人物，首先是有真情的。正如李贄《水滸傳回評》第十回所言：「《水滸傳》文字，原是假的。只為他描寫得真情出，所以便可與天地相終始。即此回中李小二夫妻兩人情事，咄咄如畫。若到後來混天陣處都假了，

〔註 92〕王路成，張媛，明清小說批評中「情理」觀的流變分析〔J〕，湖北師範學院學報（哲學社會科學版），2011，31（1）：54。
〔註 93〕王楠，論張竹坡《金瓶梅》評點中的「情理」〔J〕，瀋陽師範大學學報（社會科學版），2013，37（5）：169～172。
〔註 94〕朱一玄編，明清小說資料彙編（上）〔M〕，天津：南開大學出版社，2012：389。

費盡苦心，亦不好看。」〔註95〕小說之虛，在於虛構的人物、情節、故事等等；小說之實，在於虛構的人物表露的是真實的情感。真情實感充盈在小說之中，即使小說中的人物在現實生活中並不存在，那麼小說中的人物也還是有情理的，在一定意義上說，小說中的人物有情理，小說也就有了情理。

有情理的人物，來源於現實生活，基於小說著者對人間百態的悉心觀察。李贄《水滸傳回評》第二十四回評道：「說淫婦便像個淫婦，說烈漢便像個烈漢，說呆子便像個呆子，說馬泊六便像個馬泊六，說小猴子便像個小猴子。」〔註96〕如李贄所評，《水滸傳》中所描寫的淫婦、烈漢、呆子、馬泊六、小猴子等人物形象為何如此之「像」呢？無名氏《水滸傳一百回文字優劣》的一段評價，或可為之稍作解釋：「世上先有《水滸傳》一部，然後施耐庵、羅貫中借筆墨拈出；若夫姓某名某，不過劈空捏造，以實其事耳。如世上先有淫婦人，然後以楊雄之妻武松之嫂實之；世上先有馬泊六，然後以王婆實之；世上先有家奴與主母通姦，然後以盧俊義之賈氏李固實之。若管營，若差撥，若董超，若薛霸，若富安，若陸謙，情狀逼真，笑語欲活，非世上先有是事，即今文人面壁九年，嘔血十石，亦何能至此哉……」〔註97〕小說中人物是現實中人物的寫照，世上先有了淫婦、馬泊六、管營、差撥等形形色色的人物，小說家才能通過「格物致知」，對各式各樣的人事觀察體悟，通過高超的寫作手法，將這些在現實生活中存在的人物搬進小說，姓名可以改易，甚或憑空捏造，但小說中「情狀逼真，笑語欲活」的人物並不是平白無故生發出來，而是源於真實生活，這樣即便是虛構的人物，也變成了「真」的人物，有「情理」的人物，《水滸傳》也成為有情理的小說。五湖老人《忠義水滸全傳序》言：「……即好勇鬥狠之輩，皆含真氣……凡傳中諸人，其鬚眉眼耳鼻，寫照畢肖……即以較今日之偽道學，假名士，虛節俠，妝醜抹淨，不羞莫夜泣而甘東郭饜者，萬萬迥別……」〔註98〕如五湖老人所言，《水滸傳》是一部真書，《水滸傳》裏邊的「好勇鬥狠之輩」，都是含有真氣，具有真面目的真人，故

〔註95〕〔明〕施耐庵集撰，〔明〕羅貫中纂修，〔明〕李贄批評，《古本小說集成》編委會編，李卓吾批評忠義水滸傳〔M〕，上海：上海古籍出版社，1992：327。
〔註96〕〔明〕施耐庵集撰，〔明〕羅貫中纂修，〔明〕李贄批評，《古本小說集成》編委會編，李卓吾批評忠義水滸傳〔M〕，上海：上海古籍出版社，1992：791。
〔註97〕陳曦鍾，侯忠義，魯玉川輯校，水滸傳會評本〔M〕，北京：北京大學出版社，1981：26～27。
〔註98〕丁錫根編著，中國歷代小說序跋集（下）〔M〕，北京：人民文學出版社，1996：1469。

展現出來的是「寫照畢肖」的人物圖景，五湖老人所講的真，是從審美層面上升到倫理層面的真，現實中的人自然是有情理的，但那些「偽道學，假名士，虛節俠」乃是有假情假理，而《水滸傳》里人物的高妙便在於其不僅有一般的情理，還具有無所裝扮的真情真理。

即使是完全虛構的神怪小說，也可以是有情理的，只不過該情理，是所謂「無情之情，無理之理」。如張冥飛《古今小說評林》所講：「神怪小說，本無情理之可言。然《西遊》之寫妖魔鬼怪，想吃唐僧，為延壽長生起見，尚算是無情之情，無理之理；至姜子牙斬將封神，則並此無情之情，無理之理，而亦無之矣。」〔註99〕《西遊記》所描摹的一眾妖魔鬼怪，在現實生活中是不存在的，應該說是沒有情理的，但妖魔鬼怪卻有著和現實中的人一樣的奢望，即出於對生的貪戀和對死的畏懼而乞求延長壽命以至長生不老，從這一點而言，妖魔鬼怪具有了現實中的人性，這一點是真的，是毫無虛構的，故可說《西遊記》中的妖魔鬼怪也具有情理，即「無情之情，無理之理」。

二、「說假事宛如真事」

不論在現實生活中此人此物是否實有，摹假如真便是有情理的。即便是神魔小說中，虛構出來的妖魔鬼怪，及其所行之事，都有其「無情之情，無理之理」。正如李贄《西遊記評》第九十四回所評，「說假事宛如真事」，「《西遊》妙處，只是說假如真，令人解頤」。〔註100〕

有些在尋常人身上不可能發生的事，在特異人物身上發生，想來是不可思議的，可那人物具有常人所不具備的特質，卻也並不違背小說人物的情理性。如《三國演義》中刮骨療毒的關公，在常人那裡，是不可想像的，此類人物似是不可能存在的，但在特異的英雄人物那裡，卻是有情理的。毛宗崗《三國志演義回評》第七十五回評道：「吉平截指罵賊，是良醫為烈漢；關公刮骨療毒，是烈漢遇良醫。可見忠臣義士，不怕疼痛；若怕疼痛，便做不得忠臣義士矣。然臨難不怕，必是平日先不怕。惟平日有刮骨之關公，然後臨難有截指之吉平也。」〔註101〕有姦佞小人，亦有忠臣義士，姦佞小人貪生怕死，忠

〔註99〕朱一玄編，明清小說資料彙編（上）〔M〕，天津：南開大學出版社，2012：490。
〔註100〕〔明〕吳承恩原著，〔明〕李卓吾評點，李卓吾先生批點西遊記〔M〕，天津：天津古籍出版社，2006：695。
〔註101〕〔元末明初〕羅貫中原著，〔清〕毛宗崗評點，毛批三國演義〔M〕，天津：天津古籍出版社，2006：560。

臣義士卻是死也不懼的，更不畏懼疼痛，若連疼痛都忍受不住，便不叫做忠臣義士了。如若不以常人眼光目之，而以忠臣義士的身份加之，那麼刮骨療毒的關公和臨難截指的吉平都是極富情理的小說人物形象。

再如《儒林外史》中的王玉輝，不僅鼓勵女兒自殺殉夫，而且聽聞女兒死後，不僅不悲傷流淚，反而仰天大笑，稱讚其女兒死得好。王玉輝此人似沒有情理可言。黃富民《儒林外史回評》第四十八回評道：「天下事有意『做』出，便非至情至性。王玉輝有心博節義之名而令女兒去『做』，此豈至情至性耶？其女在家想習聞其迂執之論，故商量殉節。而玉輝謂之『好題目』，若深以為幸者，豈非以人命為兒戲而遂流於忍乎！夫節烈，美名也，然必迫於事勢無可如何，不得已而出此。其女有翁有姑，再三勸阻，忍而為此，是亦謬種而已，此作者之所許也。」〔註102〕黃富民認為，天下事故意為之的，便不是至情至性。但在王玉輝而言，他雖是有心博節義之名，但在更大程度上，是出於對女兒的打算，他作為父親，自然是愛女兒的，他對女兒的愛是發自內心的，不是故意做出來的，但他的愛受到了封建禮教的扭曲，他的頭腦已經是變態者的頭腦，他的所作所為自然也和常人不同，所以王玉輝這一人物形象，也是有情理的，如神魔小說裏的人物，王玉輝已在一定程度上喪失了人性，其情理亦變為「無情之情，無理之理」。張文虎《儒林外史評》第四十八回，王玉輝「又在老朋友靈柩前辭行，又大哭了一場，含淚上船」後，評道：「王玉輝非無性情，只是呆耳。然天下不呆者，其性情必薄。」〔註103〕受封建禮教洗腦的王玉輝仿若是人格分裂症患者，當封建綱常節義貞烈等觀念侵佔其心靈頭腦之時，他表現出的是喪失人性的變態，而當某情某景刺激到了他敏感的神經，脆弱的心靈一角，他人性的情感便噴湧而出，此時的王玉輝則又表現得柔腸百轉、至情至性，由此看來，王玉輝這一人物形象是極富情理的，沒有矯飾，真真切切。

夏曾佑《小說原理》論到：「寫實事易，寫假事難。金聖歎云：最難寫打虎、偷漢。今觀《水滸》寫潘金蓮、潘巧雲之偷漢，均極工；而武松、李逵之打虎，均不甚工。李逵打虎，只是持刀蠻殺，固無足論；武松打虎，以一手按

〔註102〕〔清〕吳敬梓著，李漢秋輯校，儒林外史匯校匯評〔M〕，上海：上海古籍出版社，2010：528。

〔註103〕〔清〕吳敬梓著，李漢秋輯校，儒林外史匯校匯評〔M〕，上海：上海古籍出版社，2010：525。

虎之頭於地，一手握拳擊殺之。夫虎為食肉類動物，腰長而軟，若人力按其頭，彼之四爪均可上攫，與牛不同也。若不信，可以一貓為虎之代表，以武松打虎之方法打之，則其事之能不能自見矣。蓋虎本無可打之理，故無論如何寫之，皆不工也⋯⋯」〔註104〕如夏曾佑所言，《水滸傳》中的武松打虎，不符合常理，故很難敘寫得符合邏輯，但現實中的諸般事情有些恰是沒有邏輯可循的，生活的藝術有些並不符合科學的道理，故武松打虎之事雖然是假，但看來卻是活靈活現的真事，把假的事節寫真了，即使是不符合科學性的「不甚工」之筆，在文學藝術的層面也是有情理的。按照《水滸傳》本身的神話構架，行者武松，本是天上魔星下凡，位列天罡三十六星之中，英雄好漢，力大無窮，本不應以平民百姓、凡胎肉體目之，非常之人行非常之事自是在情理之中，武松打虎的橋段也不能以科學和邏輯的眼光去考察、分析，而應以藝術的想像去填補小說文本的故事畫面，藝術的真與科學的假並無對立，小說人物或事節的有情理並不應以科學的刀子去解剖，從此意義上而言，非比尋常之人的武松恰是寫得有情理的。

三、「討出一個人的情理，則一個人的傳得矣」

張竹坡《〈金瓶梅〉讀法》言：「做文章，不過是『情理』二字。今做此一篇百回長文，亦只是『情理』二字。於一個人心中，討出一個人的情理，則一個人的傳得矣。雖前後夾雜眾人的話，而此一人開口是此一人的情理。非其開口便得情理，由於討出這一人的情理方開口耳。」〔註105〕如張竹坡所言，小說做得有情理，因其寫出了有情理的小說人物。要使小說中的人物有情理，不可下表面工夫，而要深入人物內心，捕獲人物的精神內質，其情理方得顯現。若把人物的內心參透，人物的語言呈現自然情理畢肖，不會是失去情理的「心口不一」。如《新刻繡像批評金瓶梅評語》中諸例：

> 第十三回
>
> 奴也氣了一身病痛在這裡。
>
> 崇眉 語語情見乎辭。瓶兒雖淫，畢竟醇厚。〔註106〕

〔註104〕朱一玄編，明清小說資料彙編（上）〔M〕，天津：南開大學出版社，2012：338。

〔註105〕〔明〕蘭陵笑笑生著，〔清〕張道深評，王汝梅、李昭恂、於鳳樹校點，張竹坡批評金瓶梅〔M〕，濟南：齊魯書社，1991：38。

〔註106〕秦修容整理，金瓶梅：會評會校本〔M〕，北京：中華書局，1998：187。

第六十八回

西門慶道:「我還去。今日一者銀兒在這裡,不好意思;二者我居著官,今年考查在邇,恐惹是非,只是白日來和你做做罷了。」

崇眉 情至語,楚人心鼻。〔註107〕

第九十四回

那廝他不守本分,在外邊做道士,且奈他些時,等我慢慢招認他。

崇眉 說得近情近理,人決不疑。〔註108〕

第一則,所引第十三回批語,李瓶兒的話語包含了其個性情感在內,李瓶兒性雖淫蕩,其本質卻頗為醇厚,語應乎心,情理如真;第二則,所引第六十八回批語,西門慶的話語入情入理,語語家常,未有裝模作樣,矯揉造作,將心中款曲緩緩道來,體現了西門慶細膩、溫情的一面;第三則,所引第九十四回批語,是龐春梅所言,從其近情近理、人所不疑的語言,見出其剛硬潑辣的心性,可謂心口一致。

再如《紅樓夢》人物亦真實可感,情理之至,小說批點家對此也多有批及:

紅樓夢評(清)脂硯齋等

第四回 薄命女偏逢薄命郎 葫蘆僧亂判葫蘆案

薛蟠見母親如此說,情知扭不過的。

蒙府 情理如真。〔註109〕

第六回 賈寶玉初試雲雨情 劉姥姥一進榮國府

又問劉姥姥:「今日還是路過,還是特來的?」

甲戌側 問的有情理。〔註110〕

劉姥姥見平兒遍身綾羅,插金帶銀,花容玉貌的。

甲戌夾 從劉姥姥心中目中略一寫,非平兒正傳。〔註111〕

便當是鳳姐兒了。

〔註107〕秦修容整理,金瓶梅:會評會校本〔M〕,北京:中華書局,1998:949。
〔註108〕秦修容整理,金瓶梅:會評會校本〔M〕,北京:中華書局,1998:1378。
〔註109〕朱一玄,紅樓夢脂評校錄〔M〕,濟南:齊魯書社,1986:82。
〔註110〕朱一玄,紅樓夢脂評校錄〔M〕,濟南:齊魯書社,1986:109。
〔註111〕朱一玄,紅樓夢脂評校錄〔M〕,濟南:齊魯書社,1986:112。

　　　　甲戌夾　畢肖。

　　　　蒙府　的真有是情理。〔註112〕

　　　　第九回　戀風流情友入家塾　起嫌疑頑童鬧學堂

　　　　坐在床沿上發悶。

　　　　戚序　神理可思。忽又寫小兒學堂中一篇文字，亦別書中之未有。

　　　　蒙府　此等神理，方是此書的正文。

　　　　因笑問道：「好姐姐。」

　　　　戚序　開口斷不可少此三字。

　　　　襲人笑道：「這是那裡話。讀書是極好的事，不然就潦倒一輩子，終久怎麼樣呢。但只一件：只是念書的時節想著書。」

　　　　蒙府　襲人方才的悶悶，此時的正論，請教諸公，設身處地，亦必是如此方是，真是〈屈〉〔曲〕盡情理，一字也不可少者。〔註113〕

　　　　第三十三回　手足耽耽小動唇舌　不肖種種大承笞撻

　　　　只是此時一心總為金釧兒感傷，恨不得此時也身亡命殞，跟了金釧兒去。

　　　　蒙府　真有此情，真有此理。〔註114〕

第一則例證，《紅樓夢》前文如此：（薛蟠）因和母親商議道：「咱們京中雖有幾處房舍，只是這十來年沒人居住，那看守的人，未免偷著租賃給人住，須得先著人去打掃收拾才好。」他母親道：「何必如此招搖！咱們這進京去，原是先拜望親友，或是在你舅舅處，或是你姨父家，他兩家的房舍極是寬敞的，咱們且住下再慢慢兒的著人去收拾，豈不消停些？」薛蟠道：「如今舅舅正升了外省去，家裏自然忙亂起身，咱們這會子反一窩一拖的奔了去，豈不沒眼色呢？」他母親道：「你舅舅雖升了去，還有你姨父家。況這幾年來，你舅舅姨娘兩處每每帶信捎書接咱們來。如今既來了，你舅舅雖忙著起身，你賈家的姨娘未必不苦留我們，咱們且忙忙的收拾房子，豈不使人見怪？你的意思我早知道了：守著舅舅姨母住著，未免拘緊了，不如各自住著，好任意施為。你既如此，你自去挑所宅子去住，我和你姨娘姊妹們別了這幾年，卻要住幾

〔註112〕朱一玄，紅樓夢脂評校錄〔M〕，濟南：齊魯書社，1986：112。

〔註113〕朱一玄，紅樓夢脂評校錄〔M〕，濟南：齊魯書社，1986：156。

〔註114〕朱一玄，紅樓夢脂評校錄〔M〕，濟南：齊魯書社，1986：424。

日，我帶了你妹子去投你姨娘家去，你道好不好？」〔註115〕薛蟠和母親經過了兩次言語上的交鋒，薛姨媽兩次否定了兒子的意見，因其看透薛蟠不過是想不受約束，肆意妄為，二人各說各話，各有情理，真實可感。第二則例證，周瑞家的問劉姥姥的話語，問的有情理，意即大有深意、大有深情、大有道理。周瑞家的不能直接詢問劉姥姥是否是有事相求，而致劉姥姥面上過不去，而是將話頭略繞一繞，這種中國式迂迴婉轉的言語方式正符合了小說人物特有的身份和情理。第三則例證，是從劉姥姥的視角，描摹平兒的樣貌，劉姥姥是鄉下粗老，沒見過大世面，打扮得富麗堂皇的美女更是難得一見，故此劉姥姥見到綾羅遍體、穿金帶銀、花容月貌的平兒後，實為驚歎，以為平兒便是鳳姐兒了。從劉姥姥的身份、識見出發，實實寫來，符合人物本身的情理邏輯。第四則例證，襲人設身處地為寶玉著想，以自身所見、所識、所知來專心開導他，實心誠意為他的將來憂慮、打算，曲盡情理。第五則例證，賈寶玉為金釧兒的死而感傷不已，甚至想殉命亡身，隨她而去，這不是作者的誇張，而是按照賈寶玉此人物本身特有的情理來描摹其心理狀態，賈寶玉是多情種，對女子具有天然的關心疼護，離開這些可愛的女子便覺孤寂難熬，何況是經受一個美好而鮮活的生命與之永辭，故在金釧兒死後，內心悲痛的他，自然想與之歸去。

黃人言：「古來無真正完全之人格，小說雖屬理想，亦自有分際，若過求完善，便屬拙筆。《水滸記》之宋江、《石頭記》之賈寶玉人格雖不純，自能生觀者崇拜之心。若《野叟曝言》之文素臣，幾於全知全能，正令觀者味同嚼蠟……」〔註116〕如黃人所言，將小說人物塑造得過於完美，正失去了人物的情理，譬如《野叟曝言》中無所不知、無所不能的主人公文素臣，既喪失了現實生活中的真實性，又喪失了藝術上的真實性，沒有情理可言。而《水滸傳》中的宋江，《紅樓夢》中的賈寶玉則不然，人格非為至純至善，但卻寫出了其本真的樣子，富有情理，令人感之、信之。而解弢在《小說話》中談到：「小說家常以理想補人之缺憾。心之不慧也，可以易之；首之不美也，可以換之：見《聊齋·陸判》。魂之不靈也，可以代之，見《聊齋·小翠》。體之不適也，可以假之，見《豈有此理》。陽之不偉也，可以接之，見《肉蒲團》。而《奈何

〔註115〕〔清〕曹雪芹，紅樓夢〔M〕，北京：中國文史出版社，2004：24。
〔註116〕朱一玄編，明清小說資料彙編（上）〔M〕，天津：南開大學出版社，2012：357。

天》之闕不全，且全體改組焉。近世西人鑲牙續足，烏鬚生髮等術，其尊小說家為推轂者歟！」〔註117〕將想像之力施之於小說人物，與人物情理並不矛盾，小說中的妖魔鬼怪、仙女神仙、奇人老道，雖出自作者的想像，但卻有藝術上的真實性、情理性可言。故並不可說神魔小說中的人物便無情理，寫實小說中人物的便有情理。《西遊記》中的孫悟空、豬八戒，及至眾多神仙妖怪，《聊齋誌異》中的花鬼狐獸、魑魅魍魎等都是有情有理，符合各自身份邏輯，而有些小說雖重在寫實，卻忽略了人物本有的身份，以致口不對心，首尾不合，靈肉不一，弄真成假，便失去了人物的情理。將人物的情理寫出，大旨在曲盡人情，正如惠康野叟在《識餘》中所言：「《水滸》余嘗戲以擬《琵琶》，謂皆不事文飾，而曲盡人情耳。」〔註118〕所謂「清水出芙蓉，天然去雕飾」，如實地去描寫一個人而毫不偽飾，醜即是醜，美即為美，並放在大的歷史環境和小的文本語境中去關照體察，方不負著者之心、觀者之思。

第四節　形神

　　學界對「形神」範疇進行了深入廣泛研究，認識也有同有異。郁沅指出，形神問題最初是對人的物質形體與精神相互關係之哲學問題的探討。開始用形神觀念來品評人物自魏晉玄學開始。之後，形神觀念由品評人物進入到對人物畫及其他藝術繪畫的品評。最後，才以形神觀念品評文學人物形象。郁沅《論藝術形神論之三派》，根據形神觀念不同，將中國古典美學分為三派，即「以形寫神」派、「離形得似」派和「形似」派。〔註119〕有學者認為形神論的形成，與魏晉人物品藻有直接關係。人物形與神在《世說新語》中得到明確區分，並體現出輕形重神的傾向。顧愷之「傳神寫照」理論對後世形神觀產生了深遠影響。〔註120〕又有學者認為，中國古代小說形神論，於宋元時期首現其端，依據是北宋時期趙令畤對唐傳奇小說中崔鶯鶯形象的評價，即小說通過「飄飄然彷彿出於人目前」的如畫般的形象，將人物那種「不可得而見」的「都愉淫冶之

〔註117〕朱一玄編，明清小說資料彙編（上）〔M〕，天津：南開大學出版社，2012：516。
〔註118〕朱一玄，劉毓忱編，水滸傳資料彙編〔M〕，天津：南開大學出版社，2002：202。
〔註119〕郁沅，中國典型理論與形神論〔J〕，文藝理論研究，1990，（1）：19。
〔註120〕王德軍，《世說新語》中的「形神觀」及其影響〔J〕，安慶師範學院學報（社會科學版），2003，22（2）：70。

態」傳之而出，達到了「工且至」的藝術效果，這種筆力超過了繪畫藝術對人物景物形態的勾勒，趙令疇的評價實包含了借形傳神、形神相融的問題。〔註121〕還有學者認為，中國古代小說形神理論是葉晝首肇其端，到金聖歎那裡得到發展，直至張竹坡達至頂峰，推崇在形似基礎上的神似。〔註122〕

學界對形神論的關注涉及到不同方面。如顏湘君《形神——中國古代小說服飾描寫的和諧美》，對小說美學的構成部分——服飾描寫進行了關照分析。〔註123〕周先慎《中國古典小說人物描寫對形神關係的處理》，認為中國古典小說中的人物描寫講求傳神，是受中國傳統詩畫藝術的影響。而處理好形與神的關係是追求傳神的必要前提。〔註124〕王靜《形神論在中國古典小說中的運用》，指出傳統詩畫藝術對中國古典小說中人物描寫的深遠影響，中國古典小說與傳統詩畫的共同之處在於二者都有一個根本性的追求，即講究傳神。不同的是，中國古典小說對形神關係的處理比傳統詩畫藝術更為靈活。〔註125〕馬漢欽《中國形神理論發展演變研究》，對「形神理論」進行深入全面探討。認為小說形神理論的高峰是張竹坡的小說形神論。〔註126〕

學界雖對「形神」範疇進行了頗為廣泛深入研究，但仍還有一些方面需要進一步闡釋。通過對明清小說評點小說人物「形神」範疇進行整體性概覽，以及對明清小說評點有關評語進行揣摩玩味，亦可有所發見。

一、「蓋善寫妙人者，不於有處寫，正於無處寫」

文學作品需留有餘地，「此時無聲勝有聲」，能起到點鐵成金、畫龍點睛的重要作用。文字最忌寫全，意思最怕說盡，否則便是死文，是板滯的流水帳，沒有一點生趣和活力。文學作品要意在言外，引人想像。

〔註121〕羅德榮，古代小說形神論漫議〔J〕，古典文學知識，2002，（4）：56。

〔註122〕馬漢欽，試論中國古代小說形神理論〔J〕，江西教育學院學報（社會科學），2007，28（5）：78。

〔註123〕顏湘君，形神——中國古代小說服飾描寫的和諧美〔J〕，湘潭師範學院學報社會科學版，2001，23（1）：120。

〔註124〕周先慎，中國古典小說人物描寫對形神關係的處理〔J〕，文藝研究，2007，（7）：56。

〔註125〕王靜，形神論在中國古典小說中的運用〔J〕，西安社會科學，2010，28（1）：176。

〔註126〕馬漢欽，中國形神理論發展演變研究〔D〕，福州：福建師範大學，博士學位論文，2005。

於小說而言，亦如前述。小說家寫人各有妙法，目的都是將人物形象寫得逼真到位，新鮮若活。如何做到如此？「於無處寫」便不失為一條妙法。毛宗崗《三國志演義回評》第三十七回評道：「此回極寫孔明，而篇中卻無孔明。蓋善寫妙人者，不於有處寫，正於無處寫。寫其人如閒雲野鶴之不可定，而其人始遠；寫其人如威鳳祥麟之不易睹，而其人始尊。且孔明雖未得一遇，而見孔明之居，則極其幽秀；見孔明之童，則極其古淡；見孔明之友，則極其高超；見孔明之弟，則極其曠逸；見孔明之丈人，則極其清韻；見孔明之題詠，則極其俊妙。不待接席言歡，而孔明之為孔明，於此領略過半矣！玄德一訪再訪，已不覺入其玄中，又安能已於三顧耶？」〔註127〕毛宗崗認為，要將小說中人物寫得妙，就應於無處著筆。這種寫法站在讀者接受的角度和立場，力圖留有空白和想像空間，「此時無聲勝有聲」，「一枝紅杏出牆來」，取得意想不到的藝術感染力和表現效果。毛宗崗進一步解釋，如果要寫人之可望而不可即，便要突出其閒雲野鶴、飄忽不定的特點，如果要抬高、推尊一個人，便要突出他難得一睹的無上尊容。「一切景語皆情語」，寫人物周遭的環境、周圍的事物、身邊的友人，都是對所要表現人物的側面烘托和有力渲染。諸葛亮所居住的環境幽雅清秀，由此可想見其人之超凡脫俗。小童古淡、友人高超、兄弟曠逸、丈人清韻、題詠俊妙，等等都是對諸葛亮其人本身的襯托，使讀者未見其人，先對其高妙領略過半，這種摹人手段，可謂事半功倍。毛宗崗又在《三國志演義回評》第四十二回評道：「文章之妙，妙在猜不著。如玄德本欲投襄陽，忽變而江陵；既欲投江陵，又忽變而漢津：此猜測之所不及也。劉表為孫權之仇，劉表未死，孫權方欲攻之；劉表既死，權忽使人弔之：又猜測之所不及也。惟猜測不及，所以為妙。若觀前事便知其有後事，則必非妙事；觀前文便知其有後文，則必非妙文。」〔註128〕毛宗崗認為，小說的妙處在於使人難以猜測。並以《三國演義》中的故事情節為例，做了一番說明。如劉備本要投奔襄陽，忽而又變作投奔江陵，既然要投奔江陵，卻又忽然變作投奔漢津，事情轉換、變化得如此突然，對於讀者而言，是難以猜測得到的。又如劉表是孫權的仇人，在劉表沒死的時候，孫權便想要攻打

〔註127〕〔元末明初〕羅貫中原著，〔清〕毛宗崗評點，毛批三國演義〔M〕，天津：天津古籍出版社，2006：271。
〔註128〕〔元末明初〕羅貫中原著，〔清〕毛宗崗評點，毛批三國演義〔M〕，天津：天津古籍出版社，2006：311。

他；而等到劉表死後，孫權忽然派人前去弔唁，這又是令讀者猜測不到的。而正是猜測不到，方見出小說行文的高妙。如果一部小說，讀者觀看了前邊的情節故事，便能預料到後邊的行文走向，那麼這類小說作品便是失敗的小說作品。優秀的小說作品具有引人入勝的魅力，波瀾起伏，千回百轉，令人意想不到，給人意外之喜。敘事如此，寫人亦是如此。小說描寫人物若刻畫太盡，讓人一覽無餘，就喪失了神韻和生氣。張冥飛《古今小說評林》便道：「《官場現形記》……有時亦嫌形容太過，不留餘地，使閱者無有餘不盡之思。」〔註129〕張冥飛批評《官場現形記》「形容太過」，畫蛇添足。可見小說敘事摹人均應傳神寫照，留有餘地，引人遐思。

黃人《小說小話》言：「小說之描寫人物，當如鏡中取影，妍媸好醜令觀者自知。最忌攙入作者論斷，或如戲劇中一腳色出場，橫加一段定場白，預言某某若何之善，某某若何之劣，而其人之實事，未必盡肖其言。即先後絕不矛盾，已覺疊床架屋，毫無餘味。故小說雖小道，亦不容著一我之見，如《水滸》之寫俠，《金瓶梅》之寫淫，《紅樓夢》之寫豔，《儒林外史》之寫社會中種種人物，並不下一前提語，而其人之性質、身份，若優若劣，雖婦孺亦能辨之，真如對鏡者之無遁形也。夫鏡，無我者也。」〔註130〕黃人認為，小說對人物的描寫，應當像立一面鏡子一樣，讓書中人物在鏡子面前一站，面容身段、高矮胖瘦、黑白美醜、形體神貌無一隱藏地展現在觀者面前。寫小說最忌諱的便是加入作者主觀的論斷，這樣會使得整部書毫無餘味可言。優秀小說如《水滸傳》、《金瓶梅》、《紅樓夢》、《儒林外史》等，作者並未將話說盡，而是留有餘地，讀者觀書中人物，如在鏡中看其亮相，小說人物的性格、身份、面貌、形神均無所遁形。作者只有做到無我，才會給讀者留有遐想餘地，才有利於小說人物形神的呈現。黃人關注到讀者接受，倡言小說描寫人物，應儘量避免作者本人的主觀參與、主觀臆斷，小說人物應如鏡子裏的人像那般呈現在讀者面前，人物的美醜好壞拋給讀者讓讀者自己去裁奪判斷。小說貴在有餘味，「餘音繞梁，三日不絕」，不應把人寫盡，令讀者味同嚼蠟，對其沒有絲毫遐想，而應讓讀者去攫取小說人物身上的閃光點，用自身之眼

〔註129〕朱一玄編，明清小說資料彙編（下）〔M〕，天津：南開大學出版社，2012：822。

〔註130〕朱一玄，劉毓忱編，儒林外史資料彙編〔M〕，天津：南開大學出版社，2012：450。

去關照小說人物，用一己之心去感受小說人物。

二、「外面模樣，看不得人，濟不得事」

　　「形」、「神」就其關係而言，「形」或是「神」的寫照，或是「神」的背叛，或未有明顯的關聯性。如李贄《水滸傳回評》第四回言：「此回文字，分明是個成佛作祖圖。若是那班閉眼合掌的和尚，決無成佛之理。何也？外面模樣盡好看，佛性反無一些。如魯智深吃酒打人，無所不為，無所不做，佛性反是完全的，所以到底成了正果。算來外面模樣，看不得人，濟不得事，此假道學之所以可惡也與！此假道學之所以可惡也與！」〔註131〕李贄敏銳地發見，那些閉眼合掌的和尚，雖然表面正兒八經，但卻只是外面模樣好看而已，內在佛性一概全無。而魯智深，不遵守佛家清規戒律，屢屢破戒，喝酒打人，無所不為，無所不做，表面上已無可救藥，與佛差之遠矣，但其內在佛性卻是完好全整的，最後終於修成正果。可見，「形」有時非但不可傳「神」，還會走向「神」的反面，背叛「神」。所以，李贄說，「外面模樣，看不得人，濟不得事」，那些假道學，裝模作樣，冠冕堂皇，卻是衣冠禽獸，表裏不一，形神異趣。李贄在第六回又評道：「如今世上都是瞎子，再無一個有眼的，看人只是皮相。如魯和尚卻是個活佛，倒叫他不似出家人模樣。請問似出家人模樣的，畢竟濟得恁事？模樣要他做恁？假道學之所以可惡、可恨、可殺、可剮，正為忒似聖人模樣耳。」〔註132〕李贄反對看人只看表面，魯智深在外在的「形」上，與出家人相去甚遠，但內在之「神」，卻是活佛。而相反，那些在外在之「形」像出家人模樣的，內在之「神」，卻與佛謬以千里。假道學在外在的「形」上與聖人極為一致，但背地裏所做之事卻反聖人之道而行之，這種「形」與「神」的背離，令人生厭。故此，外在的「形」並不是判斷內在之「神」的可靠依據，二者有時會背道而馳，亦或沒有特殊的關聯性。毛宗崗《三國志演義回評》第五十二回評道：「……舜重瞳，重耳重瞳，項羽亦重瞳，黃巢左目亦重瞳；或聖而帝，或譎而霸，或勇而亡，或好殺而亡。人之賢不賢，豈在貌

〔註131〕〔明〕施耐庵集撰，〔明〕羅貫中纂修，〔明〕李贄批評，《古本小說集成》編委會編，李卓吾批評忠義水滸傳〔M〕，上海：上海古籍出版社，1992：151。

〔註132〕〔明〕施耐庵集撰，〔明〕羅貫中纂修，〔明〕李贄批評，《古本小說集成》編委會編，李卓吾批評忠義水滸傳〔M〕，上海：上海古籍出版社，1992：214～215。

之異不異哉？」〔註133〕就形貌而言，舜、重耳、項羽、黃巢在外在之「形」上，都具有重瞳的特點，但其內裏之「神」卻千差萬別，或為聖賢帝王，或為勇猛之將，或為起義之士，故外在之「形」並不能作為識別內在之「神」的透鏡，而應將二者區別另視。毛宗崗《三國志演義回評》第五十回又評言：「曹操於舟中舞槊之時，既大笑；今在華容敗走之前，又大笑。前之笑是得意，後之笑是強顏；前之笑是適己，後之笑是罵人；前之笑既樂極生悲，後之笑又非苦中得樂。前之笑與後之笑，都無是處……曹操前哭典韋，而後哭郭嘉。哭雖同而所哭則異：哭典韋之哭，所以感眾將士也；哭郭嘉之哭，所以愧眾謀士也。前之哭勝似賞，後之哭勝似打。」〔註134〕毛宗崗指出，曹操舟中舞槊的時候大笑，敗走華容道的時候又大笑，舞槊之笑是得意之笑、適己之笑，敗走之笑是強顏之笑、罵人之笑。曹操哭典韋的哭與哭郭嘉的哭同是哭形，但哭之神髓不同。哭典韋的哭是令眾將士感動，哭郭嘉的哭是使眾謀士羞愧。所以說，曹操的「笑」和「哭」在外在的「形」上並無二致，但所對應的「神」的旨趣卻各式各樣，「笑」之得意、「笑」之強顏、「笑」之適己、「笑」之罵人，以及「哭」之感人、「哭」之愧人等等，可稱「一形多神」。

「知人知面不知心」，畫「形」易，畫「神」難。小說評點家們每每愛將小說作者比作丹青手，卻又勝似丹青手。從評點語來看，如「畫」、「描畫」、「描摹」、「逼真」、「肖物」、「畢肖」、「傳神」等等詞彙顯示了「評說以畫」的旨趣。此中例證，不勝舉之。

如李贄《西遊記評》第三十二回總評：「描畫孫行者頑處，豬八戒呆處，令人絕倒，化工筆也！」〔註135〕第三十八回總評：「描畫行者耍處，八戒笨處，咄咄欲真，傳神手也！」〔註136〕李贄用「描畫」、「傳神」等語，將《西遊記》作者對孫悟空的「頑」、「耍」，豬八戒的「呆」、「笨」形象摹畫淨盡、呼之欲出勝似丹青妙手的高超手段批點出來。

〔註133〕〔元末明初〕羅貫中原著，〔清〕毛宗崗評點，毛批三國演義〔M〕，天津：天津古籍出版社，2006：383。

〔註134〕〔元末明初〕羅貫中原著，〔清〕毛宗崗評點，毛批三國演義〔M〕，天津：天津古籍出版社，2006：369～370。

〔註135〕〔明〕吳承恩原著，〔明〕李卓吾評點，李卓吾先生批點西遊記〔M〕，天津：天津古籍出版社，2006：249。

〔註136〕〔明〕吳承恩原著，〔明〕李卓吾評點，李卓吾先生批點西遊記〔M〕，天津：天津古籍出版社，2006：294。

　　又如李贄《水滸傳回評》第二十一回評道：「此回文字逼真，化工肖物。摩寫宋江、閻婆惜並閻婆處，不惟能畫眼前，且畫心上；不惟能畫心上，且並畫意外。顧虎頭、吳道子安得到此？」〔註137〕李贄指出，《水滸傳》著者描寫人物已達化境。《水滸傳》此回文字描摹人物「逼真」、「肖物」，其傳神寫照，賽過畫家顧愷之、吳道子的丹青妙手，不僅能描繪眼前之樣態，而且能照見小說人物的內心，不僅能顯出小說人物的內心，而且能傳達出意外之思。又有如《水滸傳回評》第二十五回評語：「這回文字，種種逼真。第畫王婆易，畫武大難；畫武大易，畫鄆哥難。今試著眼看鄆哥處，有一語不傳神寫照乎？怪哉！」〔註138〕李贄將小說描寫人物說作是畫師作「畫」，文字「逼真」，「傳神寫照」。

　　再如金聖歎《讀第五才子書法》所道：「寫李逵色色絕倒，真是化工肖物之筆。他都不必具論，只如逵還有兄李達，便定然排行第二也，他卻偏要一生自叫李大。直等急切中移名換姓時，反稱作李二，謂之乖覺。試想他肚皮裏，是何等沒分曉！」〔註139〕金聖歎將《水滸傳》著者對李逵的描寫，說成是「化工肖物」。《水滸傳》著者通過對李逵語言、行為、動作、心理等的描寫，以畫家所不能至的傳神之筆，將李逵的憨直、淳樸、率真等形神特點一一呈現在觀者面前。「李逵樸至人，雖極力寫之，亦須寫不出。乃此書但要寫李逵樸至，便倒寫其姦猾，寫得李逵愈姦猾，便愈樸至，真奇事也」。〔註140〕李逵是樸實至極之人，如果要寫李逵此特點，即便是費盡全力，恐怕也是徒勞無功。而《水滸傳》著者卻有妙法，為突出李逵的質樸，反而寫李逵的所謂「姦猾」之處，李逵越做貌似「姦猾」的事情，卻做得不像，惹人笑，這便愈加突出了李逵童心一片、質樸之極的形態與神髓。《水滸傳》著者如此寫人妙招，傳神之法，勝過丹青妙筆。

　　同樣勝過畫師之手的還有如《儒林外史》、《紅樓夢》等小說作者的如椽之筆。惺園退士《儒林外史序》言：「《儒林外史》一書，摹繪世故人情，真如

〔註137〕〔明〕施耐庵集撰，〔明〕羅貫中纂修，〔明〕李贄批評，《古本小說集成》編委會編，李卓吾批評忠義水滸傳〔M〕，上海：上海古籍出版社，1992：662。

〔註138〕〔明〕施耐庵集撰，〔明〕羅貫中纂修，〔明〕李贄批評，《古本小說集成》編委會編，李卓吾批評忠義水滸傳〔M〕，上海：上海古籍出版社，1992：817。

〔註139〕陳曦鍾，侯忠義，魯玉川輯校，水滸傳會評本〔M〕，北京：北京大學出版社，1981：18。

〔註140〕陳曦鍾，侯忠義，魯玉川輯校，水滸傳會評本〔M〕，北京：北京大學出版社，1981：987。

鑄鼎象物，魑魅魍魎，畢現尺幅……其寫君子也，如睹道貌，如聞格言；其寫小人也，窺其肺肝，描其聲態，畫圖所不能到者，筆乃足以達之。」〔註141〕惺園退士稱許《儒林外史》敘事寫人的高超技藝，認為《儒林外史》描繪人情世故，如藝術家造物製圖，各類人物，活脫畢現，君子小人，狀貌迥然，此中功力，實是畫師之墨所不能達到的，而小說文字卻能夠做到。而哈斯寶《〈新譯紅樓夢〉回批》第十三回亦道：「寫賈政，活龍活現寫出一個氣急敗壞的父親。寫王夫人，逼真勾畫出一個疼子心切的母親。尤其老夫人，寫得同老婆子毫無二致。寫眾人，也各具特色。寫氣急，令人毛髮悚立，寫哭號，使人心腸隨動。依次看去，種種情景躍然紙上，真是作丹青也畫不出。」〔註142〕如哈斯寶所言，再高超的畫師也難以如小說文字那般精細傳神，通過對人物語言、動作、神情、儀態、心理等各方面的刻畫描摹，來寫形畫神，將不同人物的身份、性格、面貌、情志、形態、神髓等活靈活現地躍然紙上，如賈政作為父親的氣急敗壞，王夫人作為母親的疼子心切等等，寫得與現實生活中的人物絲毫不隔，形神兼備。

三、「傳神在阿堵中」

劉義慶《世說新語·巧藝》載：「顧長康畫人，或數年不點精（睛）。人問其故，顧曰：『四體妍蚩，本無善於妙處，傳神寫照，正在阿堵中。』」〔註143〕由此可知，「傳神」、「阿堵」本是論畫語。「阿堵」是六朝人口語，意思是這、這個。在此語境下，「阿堵」指的是眼睛。一幅人物肖像畫，眼睛是至關重要的部位，眼睛是心靈的窗戶，傳神正在一雙眼睛上面。

而在明清小說評點中，也對此「阿堵」之論進行了借用，如《新刻繡像批評金瓶梅評語》，第二回，小說原文道：「（西門慶）那一雙積年招花惹草、慣覷風情的賊眼，不離這婦人身上。」崇眉評曰：「傳神在阿堵中。」〔註144〕這是直接將小說中人物描寫與畫師繪人物肖像恰如其分地做了殊途同歸的比

〔註141〕丁錫根編著，中國歷代小說序跋集（下）〔M〕，北京：人民文學出版社，1996：1684。

〔註142〕〔清·內蒙古〕哈斯寶著，亦鄰真譯，《新譯紅樓夢》回批〔M〕，呼和浩特：內蒙古人民出版社，1979：57。

〔註143〕〔南朝·宋〕劉義慶著，張萬起，劉尚慈譯注，世說新語譯注〔M〕，北京：中華書局，2006：707。

〔註144〕秦修容整理，金瓶梅：會評會校本〔M〕，北京：中華書局，1998：49。

對，人物畫像在畫眼睛，而小說中對西門慶形神的勾勒也通過眼睛得以展現，小說文字所透露出的西門慶那雙「積年招花惹草、慣覷風情的賊眼」，正傳神地描畫出西門慶這一風流色鬼的人物形象。

小說與畫作不同的是，小說中的「傳神阿堵」不僅限於人物眼睛，而是形式各樣。睡鄉居士《二刻拍案驚奇序》言：「至演義一家，幻易而真難……有如《西遊》一記，怪誕不經，讀者皆知其謬。然據其所載，師弟四人，各一性情，各一動止，試摘取其一言一事，遂使暗中摸索，亦知其出自何人，則正以幻中有真，乃為傳神阿睹……」〔註145〕睡鄉居士認為，小說寫幻易而寫真難。《西遊記》奇奇怪怪、荒唐不經，讀者一看便知是假。但《西遊記》中所塑造的唐僧、孫悟空、豬八戒、沙僧等師徒四人的形象，性情、動作、言談、舉止均真實可感、惟妙惟肖，這便是《西遊記》的真實之處。所以，睡鄉居士指出，《西遊記》的「幻中有真」，是其「傳神阿堵」。因為《西遊記》鮮明地塑造了唐僧、孫悟空、豬八戒、沙僧等師徒四人的人物形象，人物的言行舉止各符合其身份，活脫畢肖，在看似「幻」的人物身上，實有「真」的本色情狀。

語言動止亦可作「傳神阿堵」，曼殊《小說叢話》道：「至於《金瓶梅》，吾固不能謂為非淫書，然其奧妙，絕非在寫淫之筆。蓋此書的是描寫下等婦人社會之書也。試觀書中之人物，一啟口，則下等婦人之言論也；一舉足，則下等婦人之行動也。雖裝束模仿上流，其下等如故也；供給擬於貴族，其下等如故也。」〔註146〕曼殊指出，對於《金瓶梅》，自己很難否認它是一部非淫書，但《金瓶梅》的奧妙，絕不在於它的寫淫之處。曼殊認為，《金瓶梅》是一部描寫下等女性社會的書。因為書中女性一開口說話，讀者便知是下等女性的言論；一舉手投足，讀者便知是下等女性的行為舉止。《金瓶梅》雖在人物穿著打扮上模仿上流社會，作者所欲面對的消費群也定位在上流社會，但是這本書的本質卻是下等社會小說。從曼殊言論可以看出，《金瓶梅》所描寫的女性的語言、動止足以傳人物之形神，令人一聽一見，便知是下等女性的言論、行動。這便說明小說人物的語言、動作具有「傳神阿堵」的作用。下面，便舉幾個《金瓶梅》、《紅樓夢》等小說評點中的例子，來說明小說人物的語言、動止所具有的描形傳神之「阿堵」的功用：

〔註145〕丁錫根編著，中國歷代小說序跋集（中）〔M〕，北京：人民文學出版社，1996：788。
〔註146〕朱一玄編，明清小說資料彙編（下）〔M〕，天津：南開大學出版社，2012：554。

新刻繡像批評金瓶梅評語（明）佚名

第四十三回

那潘金蓮就假做喬妝，哭將起來，說道：「我曉的你倚官仗勢，倚財為主，把心來橫了，只欺負的是我……」

崇眉　數語倔強中實含軟媚，認真處微帶戲謔，非有二十分奇妒，二十分呆膽，二十分靈心利口，不能當機圓活如此。金蓮真可人也。〔註147〕

紅樓夢評（清）脂硯齋等

第六回　賈寶玉初試雲雨情　劉姥姥一進榮國府

鳳姐也不接茶，也不抬頭。

甲戌側　神情宛肖。

只管撥手爐內的灰，慢慢的問道：「怎麼還不請進來？」

甲戌側　此等筆墨，真可謂追魂攝魄。〔註148〕

知道的呢，說你們棄厭我們，不肯常來；不知道的那起小人，還只當我們眼裏沒人似的。

甲戌側　阿鳳真真可畏可惡。〔註149〕

第十五回　王鳳姐弄權鐵檻寺　秦鯨卿得趣饅頭庵

秦鍾笑說：「給我。」

甲戌側　如聞其聲。

我難道手裏有蜜。

甲戌側　一語畢肖，如聞其語，觀者已自酥倒，不知作者從何著想。〔註150〕

第十七回至第十八回　大觀園試才題對額　榮國府歸省慶元宵

因此又自悔莽撞，未見皂白，就剪了香袋。

己卯夾　情癡之至！若無此悔，便是一庸俗小性之女子矣。〔註151〕

〔註147〕秦修容整理，金瓶梅：會評會校本〔M〕，北京：中華書局，1998：580～581。

〔註148〕朱一玄，紅樓夢脂評校錄〔M〕，濟南：齊魯書社，1986：113。

〔註149〕朱一玄，紅樓夢脂評校錄〔M〕，濟南：齊魯書社，1986：114。

〔註150〕朱一玄，紅樓夢脂評校錄〔M〕，濟南：齊魯書社，1986：206。

〔註151〕朱一玄，紅樓夢脂評校錄〔M〕，濟南：齊魯書社，1986：248。

第一則例子，《金瓶梅》作者通過對潘金蓮語言、作態的描寫，傳神地勾勒出潘金蓮這一善謔善妒、裝呆賣傻、靈心利口、精敏圓活的可人狐媚子形象；第二則例子，《紅樓夢》著者通過對鳳姐兒「不接茶」、「不抬頭」、「只管撥手爐內的灰」等一系列動作描寫，以及對鳳姐兒言語的描述，「追魂攝魄」地摹畫出王熙鳳這位「可畏可惡」的當家少奶奶形象；第三則例子，《紅樓夢》著者通過秦鍾與智慧兒之間的對話來傳神達意，秦鍾與智慧兒二者的語言分別顯露了各自對對方的歡心與調笑、喜愛與鍾情，正如評點者所言，可謂是「一語畢肖」，令人「如聞其聲」、「如聞其語」，識得個中滋味的讀者，先自也已酥了半邊；第四則例子，《紅樓夢》作者通過對林黛玉悔恨魯莽，不分青紅皂白，剪了精心縫就的香袋的行為描寫，將林黛玉這一多情、癡情之至的女子形象寫得透入骨髓，而「剪香袋」這樣代表性、典型性的舉動便是「傳神阿堵」，將林黛玉「情癡之至」的神態活現在讀者面前。

　　此外，具有典型性、代表性的姿態、表情也可以為「傳神阿堵」。

　　如《紅樓夢》第二十一回，寫林黛玉和史湘雲的睡態：

　　　　只見他姊妹兩個尚臥在衾內。那林黛玉……

　　　　庚辰夾　寫黛玉身份，嚴嚴密密。

　　　　裹著一幅杏子紅綾被，安穩合目而睡。

　　　　庚辰夾　一個睡態。

　　　　那湘雲卻一把青絲拖於枕畔，被只齊胸，一彎雪白的膀子摺於被外，又帶著兩個金鐲子。

　　　　庚辰夾　又一個睡態。　寫黛玉之睡態，儼然就是嬌弱女子，可憐。湘雲之態，則儼然是個嬌態女兒，可愛。真是人人俱盡，人人俱盡，個個活跳，吾不知作者胸中埋伏多少裙釵。〔註152〕

林黛玉與史湘雲的睡態是截然不同的，林黛玉「裹著一幅杏子紅綾被，安穩合目而睡」，史湘雲則「一把青絲拖於枕畔，被只齊胸，一彎雪白的膀子摺於被外，又帶著兩個金鐲子」。正如評者所批，林黛玉的睡態，所展現出的是可憐的嬌弱女子的樣子。而史湘雲的睡態，活畫出的則是可愛的嬌態女兒的模樣。在摹繪傳達林黛玉、史湘雲的形神上，二人的睡姿便是「傳神阿堵」。

　　又如「笑」，這一包蘊深廣的面部表情，也可作「傳神阿堵」。如《新刻繡像批評金瓶梅評語》第五十八回，原文：「鄭愛月兒用扇兒遮著臉，只是笑，

〔註152〕朱一玄，紅樓夢脂評校錄〔M〕，濟南：齊魯書社，1986：307。

不做聲。」崇眉:「媚極。若出一聲,便費分解,使俗筆為之,不知如何絮絮矣。」〔註153〕鄭愛月兒以扇遮臉,不做聲地笑,只此一筆,便足銷魂。在刻畫鄭愛月兒的形神上,鄭愛月兒的「笑」,便是「傳神阿堵」,烘托出了她勾魂攝魄的媚態。又有如張竹坡《金瓶梅回評》第四回所評:「……七笑內,妙在一『帶笑』、一『笑著』、一『微笑』、『一面笑著……低聲』、一『低聲笑』、一『笑著不理他』、一『踢著笑』、一『笑將起來』,遂使紙上活現。試與其上下文細細連讀之方知。『帶笑』者,臉上熱極也。『笑著』者,心內百不是也,『臉紅了微笑』者,帶三分慚愧也。『一面笑著低聲』者,更忍不得癢極了也。『一低聲笑』者,心頭小鹿跳也。『笑著不理他』者,火已打眼內出也。『踢著笑』者,半日兩腿夾緊,至此略鬆一鬆也。『笑將起來』者,則到此真個忍不得也。何物文心,作怪至此!」〔註154〕「笑」有多種,張竹坡即考察分析了潘金蓮七種各異的笑:「帶笑」、「笑著」、「臉紅了微笑」、「一面笑著低聲」、「笑著不理他」、「踢著笑」、「笑將起來」。「帶笑」是「臉上熱極」,「笑著」是「心內百不是」,「臉紅了微笑」是「帶三分慚愧」,「一面笑著低聲」是「火已打眼內出」,「踢著笑」是「略鬆兩腿」,「笑將起來」是「忍不得」。每種「笑」都極為傳神地展現了潘金蓮細膩微妙的心理狀態、變幻迷離的神情樣貌、鮮明若活的個性特徵、生動熱烈的精神內質。繪形摹態,傳神寫照,正在此「笑」之「阿堵」中。

有時,小說中人物的一件衣飾、一個道具也可為「傳神阿堵」。如《紅樓夢》第四十九回,戚序回後評曰:「此文線索在斗篷。寶琴翠羽斗篷,賈母所賜,言其親也。寶玉紅猩猩氈斗篷,為後雪披一襯也。黛玉白狐皮斗篷,明其弱也。李宮裁斗篷是哆囉呢,昭其質也。寶釵斗篷是蓮青斗紋錦,致其文也。賈母是大斗篷,尊之詞也。鳳姐是披著斗篷,恰似掌家人也。湘雲有斗篷不穿,著其異樣行動也。岫煙無斗篷,敘其窮也。只一斗篷,寫得前後照耀生色。」〔註155〕批點者指出,「斗篷」為此回線索。薛寶琴、賈寶玉、林黛玉、李紈、薛寶釵、賈母、王熙鳳、史湘雲、邢岫煙等等諸人所披「斗篷」各異,諸人之形神也各異。在這裡,「斗篷」成了《紅樓夢》中人物的「傳神阿堵」,

〔註153〕秦修容整理,金瓶梅:會評會校本〔M〕,北京:中華書局,1998:770。

〔註154〕〔明〕蘭陵笑笑生著,〔清〕張道深評,王汝梅、李昭恂、於鳳樹校點,張竹坡批評金瓶梅〔M〕,濟南:齊魯書社,1991:76~77。

〔註155〕朱一玄,紅樓夢脂評校錄〔M〕,濟南:齊魯書社,1986:486。

通過一件小小的「斗篷」，可透漏出各個人物的形神內蘊，如林黛玉的白狐皮斗篷，現出了林黛玉「弱」的神韻，薛寶釵的蓮青斗紋錦斗篷，傳示了薛寶釵「文」的精髓，王熙鳳將斗篷隨便只一披，便畫出了掌家少奶奶的氣概。

　　「形神」範疇是明清小說評點人物形象論系的重要範疇之一，它每每被小說批評家拈出，也常常是小說著者致力的所在。「登高能賦，大都肖物為工；窮力追新，只是陳言務去」。〔註156〕只有「格物致知」、「親動心」、不落窠臼地真言以出之，所畫之形、所傳之神，方能不千人一面、庸庸眾眾。

第五節　陋

　　「陋」的本義是狹窄、狹小，如「陋，阨陝也」〔註157〕，「在陋巷，人不堪其憂，回也不改其樂」〔註158〕，其中的「陋」均指陋的本義而言。「陋」的本義引申，可指知識淺薄，如「少見曰陋」〔註159〕，所言之「陋」即指人的知識淺薄。「陋」的其他引申義還有偏僻、邊遠，又有粗劣之意，還有粗俗、野鄙的意思。此外，「陋」還指人的相貌醜陋。

　　明清小說評點人物形象論系的「陋」範疇，具有以上所列「陋」的一種或多種義項，而又有著更具體特殊的意涵。對於明清小說評點人物形象論系而言，「陋」可以櫽括在「性格」、「情理」、「形神」等範疇裏邊。因小說人物有「性格」之「陋」，「形神」之「陋」，「陋」本身就是符合了小說人物描寫的「情理」性等等。而之所以把「陋」單獨作為一個範疇拈出，是出於「陋」這一範疇對於小說人物形象而言具有重要價值且佔有顯要地位的考慮，以及對學界關於「陋」的研究或為一補的思量。

　　關於「陋」的研究文章寥寥。一九八四年第四期《文藝理論研究》上有一篇題為《美人必有一陋，心靈美更有永久魅力》〔註160〕的文章，引述了王朝聞在《美人必有一陋》〔註161〕中的觀點。即言，世上沒有十全十美的事物，

〔註156〕丁錫根編著，中國歷代小說序跋集（中）〔M〕，北京：人民文學出版社，1996：1158。

〔註157〕〔漢〕許慎撰，說文解字〔M〕，北京：中華書局，1963：305。

〔註158〕楊伯峻譯注，論語譯注〔M〕，北京：中華書局，2009：58。

〔註159〕方勇，李波譯注，荀子〔M〕，北京：中華書局，2011：16。

〔註160〕美人必有一陋，心靈美更有永久魅力〔J〕，文藝理論研究，1984，（4）：139～140。

〔註161〕王朝聞，美人必有一陋〔J〕，美育，1984，（4）。

從五官上來講，一個人的五官無論長得多麼端正，而事實卻是此人五官不會絕對端正，兩隻眼睛會一隻略微大一點，一隻略微小一點，嘴角或者會往左邊偏一些，或者會往右邊偏一些，鼻子也經不住細察，總有一點歪斜。而外貌上的顯著缺陷，有時非但不會使人不快，反而會給人帶來一種特殊的美的感受，例如托爾斯泰小說裏美人的雀斑。甚至人物在生理上的缺陷，有時也是可愛的，例如《紅樓夢》裏，史湘雲舌頭有點問題，以致在發音上有障礙，本該叫賈寶玉「二哥哥」，反叫成「愛哥哥」，這點在生理上的缺陷，反而更增其美，也使讀者更覺其可愛，對其更加喜歡。文章最後的觀點是，人的容貌與人的精神境界二者相較，容貌的美只是外在的、不起決定作用的特徵。人心靈的美才是最根本的，心靈美對外在美起支配作用。即使人在外在容貌上有缺點或缺陷，但如果人的心靈是美的，所行所做之事帶給人美的感受，那麼這個人便會越看越美。外在容貌的美對人的吸引力往往是短暫的，而人的心靈美則具有曠日永恆的魅力。此外，高雪梅《論〈紅樓夢〉的「美人方有一陋處」》〔註162〕，概括了美人的四類「陋」處：其一，生理容貌之「陋」，如有雀斑的鴛鴦，「瘦」、「病」的黛玉等；其二，性格氣質之「陋」，如林黛玉言語尖酸刻薄、敏感多疑、愛耍小性子，王熙鳳心狠手辣、草菅人命、口蜜腹劍、欲壑難填，妙玉個性孤潔、對劉姥姥鄙視厭惡、絲毫無佛家修煉之人的大慈大悲等；其三，身份地位之「陋」，如林黛玉父母雙亡、寄人籬下、無依無靠、仰人鼻息，薛寶釵父親亡故、家道中落、兄長無能，史湘雲亦是父母雙亡、寄人籬下，賈探春庶出低微、生母卑賤等；其四，學識才情之「陋」，如王熙鳳沒讀過什麼書、賈迎春天生缺乏文才、賈惜春不擅長詩詞等。美人在這四個方面的「陋」處，非但沒削弱美人的美，反而讓美人更加真實可感，更增其美。

而具體到明清小說評點，「陋」常被小說評點家們或直接或間接地論及，「陋」的意涵和作用也表現出或多或少的差異和多樣性。

一、「真正美人方有一陋處」

主意談「陋」的是脂硯齋《紅樓夢評》第二十回：

> 只見湘雲走來，笑道：「二哥哥。」
> 甲辰 齒口字音。

〔註162〕高雪梅，論《紅樓夢》的「美人方有一陋處」〔J〕，芒種，2012，（9）：136～137。

你學慣了他，明日連你還咬起來呢。

己卯夾 可笑近之野史中，滿紙羞花閉月，鶯啼燕語，〈除〉〔殊〕不知真正美人方有一陋處，如太真之肥，〈燕飛〉〔飛燕〕之瘦，西子之病，若施於別個不美矣。今見「咬舌」二字加以湘雲，是何大法手眼，敢用此二字哉？不獨（不）見（其）陋，且更〈學〉〔覺〕輕俏嬌媚，儼然一嬌憨湘雲立於紙上，掩卷合目思之，其「愛厄」嬌音如入耳內。然後將滿紙鶯啼燕語之字樣，填糞窖可也。〔註163〕

從以上評點者所言，可知其所指美人之「陋」，偏向於指缺點而言。楊玉環的「肥」，趙飛燕的「瘦」，西施的心痛之「病」，或為形體上的不足，或為生理上的缺憾，但這些不足或缺憾，在這三位美人那裡，就變成了美人獨有的特點。而對於史湘雲而言，發音不準確，「咬舌」這一生理缺陷方面的「陋」，也成為了增添美人之美的獨特、可愛之處。

「陋」，首先保證的是人物的真實性。金無足赤，人無完人，白璧微瑕，方顯美玉之真與貴，美人有「陋」，才現美人的天然本色之真。當今社會，難見真正美人，即是因為遠離了真，「陋」處被掩飾，被抹掉，方臉可以整成錐子臉，單眼皮可以割成雙眼皮，「一馬平川」可以打造成「波濤洶湧」，所見之「美女」都是千人一面，欣賞者患上了臉盲症，分不清鶯鶯燕燕，道不明麗麗婷婷，再也不見本真之美，甚至變得審美疲勞，對那些假飾假面，再提不起欣賞興趣，失去了對美的天生嗅覺，遲鈍了感知美的敏銳神經。

「陋」，其次體現了人物的非雷同性和獨一無二的特質，而不是千人一面。這一點相對於表面現象而言，更具有深層次性特徵。評點者笑近之野史，「滿紙羞花閉月」、「滿紙鶯啼燕語」。究其原因，其中之一即為缺乏發現美、欣賞美的眼睛，有些小說著者不善於或懶於以一己之眼去關照美、以一己之心去體悟美，而只是流於事物表面，做做表面文章，這樣是難及事物深理、難攝事物神髓、難達事物本質的。「格物」工夫做不足，便不能「致知」。不捕捉事物的獨到之處，畫龍而不點睛，做再多表面文章，也只是事倍功半，不會塑造出真切、獨特的小說人物形象，難以給觀眾留下深刻印象。

「陋」不只陋在以上所涉及到的美人的容貌、形體、生理等方面，「陋」在此三方面，也在其他方方面面。

〔註163〕朱一玄，紅樓夢脂評校錄〔M〕，濟南：齊魯書社，1986：303～304。

如就《紅樓夢》中眾美之一的林黛玉而論。

其一，林黛玉有「瘦」、「病」的形體、生理之「陋」，林黛玉有天生不足之症，整日吃藥，如《紅樓夢》第三回，原文有黛玉「如今還是吃人參養榮丸」，甲戌側評：「人生自當自養榮衛。」〔註164〕即林黛玉由於有先天不足的病症，需要每日服用人參養榮丸，這便是生理上的「陋」。

其二，封建傳統意義上的品性之「陋」，即對「紈褲子弟」賈寶玉暗動情思。如趙之謙《章安雜說》：「《紅樓夢》，眾人所著眼者，一林黛玉。自有此書，自有看此書者，皆若一律，最屬怪事。余於此書，竊謂其命意不過譏切豪貴紈褲，而盡納天地間可駴可愕之事，鬚眉氣象出以脂粉精神，笑罵皆妙。其於黛玉才貌，寫到十二分，又寫得此種傲骨，而偏癡死於賈寶玉，正是悲咽萬分，作無可奈何之句。乃讀者竟癡中生癡，讚歎不絕！試思如此佳人，獨傾心一紈褲子弟，充其所至，亦復毫無所取。若認真題思，則全部《紅樓夢》第一可殺者即林黛玉。」〔註165〕按照《紅樓夢》評論者趙之謙的說法，《紅樓夢》中，讀者最矚目的人物，要屬林黛玉。並說，自有《紅樓夢》此書，自有看《紅樓夢》此書者以來，便是如此，未曾改易。這便奇怪了。趙之謙認為，《紅樓夢》一書，不過是為譏諷紈褲子弟、豪門貴族而作。《紅樓夢》中鬚眉氣象褪盡，脂粉樣態畢現，便是一種極大的笑罵和嘲諷。自古男尊女卑，女子氣便成了卑劣的代名詞。趙之謙繼而又指出，《紅樓夢》中為眾人所矚目的林黛玉縱然有十二分才，十二分貌，又兼具凜凜傲骨，但她作為一介閨中女輩卻對賈寶玉暗動情思，並對賈寶玉癡心不改，這在封建傳統社會是不為人所接受的女子品性的「陋」，犯了不守婦道的大忌。

其三，身世命運之「陋」。林黛玉父母早逝，不得不投奔其外祖母處，過著寄人籬下、仰人鼻息的生活。她將愛情視若生命，而當愛情無望，本就身世浮萍的她更加風雨飄搖、命懸一線，直至香消玉殞、撒手人寰。謝鴻申《答周同甫書》即言：「《紅樓夢》作者精神全注黛玉，譬諸黛玉花也，紫鵑護花籓也，寶玉水也，賈母瓶也，岫煙、寶琴、湘雲、三春、香菱、平兒諸人蜂蝶也，寶釵、襲人淫雨狂風也，鳳姐剪刀也，無根無葉，本難久延，況復風妒雨

〔註164〕朱一玄，紅樓夢脂評校錄〔M〕，濟南：齊魯書社，1986：48。
〔註165〕朱一玄編，明清小說資料彙編（下）〔M〕，天津：南開大學出版社，2012：599。

摧，正欲開時，陡然一剪，命根斷矣。然顰卿之意，甘使風妒雨摧，陡然一剪，必不可插在糞窖中，各種《續紅樓夢》皆糞窖也。」〔註166〕謝鴻申將林黛玉比作花，雖有紫鵑為護花旛，寶玉為養花水，賈母為寄花瓶，岫煙、寶琴、湘雲、三春、香菱、平兒等人繞花蜂蝶之為伴，卻抵禦不了寶釵、襲人亂施的狂風暴雨，更耐不住鳳姐殘忍的剪刀，手起刀落，花死刀下。但正是林黛玉身世命運的「陋」成就了林黛玉，更添美人之可憐可惜，成為了其個性品格不可分割的一部分。故謝鴻申亦言，「然顰卿之意，甘使風妒雨摧，陡然一剪，必不可插在糞窖中，各種《續紅樓夢》皆糞窖也」〔註167〕。身世命運之苦，周遭環境之惡，成就了林黛玉堅強執著的品格，她甘受風吹雨打，也不委曲求全，最後的身死是斷臂維納斯的殘缺之美，世事人情不遂心願之「陋」，增加了美人之淒美，故事之動人，而各種《續紅樓夢》的所謂「曲終奏雅」，乃是狗尾續貂、畫蛇添足、不真不實、適得其反。其他還有前文所提到的研究者所認為的尖酸刻薄、愛耍小性兒等性格之「陋」。《紅樓夢》第二十二回庚辰夾評：「黛玉一生是聰明所誤。」〔註168〕黛玉的優長之處反成了葬送她的「陋」處，但正也成就了薄命美人和悲劇之美。

　　「陋」能將小說中一個人物與另一個人物區別開來，迎春「肌膚微豐」，惜春「身量未足」，各有特色，各有區分。「陋」不見得真為「陋」處。如《紅樓夢》中薛寶琴貌不出眾，卻更突出了其品格的超凡脫俗。謝鴻申《答周同甫書》即說：「寶琴清超拔俗，不染纖塵，品格似出諸美之上。賈母內有孫女孫媳，外有釵玉諸人，無美不臻，心滿意足，琴兒貌不能出眾，不過泛泛相值耳。今乃有加無已，疏不異親，必其態度豐神迥異凡豔，致人心折如此。」〔註169〕謝鴻申認為，薛寶琴氣質超脫，品格似乎出於《紅樓夢》諸美之上。因為《紅樓夢》中眾女子多美貌動人者，而薛寶琴卻以並不出眾的相貌立於諸美之中，可見其氣質風神必與尋常凡俗美女大異其趣。如此說來，薛寶琴並不出眾的貌，正凸顯了其超凡脫俗的氣質。又如《紅樓夢》中的司棋偷情，可謂是破了封建傳統之大防大忌，女子不潔，縱有萬千好處，也是廢紙一張，為人所訴病不齒。這種品格上的「陋」，看來實是「陋」處了，無可增美人之

〔註166〕朱一玄編，聊齋誌異資料彙編〔M〕，天津：南開大學出版社，2012：499。
〔註167〕朱一玄編，聊齋誌異資料彙編〔M〕，天津：南開大學出版社，2012：499。
〔註168〕朱一玄，紅樓夢脂評校錄〔M〕，濟南：齊魯書社，1986：330。
〔註169〕朱一玄編，明清小說資料彙編（下）〔M〕，天津：南開大學出版社，2012：601。

美，卻判了美人「死刑」。但王希廉卻有深見，他在《紅樓夢回評》第七十一回言：「司棋偷情，偏被鴛鴦撞見，後來兩人俱不善終，一死於多情，一死於絕情，其實兩人俱是深於情者。」〔註170〕司棋的偷情，實出於她的深情，用情至深之人，才能夠不管不顧，連自身清譽和名節都要冒險搭上，來守護心中所認定的愛。「秦氏多情而淫，何能超出情海，歸入情天？癡情一司，恐尚未能卸事」〔註171〕，秦可卿通姦亂倫的淫行，亦是出於她的有情多情，用情之至。還有如《金瓶梅》裏的王六兒，對於床笫之事有一種特殊嗜好，「原來婦人有一件毛病……」，崇眉：「子平云：有病方為貴。皆知王六兒之受用處在有此毛病也。」〔註172〕王六兒的「毛病」，即「陋」處，反成了她非同別個的獨特的「可貴之處」，也因此受到西門慶的青睞。李瓶兒有「性愚不能辨」之「陋」，如《金瓶梅》第五十一回，「這李瓶兒不聽便罷，聽了此言……半日說不出話來」，崇眉：「人情皆惜瓶兒不能辨，不知瓶兒正妙在不能辨而西門慶始憐之也。若然，則瓶兒智出金蓮上矣，非也。瓶兒性實愚不能辨，非能辨而有不辨之妙，所以往往受金蓮之累也。」〔註173〕批者指出，讀者大多為李瓶兒愚鈍不能明辨而感到惋惜，但卻不知，李瓶兒之妙，正妙在不能明辨，所以西門慶才分外憐惜她。李瓶兒的「性愚不能辨」，可謂是李瓶兒的「陋處」，然而正是此點「陋」處，反得到西門慶的垂憐疼愛。所以，「陋」不見得是真正的「陋」，「陋」有時反而可以成為一種優勢力量。

「陋」招憐，優長有時反會帶來禍患不測。如《紅樓夢》第二十二回，庚辰本夾評：「黛玉一生是聰明所誤……阿鳳是機心所誤。寶釵是博知所誤。湘云是自愛所誤。襲人是好勝所誤。」〔註174〕聰明有才、機心獨到、博學多知、自愛自重、好勝進取，本應是大為可貴的長處，但怎奈「聰明反被聰明誤」，黛玉一生被自己的聰明所誤，鳳姐是被自己的機心所誤，薛寶釵被博學多知所誤，史湘雲被自愛所誤，襲人被好勝所誤。又有《紅樓夢》第二十一回，鳳姐道：「再至於頭髮、指甲，都是東西。」庚辰夾批言：「好阿鳳，

〔註170〕馮其庸纂校訂定，陳其欣助纂，八家評批紅樓夢〔M〕，北京：文化藝術出版社，1991：1757。
〔註171〕馮其庸纂校訂定，陳其欣助纂，八家評批紅樓夢〔M〕，北京：文化藝術出版社，1991：2737。
〔註172〕朱一玄編，金瓶梅資料彙編〔M〕，天津：南開大學出版社，2012：270。
〔註173〕秦修容整理，金瓶梅：會評會校本〔M〕，北京：中華書局，1998：676。
〔註174〕朱一玄，紅樓夢脂評校錄〔M〕，濟南：齊魯書社，1986：330～331。

令人膽寒。」〔註175〕王熙鳳明察秋毫的優長之處，反而會令人膽寒，為其自身招致怨恨。王希廉《紅樓夢回評》第六十五回言：「寫尤三姐倜儻不羈，英氣逼人，為後來剛烈飲劍描神。」〔註176〕尤三姐「倜儻不羈，英氣逼人」的優長之處，為其自殺走上絕路埋下伏筆。同樣的，《紅樓夢》中妙玉的孤標獨立、高潔脫俗等優秀品質，卻為其帶來「終陷污泥中」的災禍。王希廉《紅樓夢回評》第一百十二回即評道：「妙玉被劫，或甘受污辱，或不屈而死，作者雖闕疑不敘，然讀畫冊所題『欲潔何曾潔？云空未必空。可憐金玉質，終陷污泥中』四句，亦可想見其人。」〔註177〕孤高自憐的妙玉，卻落得個被劫的下場，不論是被人姦淫，抑或是不屈自盡，對於如此高潔的人而言，均是最悲慘的遭遇和災禍。而妙玉的自高自清，又給這災禍增加了徹骨的悲痛。陳其泰《紅樓夢回評》第八十七回，對妙玉的遭際作了闡釋：「妙玉孤標獨立，自謂是世上意外之人，乃遇寶玉性情相契，竟為寶玉意中之人，真覺天下惟有一人知己。其心折也，久矣，忽聞下凡之語，不免芳心一動。此正率其本性，非流於私情也。古人云：人生而靜，天之性也。感於物而動，性之欲也。發乎情，止乎禮義，則聖人許之。倘得知己，而漠然無情，便是不能盡其性，不能盡人之性。然則妙玉未能無情於寶玉。初何損於妙玉哉。然佛家以無我相、無人相為正法眼藏。若塵緣未斷，即非佛性。故致走魔病魘，為惜春之所識。幻境冊中，所謂欲潔何曾潔，云空未必空者，如此而已。」〔註178〕陳其泰認為，妙玉自視清高孤絕，不料能遇到寶玉這般性情相契之人，以至認為寶玉便是自己的知己。妙玉為青春女子，遇知己而動心乃出於本性，並非流於私情。人會感動，是本於天性，情有所感，而又能合乎禮義，是聖人所稱許的行為。如果妙玉遇到知己，表現得漠然無情，便是沒有人性的表現了。但是，妙玉作為一個塵俗之人，可以如此，作為一個檻內之人，卻不能如是。故言，孤標獨立、高潔出世的妙玉「欲潔何曾潔」，出於天性，動情於寶玉，但卻塵緣不斷，致「走魔病魘」，為自身招來禍患。存志高潔，卻下場悲戚。

〔註175〕朱一玄，紅樓夢脂評校錄〔M〕，濟南：齊魯書社，1986：320。

〔註176〕馮其庸纂校訂定，陳其欣助纂，八家評批紅樓夢〔M〕，北京：文化藝術出版社，1991：1625。

〔註177〕馮其庸纂校訂定，陳其欣助纂，八家評批紅樓夢〔M〕，北京：文化藝術出版社，1991：2761～2762。

〔註178〕〔清〕陳其泰評，劉操南輯，桐花鳳閣評《紅樓夢》輯錄〔M〕，天津：天津人民出版社，1981：258。

二、「古來無真正完全之人格」

「陋」不只是小說裏的美人方有，小說中塑造的其他人物形象都不應該是十全十美的，否則便會有失藝術真實性、現實情理性和感動人心的效力。黃人《小說小話》即言：「古來無真正完全之人格，小說雖屬理想，亦自有分際，要過求完善，便屬拙筆。《水滸傳》之宋江、《石頭記》之賈寶玉人格雖不純，自能生觀者崇拜之心。若《野叟曝言》之文素臣，幾於全知全能，正令觀者味同嚼蠟，尚不如神怪小說之楊戩、孫悟空騰拿變化，雖無理而尚有趣焉……」〔註179〕古往今來，現實生活中的人便沒有盡善盡美的，小說雖屬於理想創造性層面，但卻是對現實生活藝術性的重現和反映，如果將小說人物寫得「高大全」，便是藝術上的敗筆。

例如《水滸傳》裏的宋江，並不是十全十美的人物。宋江在外在形貌上，是一「矮黑漢」，在內心品性上，實屬狡詐陰險，但卻能令讀者生「崇拜之心」。「勇如林、史，俠如武、魯，謀如花、吳，藝如蕭、金，將略如呼延、關勝，神奇如公孫勝、戴宗之屬，皆天才也。然皆待用於人，而非能用人者也……宋亦一矮黑漢，非有凜凜雄姿，亭亭天表也……宋亦刀頭殘魄，非有坊表之清節，楷模之盛譽也。而識與不識者，無不齊心崇拜而願為之死，蓋自真英雄自有一種不可思議之魔力，能令賁、育失其勇，儀、秦失其辯，良、平失其智，金、張、陶、頓失其富貴，而疏附先後，驅策惟命，不自見其才而天下之人皆其才，不自見其能而天下之人皆其能」〔註180〕。「勇如林、史，俠如武、魯，謀如花、吳，藝如蕭、金，將略如呼延、關勝，神奇如公孫勝、戴宗」等等之類的人物，本是星宿下凡的天才，在某一方面的造詣超越凡人，但他們的缺處都是為人所用，而不能用人。宋江則不然，宋江雖形貌不壯偉，品格不崇高，才能不突出，既無林、史之勇，武、魯之俠，花、吳之謀，又無蕭、金之藝，呼延、關勝之將略，公孫勝、戴宗之神奇，自身無才無能，卻能得天下之才而用之，得天下之能而使之，故宋江表面上平平之「陋」，反更突出了其「真英雄」的「不可思議之魔力」。

又如《紅樓夢》裏的賈寶玉，其「陋」處可謂多多，諸如不喜讀書、不通世事、不懂庶務、不聽人勸、吃人胭脂、不懂父母苦心、缺乏理想、消極悲觀、

〔註179〕朱一玄編，紅樓夢資料彙編〔M〕，天津：南開大學出版社，2012：847。
〔註180〕朱一玄，劉毓忱編，水滸傳資料彙編〔M〕，天津：南開大學出版社，2002：358。

沒有男子漢氣概等等。但這絲毫不影響讀者對賈寶玉的喜愛，因為他的這些「陋」處，反彰顯了其毫不矯飾、真我本性、熱愛美好、純淨善良等動人品質。賈寶玉的種種「陋」處，絲毫不影響他成為《紅樓夢》中為人所喜愛的「第一流」人物。以下所引黃人在《小說小話》中的言論可作為賈寶玉的點評：

> 賈寶玉之人格，亦小說中第一流，蓋抱信陵君、漢惠帝之隱衷者也。或曰：「書中《西江月》兩首，醜詆寶玉，可謂至矣，其人格之可珍者安在？」曰：「君自不善讀《紅樓夢》耳，所謂但看正面，而不看反面者也。全書人物，皆無小說舊套，出場詩詞，獨寶玉有之。非特重其為主人翁，全書宗旨及推崇寶玉之意悉寓於此。其詞云：「無故尋愁覓恨，有時如傻如狂。」言寶玉性情獨醒獨清，不與世俗浮沉，而舉國皆狂，則以不狂為狂也。「縱然生得好皮囊，腹內原來草莽。」好皮囊謂有膏粱紈褲之皮囊，而其性則與山林之士無異。「潦倒不通庶務，愚頑怕讀文章。」不通庶務，便謂之潦倒；怕讀文章，便謂之愚頑；而庶務文章之外，雖有奇行卓見，概謂之偏僻性乖張。世人肉眼所見，往往如是。故續云：「行為偏僻乖張，那管世人誹謗。」所謂舉世非之而不加懲者也。「富貴不知樂業，貧窮難耐淒涼。」不樂富貴，豈有難耐貧窮者？反言難耐，謂其一簞一缽，自尋極樂境界，與政老之束手無措，璉二爺之仰屋諮嗟者迥乎不同。「可憐辜負好時光，於國於家無望！」此二句皆當貼寶玉一面說，謂但憐韶光之易逝，而鄙科第若土苴，奔勣闒如敝屣，無所希望於家國也。「天下無能第一，古今不肖無雙。」此二句之崇拜寶玉，幾於孔氏之稱泰伯為至德，堯為無能名矣……寶玉之無能不肖，正所以為天下古今第一人格也。「寄言紈褲與膏粱，莫效癡兒形狀。」莫效，莫能效也。言世之紈褲膏粱，非特不能效寶玉之真際，即形狀亦莫能彷彿也……〔註181〕

黃人指出，賈寶玉的人格，是《紅樓夢》中第一流的人格，賈寶玉是《紅樓夢》中抱持信陵君、漢惠帝之隱衷的角色。有些讀者認為，《紅樓夢》中的兩首《西江月》，是極力醜詆賈寶玉的詞，那是因為沒有讀懂此詞的內涵。只看到事物正面，沒看到事物反面。《紅樓夢》中的出場詩詞，唯獨賈寶玉一個人有，可見作者對賈寶玉的推崇和看重。《紅樓夢》第三回，作者寫給賈寶玉的判詞《西江月‧嘲賈寶玉二首》：「無故尋愁覓恨，有時似傻如狂；縱然生得好皮

〔註181〕朱一玄編，紅樓夢資料彙編〔M〕，天津：南開大學出版社，2012：848。

囊，腹內原來草莽。潦倒不通庶務，愚頑怕讀文章；行為偏僻性乖張，那管世人誹謗！富貴不知樂業，貧窮難耐淒涼；可憐辜負好時光，於國於家無望。天下無能第一，古今不肖無雙；寄言紈絝與膏粱：莫效此兒形狀！」〔註182〕這首斷賈寶玉的詞，從表面上看來，是在盡數賈寶玉的「陋」處，譬若「尋愁覓恨」的悲觀主義、「似傻如狂」的乖僻行為、「腹內草莽」、「不通庶務」、不喜讀書、不聽人勸、不安富貴、「難耐淒涼」、虛度光陰、無利家國等等，這些所謂「陋」處，正增添了賈寶玉的人格魅力，其實正是這些與眾不同的「陋」，成就了賈寶玉第一流的人格。「尋愁覓恨」、「似傻如狂」，是不與世俗同流合污的「眾人皆醉我獨醒」的高蹈；外表的「好皮囊」與腹內的「草莽」，言其「表裏不一」，雖有紈絝子弟之形，但其內裏卻有清奇之氣；不屑於文章庶務，卻有不同於流俗的奇行卓見；不樂富貴，是看輕錢財、安貧樂道的高尚品質；無利家國，是淡泊名利的情志操守；無能不肖，是「君子不器」、「無用大用」的反面宣言。

反之，如果力圖將小說人物寫得完美而沒有「陋」處，恰會收到適得其反的效果。如《野叟曝言》中的文素臣，振鏞《花月痕考證》即言：「《野叟曝言》中之文素臣，為作者所持自況者，而荒唐至不堪狀。」〔註183〕《野叟曝言》中，全知全能的主人公文素臣，給人的感覺反而是荒唐不堪，毫無藝術真實性可言。夏曾佑《小說原理》道：「……寫小人易，寫君子難……試觀《三國志演義》，竭力寫一關羽，乃適成一驕矜滅裂之人。又欲竭力寫一諸葛亮，乃適成一刻薄輕狡之人。《儒林外史》竭力寫一虞博士，乃適成一迂闊枯寂之人。而各書之寫小人無不栩栩欲活……」〔註184〕君子難寫的原因之一在於要避免表露其「陋」處，怎奈人無完人，即便是君子，也會有一兩「陋」處，如果寫得太過完美，便有不使人信服的失實、失真之嫌。如《三國演義》中的忠勇義士關羽，太突出其忠義勇行，便顯得「驕矜滅裂」，而對於智慧超群的諸葛亮來說，過於顯示其神機妙算的高能決斷，反倒變得「刻薄輕狡」。再如《儒林外史》中的虞博士，竭力刻畫其高尚品行，卻落得「迂闊枯寂」。張冥飛《古今小說評林》亦言：「書中極力尊崇關雲長，然寫來不免有剛愎自用之失……寫孔明亦是極力推崇，然借風、乞壽、袖占八卦、羽扇一揮回風反火

〔註182〕〔清〕曹雪芹，紅樓夢〔M〕，北京：中國文史出版社，2004：18。

〔註183〕朱一玄編，明清小說資料彙編（下）〔M〕，天津：南開大學出版社，2012：693。

〔註184〕朱一玄，劉毓忱編，三國演義資料彙編〔M〕，天津：南開大學出版社，2012：429。

等事，適成為踏罡拜斗之道士行為，殊與賢相之身份不合矣。」〔註185〕正如張冥飛所言，《三國演義》著者對關羽極力尊崇，但結果卻顯得關羽有些剛愎自用；對諸葛亮也是極力推崇，寫得其神乎其神，但恰恰落入了神道之門，虛飄不實，將諸葛亮儼然塑造成一個踏罡拜斗的道士形象，與其本來的賢相身份不相符合。

十全十美濟不得事，有「陋」處，方濟事。「古有四大奇書之目，曰盲左，曰屈騷，曰漆莊，曰腐遷」〔註186〕，「盲左」、「屈騷」、「漆莊」、「腐遷」正是自身生理或遭際之「陋」、不完美，成為其窮愁著書、發憤寫作、力臻卓越、追求完美的不竭動力。「……又必使左丘不失明，張籍不病目，孫子不臏腳，史遷不腐刑，種豆之歌不見怒於漢帝，鬥雞之檄不見惡於唐宗，孟浩之詩不放還，劉蕡之策不下第，如是者方稱快」〔註187〕，「左丘不失明，張籍不病目，孫子不臏腳，史遷不腐刑。種豆之歌不見怒於漢帝，鬥雞之檄不見惡於唐宗，孟浩之詩不放還，劉蕡之策不下第」，等等諸如此類「大圓滿」，若果真如此，其實稱不得快。

此外，即便是為人所不齒的「陋」人，也並非一無是處。如《水滸傳》裏的高俅，以及黃文炳、西門慶、李固、閻婆、王婆等諸般「負面人物」，都可謂是「才智之士」。燕南尚生《水滸傳新或問》即言：「問：高俅為何如人？曰：才智之士也。試觀其通於賭博、書畫、琴棋以及槍棒、踢球等類，無才智者，烏能有此乎？特未受正當之教育，故流於陰賊險狠。豈止高俅乎？黃文炳、西門慶，乃至於李固、閻婆、王婆諸人，皆才智之人也。」〔註188〕魚肉百姓的高俅是才智之士，琴棋書畫、槍棒技藝無所不能，可謂有才有智，只不過受後天成長環境的影響，沒有接受良好的教育，才致使其變為一個陰險毒辣之人。其他像《水滸傳》中的黃文炳、西門慶、李固、閻婆、王婆等人都有才有智。即便是如《金瓶梅》裏西門慶這般無操守的淫棍，也是「臨財往往有廉恥，有良心」〔註189〕。

〔註185〕朱一玄編，明清小說資料彙編（上）〔M〕，天津：南開大學出版社，2012：112。
〔註186〕丁錫根編著，中國歷代小說序跋集（下）〔M〕，北京：人民文學出版社，1996：1634。
〔註187〕朱一玄，劉毓忱編，三國演義資料彙編〔M〕，天津：南開大學出版社，2012：945。
〔註188〕朱一玄，劉毓忱編，水滸傳資料彙編〔M〕，天津：南開大學出版社，2002：346。
〔註189〕秦修容整理，金瓶梅：會評會校本〔M〕，北京：中華書局，1998：923。